JENNIFER LILLIAN

Lost
MEMORIES

FÜR IMMER
NUR DU

Enthält sensible Themen
Eine explizite Triggerwarnung befindet sich auf den letzten Seiten

LOST MEMORIES
Für immer nur du

Bildmaterial: Shutterstock, Freepik, Rawpixel
Korrektorat: Anna Schlutter

Bestellung und Vertrieb: Nova MD GmbH, Vachendorf

ISBN: 978-3-98595-706-4

Druckerei Smilkov Print Ltd
Pokrovnishko shose
2700, Blagoevgrad

Federherz Verlag
Süntelstraße 70
31848 Bad Münder
www.federherzverlag.de
Instagram: @federherz.verlag

Für alle die, die immer auf ihr Herz hören.

Prolog

Erinnerungen. Wir alle haben sie und sie sind ein Teil von uns. Was wären wir ohne unsere Erinnerungen? Nehmen wir mal an, es gäbe keine. Wir würden uns nicht an glückliche Momente erinnern. Sie würden uns nicht zum Lächeln bringen. Uns stärker machen. Uns formen. Uns zu dem Menschen machen, der wir sind. Die Erinnerung sagt uns, wer und was uns wichtig ist. Sie steht für das Schöne. Für das Böse. Für gute und für schlechte Zeiten. An ihr orientieren wir uns. Richten unser Leben nach ihr. Was aber, wenn man nach einem Schicksalsschlag plötzlich nicht mehr weiß, wessen Erinnerung eigentlich die eigene ist?

Eins

Wenn alles richtig und gut zu sein scheint, dann ist es wohl perfekt so, wie es ist. Warum sollte man dann noch etwas daran ändern? Ich war zufrieden mit dem, was ich hatte. Nichts hätte ich ändern wollen oder anders gemacht, auch nicht, wenn ich die Möglichkeit dazu gehabt hätte.

Als ich an diesem Morgen einen Fuß vor die Tür setzte, kniff ich reflexartig die Augen zusammen und fischte in meiner Handtasche nach meiner Sonnenbrille. Es war, als würden die Sonnenstrahlen mein Glücksgefühl noch einmal untermauern. Und nichts hätte dieses Gefühl trüben können. In meinem Bauch kribbelte es, als hätte sich eine Schar Schmetterlinge darin verirrt, wenn ich nur an den gestrigen Abend dachte. Und selbst mein verträumtes Lächeln bekam ich nicht mehr aus dem Gesicht.

Ich eilte den gepflasterten Weg entlang, der aus meinem schönen terrakottafarbenen Wohnblock herausführte. Die Anlage erstrahlte in einem satten Grün und wurde vom Hausmeister Donald McLind gepflegt wie eh und je. Die Blumen begannen, sich allmählich auf den Sommer einzustellen, nachdem der Frühling bislang eher ungünstig für sie verlaufen war. Aber so langsam schien sich auch das Wetter endlich zu bessern. Unser Hausmeister Donald wusste nur zu gut, wie man die Anlage umsorgte und kümmerte sich akribisch um jeden einzelnen Grashalm persönlich. Es hätte mich nicht gewundert, wenn er den einzelnen Rosen sogar Namen gab, so viel Liebe legte er in seine Arbeit. Aber er war nicht der Einzige, der aus diesem Wohnblock nicht mehr wegzudenken war. Der hauseigene Kater Fred saß wie immer unter der schattigen Eiche im Vorgarten und beobachtete träge die Menschen, die an ihm vorbeihasteten. Mich würdigte er allerdings nicht mal eines Blickes. Irgendwie schien mich der rothaarige Garfield-Verschnitt nicht sonderlich zu mögen. Vielleicht lag es daran, dass ich ihn nicht regelmäßig mit Leckerlis versorgte, denn allmählich fürchtete ich, er könnte sich bald gar nicht mehr bewegen. Eigentlich meinte ich es also nur gut mit ihm. Doch Fred schien das anders zu sehen. Als würde er ahnen, dass ich wieder nichts für ihn dabeihatte, drehte er sich demonstrativ noch weiter weg und legte müde seinen flauschigen Kopf auf die Pfoten.

»Tut mir leid, Kleiner«, lächelte ich ihm entschuldigend entgegen und eilte weiter in Richtung Auto. Am Morgen nach dem Aufstehen war ich noch derart durch den Wind gewesen, dass ich die Zeit vergessen hatte und so jetzt beinahe eine wichtige Vorlesung verpassen würde. Als ich schließlich mein kleines, klappriges Auto erreichte, warf ich meine Unitasche auf den Beifahrersitz und sauste um den blauen Wagen herum. Wenn ich richtig viel Glück hatte, dann sprang er dieses Mal sogar direkt an. Hatte ich allerdings nicht, ich brauchte ganze vier Anläufe. Bis zur Uni waren es etwa zwanzig Minuten, was definitiv zu lang war. Immerhin begann die Vorlesung schon in fünfzehn Minuten. Obwohl ich kein

Mathe-Ass war, wusste selbst ich, dass die Rechnung nicht aufging.

»Mist«, zischte ich, während ich einen Blick auf die Uhr im Armaturenbrett warf. Die bohrenden Blicke meiner Kommilitonen, die mich erwarteten, stellte ich mir lieber nicht vor.

Etwas gehetzt fuhr ich die ruhige Straße, in der ich wohnte, entlang, als mein Handy klingelte. Mit einem Auge schielte ich auf das Display und griff in die Mittelkonsole, um auf den Lautsprecher zu tippen. Es war Eve, meine beste Freundin, der ich die überraschende Nachricht – also den Grund, warum mir heute die Sonne buchstäblich aus dem Hintern schien – ebenfalls noch verkünden wollte. Mit einem fröhlichen Lächeln auf den Lippen begrüßte ich sie. »Hey, meine Liebe, was verleiht mir die Ehre?«

»Ich wollte wissen, wo du gestern Abend gewesen bist. Immerhin habe ich dich beim Training vermisst, Mary«, sagte Eve und ihr Tonfall machte mir deutlich, dass sie ein wenig verärgert war.

Unwillkürlich zuckte ich zusammen, denn mir fiel der Grund für ihren Frust im selben Moment wieder ein. Das erklärte auch den verpassten Anruf von ihr, den ich vor lauter Aufregung gestern Abend ganz vergessen und nicht angenommen hatte. »Entschuldige. War das gestern? Ich habe das total vergessen.«

»Offensichtlich«, murrte sie. »Das habe ich mir beinahe gedacht. Ich hätte dich nur wirklich gut gebrauchen können, nachdem mich Mr Blumberg quer durchs Studio verfolgt hat. Du kennst ihn und weißt ja, dass er sich immer ganz zufällig ein Sportgerät neben dem von jungen Frauen sucht. *Du musst beim Laufen mehr auf deine Haltung achten, überanstrenge dich und deinen noch so jungen und vor allem straffen Körper nicht. Wenn ich noch mal so jung wäre …*«, äffte sie ihn nach. Ich verkniff mir ein Lachen, denn dann wäre Eve mir vermutlich durch den Hörer gekommen. Mr Blumberg war ein Mann im gesetzten Alter, mit Bierbauch und strengem Körpergeruch. Jeder wusste, dass er sich im Fitnessstudio nur die Zeit vertrieb, um seiner Frau daheim weiszumachen, dass er sich und seinem Körper etwas Gutes tat. Seiner Seele tat er allem Anschein nach etwas Gutes, wenn er sich im selben Gebäude unten im Kiosk nach dem Sport ein ausgiebiges zweites Frühstück, Mittagessen oder Abendessen gönnte.

»Eve, es tut mir wirklich …«

»Es war so schlimm, Mary!« Sie schnaufte theatralisch ins Telefon und ich konnte mir ihren gequälten Gesichtsausdruck allzu deutlich vorstellen.

Dennoch, ich wollte ihr nicht am Handy erzählen, weshalb ich sie am Abend zuvor versetzt hatte, deswegen ließ ich sie noch ein bisschen zappeln. Früher oder später würde sie es verstehen und sich dann ausgelassen mit mir freuen und Mr Blumberg wäre ganz schnell wieder vergessen.

»Okay, okay. Ich entschuldige mich aufrichtig bei dir. Das nächste Mal lade ich dich auf einen Brownie ein, in Ordnung? Mit heißem, flüssigem Kern. Und einem Kaffee dazu. Genau so, wie du es am liebsten magst.«

»Lieber mit einem Cappuccino«, warf Eve schließlich ein. »Ich will versuchen weniger Kaffee zu trinken und beschränke mich vorerst auf Cappuccino.«

»Wow, du verzichtest freiwillig auf puren, dunklen, schwarzen Kaffee?«

»Wenn ich schon Pech in der Liebe habe, dann kann ich wenigstens meinen Fokus auf eine kleine Ernährungsumstellung lenken.«

»Kann man weniger Kaffee zu trinken als Ernährungsumstellung werten?«, hakte ich skeptisch nach, doch hörte Eves verzweifeltes Schnauben am anderen Ende der Leitung. »Brownie und Cappuccino sind perfekt!«

Ich lächelte und schüttelte den Kopf über meine Freundin.

»Dann sehen wir uns heute Abend?«, fragte sie nun ein wenig zufriedener.

»Klar doch. Ich freue mich schon, denn ich muss dir unbedingt noch etwas erzählen. Immerhin war ich gestern Abend nicht ohne Grund so durch den Wind. Das will ich aber nicht am Telefon besprechen.«

»Jetzt machst du mich aber neugierig! Rück schon raus mit der Sprache.«

»Nein, Eve, erst heute Abend. Du wirst Augen machen, wenn ich es dir erzähle.« Ich kicherte verschwörerisch und übersah beinahe einen Radfahrer, der eilig über die Straße peste. Kopfschüttelnd nahm ich den Fuß vom Gas und hätte ihn am liebsten auf die Straßenverkehrsregeln hingewiesen, aber er war schon längst wieder außer Sichtweite.

»Das ist gemein von dir. Wirfst mir diese Information hin wie einem Hund einen Knochen und dann sagst du nichts weiter ... Hm, na gut, dann will ich ausnahmsweise mal geduldig sein. So wie du dich anhörst, muss es ja *die* Neuigkeit sein. Also, bis später und denk an den Brownie!«, trällerte Eve noch in den Hörer.

»Wie könnte ich den vergessen. Und deinen Cappuccino, natürlich. Bis später dann«, verabschiedete ich mich und legte schmunzelnd auf. Ja, der Tag konnte nur gut werden.

Zwei

Zu meinem Leid war die Stadt ziemlich überfüllt. Hektische und gestresste Leute huschten überall von A nach B. Zu Fuß, mit dem Fahrrad, mit dem Bus, mit der Bahn oder mit dem Auto. Mit Hund, ohne Hund. Mit Kinderwagen oder auf Inlinern. Alles war vertreten. Nicht unüblich für die Stadt, in der ich lebte, aber in diesem Moment einfach nur stressig und nicht förderlich für meinen Versuch, es noch irgendwie pünktlich in die Vorlesung zu schaffen.

Ich wohnte in einer kleinen, abgeschiedenen Ecke Washingtons und war normalerweise auch froh, nicht mitten in der Stadt leben zu müssen. Lediglich der Weg zur Uni führte mich durch die Hauptstraßen und so musste ich mich tagein, tagaus dem riesigen Andrang von Menschen stellen. Ich hatte das trügerische Gefühl, dass das Universum wusste, wie eilig ich es hatte, denn heute war es noch schlimmer als sonst. Ein erneuter Blick auf die Uhr verriet mir, dass mir nicht mehr viel Zeit blieb, dabei war doch dieses Mal die Vorlesung so wichtig. Mein Professor wäre ganz und gar nicht begeistert, wenn ich mal wieder die Ruhe durch das Knallen der Tür, das Rücken von Stühlen und das Aussprechen lauter Entschuldigungen stören würde, was in letzter Zeit leider ein bisschen häufiger vorgekommen war. Aber die Abende waren es wert gewesen, lächelte ich in Gedanken.

Aber egal wie geschickt ich mich durch die Straßen bewegte, statt endlich vorwärtszukommen, stand ich an einer großen Kreuzung und wartete schon eine gefühlte Ewigkeit auf das grüne Licht der Ampel. Ausatmend ließ ich meinen Kopf in den Nacken fallen und versuchte, mich ein wenig zu entspannen. Abgehetzt Auto zu fahren, brachte weder mir noch meinen Mitmenschen etwas. Und trotzdem tippte ich ungeduldig auf dem Lenkrad herum. Kurz legte ich meine Sonnenbrille zur Seite und warf einen Blick in den Rückspiegel, um mein Make-up zu überprüfen, da selbst dafür heute Morgen kaum Zeit übrig gewesen war. Mit Schrecken musste ich feststellen, dass ich die Mascara nur an den Wimpern meines rechten Auges aufgetragen hatte. »Mist«, murmelte ich erneut an diesem Morgen und versuchte die schwarze Farbe mit zwei Fingern wieder zu entfernen. Nächstes Mal würde ich nicht so spät losfahren, schalt ich mich innerlich. Der Verkehr war die reinste Hölle und zudem war es durch die noch immer strahlende Morgensonne ziemlich warm geworden. Mein unsägliches Auto hatte natürlich keine Klimaanlage. Angestrengt pustete ich aus und fächelte mir ein wenig Luft entgegen.

Vor ein paar Jahren hatte ich die Wahl gehabt zwischen einem neuen Wagen oder einer kleinen Wohnung in einer ruhigen Ecke der Stadt. Natürlich hatte ich mich für die Eigentumswohnung meiner Tante entschieden, bei der ich kaum Miete zahlen musste. Dieser alte Flitzer wäre die nächste Baustelle auf meiner To-do-Liste.

Nachdem meine Eltern vor einigen Jahren bei einem tragischen Unfall ums Leben gekommen waren, unterstützte mich meine Tante Linda so gut sie nur konnte.

Ein Schritt von ihr war das Zurverfügungstellen ihrer Eigentumswohnung, mit der sie sich eigentlich für das Alter hatte absichern wollen. Tante Linda arbeitete als Entertainerin auf einem Kreuzfahrtschiff und lebte mal hier und mal da, nur um sich dann eines Tages ein schönes Leben in Washington zu machen. Leider war damals alles anders gekommen. Jetzt wohnte ich darin. Mit dem geerbten Geld von meinen Eltern wollte ich mir mein Studium und mein Auto finanzieren, sodass ich meine ganze Energie ins Lernen stecken konnte.

Das laute, geschäftige Treiben auf der Straße riss mich aus meinen Gedanken und mein Blick fiel zurück auf die Ampel. Gleich würde sie grün werden, denn die anderen Autos links und rechts auf der Kreuzung kamen bereits zum Stillstand. Langsam machte ich mich bereit. Immer noch rot.

»Komm schon«, murmelte ich flehend, den Blick fest auf die Ampel geheftet. Ich nahm den Fuß von der Bremse. Gelb. Und stellte ihn aufs Gaspedal. Noch bevor es grün wurde, trat ich zu.

Natürlich wusste ich, dass ich noch ein wenig hätte warten sollen, aber der Zeitdruck hing mir im Nacken. Ich beschleunigte eilig und ließ den Motor laut aufheulen, als ich merkte, dass etwas anders war. Als würde sich mein Leben plötzlich in Zeitlupe abspielen. Ich wusste, dass mir nur Autos von vorn hätten entgegenkommen sollen, aber im Augenwinkel bemerkte ich etwas Rotes seitlich auf mich zukommen. Ich schaffte es gerade noch, meinen Kopf nach links zu neigen. Zwei immer größer werdende Scheinwerfer rasten auf mich zu. Ich versuchte zu schreien, schaffte es aber nur noch, meine Augen zusammenzukneifen. Mehr als einen heftigen Stoß und einen lauten Knall konnte ich nicht mehr wahrnehmen. Danach war alles dunkel.

Drei

Ein konstantes Piepen hallte in meinem Kopf wider. Wie aus weiter Ferne. Alles fühlte sich auf eine Art und Weise federleicht an und so, als wäre ich in Watte gepackt. Meine Empfindungen tobten durcheinander. Und dann wurde ich plötzlich von vielen verschiedenen Schmerzen heimgesucht, die sich durch meinen Körper wanden. Wie eine Schlange, die sich an ihre Beute heranschlich. Ganz langsam und bedrohlich. Die Leichtigkeit verflog immer mehr und ich hatte das Gefühl, schwerer zu werden. Und schon bald fühlte sich mein Körper wie ein Betonklotz an, den ich kaum noch bewegen konnte.

Das piepende Geräusch wurde noch lauter und war mit einem Mal unerträglich. Es hinterließ einen ohrenbetäubenden Laut in meinem Kopf und ich glaubte, dass mein Schädel gleich explodieren würde. Vergeblich versuchte ich, meine Augenlider zu heben, aber es war zu mühsam, sodass ich sie besser noch eine Weile geschlossen hielt. Nein, ich war einfach noch nicht bereit aufzuwachen und wollte mich wieder der Leichtigkeit hingeben, in der ich mich eben noch so wohl gefühlt hatte. In meinen Fingern machte sich ein Kribbeln breit, und sie fingen an, unentwegt zu zucken, als gehörten sie nicht mehr zu meinem Körper. Aus meiner Kehle entfloh lediglich ein Krächzen, das sogar ich kaum hören konnte. Nach ein paar Mal tief durchatmen, hatte ich endlich die Kraft und bekam die Augen nach mehrmaligem Blinzeln schließlich auf.

Eine verschwommene Welt, die sich nur langsam in klare Bilder verwandelte. Ein grelles Licht stach mir zudem entgegen, was mir die Sicht erschwerte. Unter starken Schmerzen neigte ich meinen Kopf zur Seite und nahm nur graue, wild blinkende Maschinen wahr, ohne sie genau zu erkennen. Wo war ich hier?

Auf Augenhöhe nahm ich eine Menschengestalt wahr, die erst nach und nach deutlicher wurde. Als sie sich bewegte, erkannte ich schließlich lange dunkle Haare.

»O mein Gott! Mary, du bist wach!« Die unverkennbare Stimme gehörte meiner besten Freundin Eve, die aufsprang und einen großen roten Knopf neben meinem Bett betätigte. »Mary, Mary, Mary! Was machst du nur?", keuchte sie besorgt. Sie beugte sich mit geweiteten Augen über mich und zupfte vorsichtig an mir herum.

Meinen Körper schien es zu zerreißen. So langsam sie sich auch bewegte, konnte ich ihr mit meinen Augen kaum folgen und gedanklich schon gar nicht. Es dauerte eine Weile, bis sich die Bilder vor mir klar aufbauten und ich endlich verstand, dass ich nicht träumte, sondern wach war.

»Du musst ganz ruhig bleiben. Hilfe ist schon auf dem Weg. Gott, bin ich froh, dass du wieder bei uns bist! Ich sitze schon seit Stunden hier und warte auf ein Lebenszeichen.« Eve war außer sich. Genauso wie ich sie kannte. Ich wusste also, dass ich wieder in der Realität angekommen war. Ihre hohe Stimme war der eindeutige

Beweis dafür, denn sie klingelte lauthals in meinen Ohren. Und doch beruhigte es mich, dass Eve da war.

»Endlich«, rief meine Freundin erleichtert aus, als eine in Weiß gekleidete Frau ins Zimmer eilte und an sämtlichen Geräten herumzuspielen schien.

»Mary, das ist Schwester Rosie«, erklärte mir Eve, aber ich hatte Mühe, den Satz aufzunehmen und starrte Eve nur durch halb geöffnete Augen an.

Schwester Rosie nahm mich genau in Augenschein und stellte mir ein paar Fragen, die ich kaum verstand, geschweige denn beantworten konnte. Ich schaffte es lediglich zu nicken, oder so was wie ein Ja zu hauchen. Alles, was ich dann mitbekam, war, dass ich einen Unfall gehabt hatte und mich im Krankenhaus befand. Ich versuchte meine Kraft zu sammeln, um ebenfalls eine Frage zu stellen. »Wie ist ... passiert?«, brachte ich schließlich kehlig hervor. Meine Stimme wirkte auf mich völlig fremd und das Sprechen fiel mir schwer.

»Mary, du solltest dich erst mal ein bisschen ausruhen, bevor wir dich mit so vielen Infos bombardieren«, schnitt Eve der Schwester das Wort ab, die murmelnd aus dem Zimmer stapfte. Eves Stimme klang ruhig und weniger aufgebracht als vor ein paar Minuten.

Ganz langsam erlangte ich in kleinen Schritten die Fähigkeit wieder, einzelne Gliedmaßen zu bewegen. Währenddessen reichte Eve mir einen Becher mit einer klaren Flüssigkeit, in der sich ein Strohhalm befand. Vorsichtig hielt sie ihn mir vor den Mund, sodass ich ein paar kleine Schlucke daraus nehmen konnte, was meinem Hals unglaublich guttat. Kurz darauf räusperte ich mich, um meine Stimme wiederzufinden. »Erzähl mir bitte, was los ist, Eve.«

Sie schüttelte den Kopf. »Du musst dich noch ausruhen, sagen die Ärzte. Später kann ich dir alles in Ruhe erklären. Werde erst einmal richtig wach und komm zu dir. Du bist von den ... Ereignissen noch komplett durcheinander. Und noch dazu siehst du echt mies aus«, scherzte sie mit einem aufmunternden Lächeln und drückte meine Hand. »Ich gehe mal eben deine Tante anrufen, um ihr zu sagen, dass du wach bist.«

Einen Moment lang lag ich einfach da und beobachtete, wie Eve aus meinen Augenwinkeln verschwand, um mit Tante Linda zu sprechen. Nach einer Weile konnte ich mich trotz der Schmerzen mehr und mehr bewegen. Die Hände, Arme und Beine. Als würde das Leben langsam wieder in meine Glieder kriechen. Nur der Nacken und mein Kopf taten mir schrecklich weh, sodass ich es schließlich dabei beließ und nur noch weiter geradeaus starrte. Außerdem hatte man mir so ein Polster um den Hals gewickelt, was meine Kopfbewegung erschwerte. Ich wusste noch nicht einmal, was mir alles fehlte und was kaputt war, da ich kaum an mir herabsehen konnte. Und dann war da noch die quälende Frage: Warum konnte ich mich an keinen Unfall erinnern?

Ich hatte noch ein paar Stunden Schlaf finden können, bevor ich aufwachte und mich besser rühren konnte, ohne vom Schmerz zerrissen zu werden. Anscheinend ließen mich die Schmerzmittel wieder am Leben teilnehmen. Ich sah, dass Eve mit rotgeränderten Augen neben meinem Bett saß, als ich ihr meinen Kopf mühevoll zuwandte. Augenblicklich tat sie mir leid. Immerhin war sie wegen mir hier und sah mir beim Schlafen zu, obwohl sie offensichtlich selbst Schlaf nachzuholen hatte. Ein wohliges Gefühl machte sich in mir breit, in der Gewissheit, dass ich Eve an meiner Seite hatte. Schon seit der Elementary School waren wir beste Freundinnen gewesen und seit jeher unzertrennlich. Auch wenn es Zeiten gegeben hatte, zu denen sich unsere Wege zwangsläufig hatten trennen müssen, wie beispielsweise Eves Auslandsjahr in London, so waren wir im Herzen immer beieinander gewesen. Und gerade jetzt, wo ich sie so müde neben meinem Bett sitzen sah, überkam mich ein überwältigendes Gefühl, weil meine beste Freundin in diesem Moment bei mir war.

»Wie lange bist du schon hier?«, fragte ich sie leise und bewegte mühsam meine Schulterblätter, da ich mich wie plattgelegen fühlte.

Erschrocken sah sie zu mir und richtete sich auf. »Ein paar Stunden«, erklärte sie zwischen zwei Gähnern und reckte sich. »Inzwischen waren viele Leute hier. Deine Tante, Jake, Lucy.«

Bei dem Gedanken an die drei schlug mein Herz direkt schneller. Wie sehr ich mich danach sehnte zumindest einen von ihnen zu sehen, konnte ich kaum in Worte fassen. Tante Linda, die ich so selten zu Gesicht bekam. Jake, mein bester Freund, der jetzt vermutlich genau die richtigen Worte für mich übriggehabt hätte und Lucy, die mich mit ihrer fröhlichen Art zumindest ein bisschen zum Lachen gebracht hätte.

»Ich habe sie immer wieder weggeschickt, weil du geschlafen hast«, fuhr Eve schließlich fort. »Die Ärzte sagen, du brauchst Ruhe. Deine Tante musste nur leider wieder los. Sie versucht in den nächsten Tagen noch einmal vorbeizukommen, wenn es möglich sein sollte. Du kennst ja ihre Arbeit.«

Ich nickte traurig. Nur zu gern hätte ich Tante Linda gesehen. So selten, wie sie in der Stadt war, war es jedes Mal wie ein Sechser im Lotto, wenn man sie traf. Und jetzt war sie hier gewesen und ich hatte es nicht mitbekommen. Seufzend dachte ich an ihren einerseits schönen Job, der aber auch seine Schattenseite beinhaltete. Als es mir damals nach dem Unfall meiner Eltern angefangen hatte besser zu gehen, hatte sie dieses unglaubliche Jobangebot bekommen, das wohl niemand ausgeschlagen hätte: Entertainerin auf einem luxuriösen Kreuzfahrtschiff. Ich atmete angestrengt ein und spürte ein heftiges Ziehen in meinem Brustkorb.

»Was ist passiert, Eve? Bitte sag mir, wie ich hierhergekommen bin.«

»Mary, du sollst dich doch noch schonen. Alles andere können wir noch besprechen, wenn du wieder fit bist.« Eve blickte versöhnlich auf mich herab und legte ihre Hand behutsam auf meine.

»Aber ich muss doch wissen, warum ich hier gelandet bin. Bitte sag mir einfach, was los ist. Dafür bin ich schon fit genug, versprochen. Dass ich einen Unfall hatte, weiß ich längst. Wie genau ist das passiert und wann?«

Ihre Schultern sackten nach unten und sie seufzte kurz, während sie an mir vorbeischaute. »Also bitte. Du bist noch immer so stur wie vorher. Ich hole mir eben schnell einen Kaffee, wenn das in Ordnung ist, damit mir nicht gleich die Augen zufallen.«

Ich nickte und sah Eve dabei zu, wie sie leise murmelnd aus dem Zimmer verschwand. Als ich meinen Kopf ein Stückchen nach links neigte, bemerkte ich einen grünen Vorhang, der mich von einem anderen Patienten zu trennen schien. Die kurze Zeit, die ich bislang wach gewesen war, hatte ich kaum wahrgenommen, dass sich neben mir noch jemand zu befinden schien, denn schließlich war es immer sehr ruhig gewesen in der Ecke. Man musste an dem Vorhang vorbei, um aus dem Zimmer zu gehen. Mein Bett stand am Ende des Raumes, mit weitläufigem Blick aus dem Fenster. Das Zimmer befand sich offensichtlich im Erdgeschoss, denn ich blickte nach rechts auf einen kleinen Garten oder eher einen Park. Dieser Ausblick war so ziemlich das Einzige, was mich von meiner derzeitigen Situation ablenkte und was ich einfach genießen konnte.

Schließlich kam Eve mit einem dampfenden Becher in der Hand wieder. Wenn ich nur an den Geschmack von Kaffee dachte, wurde mir übel. Nachdem sie einen genüsslichen Schluck aus dem Pappbecher genommen hatte, wirkte sie erfrischter.

»Also«, begann sie leise und setzte sich neben mich auf den Stuhl vor dem Fenster, »du hattest einen Autounfall, das weißt du ja schon. Du standest an der großen Kreuzung, an der du vorbeimusst, wenn du zur Uni fährst. Und da wolltest du auch hin. Vorher hatten wir nämlich noch telefoniert.« Sie nahm einen weiteren Schluck aus ihrem Becher.

Nachdenklich runzelte ich die Stirn, was sich merkwürdig anfühlte, da ich einen Verband um den Kopf gewickelt hatte. Aber welches Telefonat meinte Eve?

»Jedenfalls, als du losgefahren bist, ist dir jemand anderes seitlich ins Auto gefahren. Hat wohl die rote Ampel übersehen«, erklärte sie bedrückt und so leise, dass ich sie kaum verstand.

Mir schwirrte der Kopf. Es gab keinerlei Bilder in meinem Gedächtnis, die mir sagen konnten, dass mir das tatsächlich passiert war. Ich versuchte Eves Blick zu deuten, denn ihre Augen hafteten an dem Vorhang neben mir. Gerade als ich sie fragen wollte, was los war, setzte sie wieder zum Sprechen an.

»Der Krankenwagen war sofort an Ort und Stelle. Gott sei Dank ist dir nicht viel passiert. Du warst bewusstlos und hast dir eine starke Gehirnerschütterung und ein paar Prellungen zugezogen. Die Ärzte sagen, dein Gehirn sei ein bisschen angeschwollen durch den

Aufprall. Irgendwas mit Schädel-Hirn-Trauma oder so. So ganz bekomme ich das auch nicht mehr zusammen. Ich kann mir so was auch nicht so gut anhören. Ich kann ja nicht einmal Arztserien gucken, wenn es da blutig wird. Weißt du ja. Aber das wird schon wieder. Die sagen, dass du noch ein paar Tage hierbleiben musst. Du hattest außerdem großes Glück.«

Ich musste die neuen Informationen erst einmal verdauen. Die Schmerzen, die Geschichte, die Tatsache, dass ich im Krankenhaus lag, alles war logisch und ergab Sinn, aber wo war das Telefonat? Das Gespräch, das ich angeblich mit Eve geführt haben sollte? Ich konnte mich nicht daran erinnern. Und außerdem, was war mit dem anderen Autofahrer passiert? Oder der Autofahrerin? Hatten vielleicht sogar mehrere Personen im Auto gesessen? Womöglich Kinder? Panisch riss ich die Augen auf. Ich hatte so viele Fragen, die in meinem Kopf umhergeisterten, und die ich gar nicht so schnell aussprechen konnte, wie ich sie loswerden wollte.

»Was ist mit dem anderen? Also demjenigen, der mir reingefahren ist? Geht es dem gut? Oder ihr? Saßen noch mehr Menschen im Auto?«

Eve sah mich mit großen Augen an und stockte kurz. Erneut huschte ihr Blick an mir vorbei und anschließend aber wieder zurück zu mir. Ihr Mund klappte auf, schloss sich jedoch wieder. Es war, als suchte sie nach einer passenden Antwort. Meiner Meinung nach viel zu lange und ich wurde stutzig. Plötzlich klopfte es an der Tür und nur Sekunden später kamen mir vertraute Gesichter in mein Zimmer, die mich meine Schmerzen und den Unfall für ein paar Sekunden vergessen ließen.

»Was du immer für Sachen machst.« Es waren die warmen haselnussbraunen Augen meines besten Freundes Jake, die mich ein wenig beruhigten. Und das erste Mal, seitdem ich hier war, flachten meine Sorgen ein Stück weit ab. Jake beugte sich leicht über mein Bett, um mich mit einer angedeuteten Umarmung zu begrüßen. Ein erleichtertes Lächeln huschte ihm über die Lippen und er fuhr sich mit einer galanten Bewegung durch seine dunklen Haare. Mir fiel sein Dreitagebart auf, der untypisch für ihn war, wo er doch immer so penibel zum Rasierer griff.

»Na ja, du weißt, ich liebe das Abenteuer«, versuchte ich zu scherzen und löste meinen Blick wieder von ihm.

»Wir sind echt froh, dass dir nicht mehr passiert ist«, quiekte Lucy und strich sich ihre feuerroten lockigen Haare hinter die Ohren. Ich sah, wie Eve ihr einen warnenden Blick zuwarf, und auf den Vorhang neben uns deutete. Lucy räusperte sich daraufhin kurz und lächelte mir aufmunternd zu. Eve hielt sich anschließend ein bisschen im Hintergrund, tippte immer wieder mal auf ihrem Smartphone herum und schaute gelegentlich zu uns herüber, als würde sie genauestens aufpassen, dass ich mich nicht überanstrengte. Und um ehrlich zu sein, brachte mich ihre beschützende Art ein wenig zum Schmunzeln.

Inzwischen hatten alle drei einen kleinen Stuhlkreis um mich herum gebildet, und wir unterhielten uns über alles Mögliche, um mich auf andere Gedanken zu bringen, was am Ende jedoch nicht viel brachte, denn irgendwie verfielen wir immer wieder auf dasselbe Thema: den Unfall. Jake kam mir die ganze Zeit über etwas verhalten vor, und ich fragte mich, wie groß seine Sorge um mich tatsächlich war. Er war doch immer der Gefasste. Der Coole, wenn es darum ging, jemanden aufzumuntern.

»Eigentlich bin ich ja immer noch sauer, dass du mich mit Mr Blumberg allein hast trainieren lassen«, murrte Eve mit einer beleidigten Grimasse, dennoch erkannte ich ihr verstecktes Grinsen. »Ich kann euch sagen, der Typ war echt schlimm. Er hatte es voll auf mich abgesehen. Und ich? Ich stehe da allein und starre wie besessen auf die Uhr, aber die gute Mary kommt ja nicht.« Eve entfloh ein leichtes Lachen.

»Du hättest ihn ja höflich bitten können, dass er dich in Ruhe lässt«, schlug Lucy hilfsbereit vor, musste aber ebenfalls lachen, als sie Eves Gesichtsausdruck sah.

Es war schön, meine beiden besten Freundinnen hier bei mir zu haben, und es zeigte mir, wie stark unsere Freundschaft in Wirklichkeit war. Schon als Lucy in der sechsten Klasse zu uns gestoßen war, hatte ich gewusst, dass dieses Band für immer halten würde. Eves entsetztes Lachen riss mich aus meinen Gedanken. »Was meinst du wohl, was ich gemacht habe? Immer wieder habe ich nur knapp genickt oder gelächelt und mich weggedreht, damit er versteht, dass ich in mein Training vertieft bin, doch meinst du, das hat ihn davon abgehalten, mir hinterher zu watscheln?«

So sehr ich mich bemühte, dem Gespräch zu folgen, driftete ich innerlich doch immer wieder ab. Erneut versuchte ich mir den Unfall vor Augen zu rufen. Aber da war nichts, mein Kopf war leer. Auch von dem besagten Training wusste ich nichts. Wieso hatte ich Eve nicht abgesagt, wenn ich nicht aufgetaucht war? Ich hätte sie doch niemals einfach so versetzt.

»Also, Mary, warum hast du mich denn nun in der Hölle schmoren lassen? Die Antwort bist du mir immer noch schuldig. Und außerdem einen Brownie. Und von dem Cappuccino will ich gar nicht erst anfangen.« Eve sah mich eindringlich an.

»Was für einen Cappuccino? Eve, du trinkst doch sonst nur pechschwarzen Kaffee.« Ich sah von Eves entsetztem Gesicht zu Jake und weiter zu Lucy, die wiederum gespannt auf eine Erklärung von mir wartete. Doch mehr als ein entschuldigendes Schulterzucken brachte ich einfach nicht zustande, als ich Eve schließlich wieder in die Augen sah. »Ich habe ehrlich gesagt keine Ahnung, wovon du sprichst.«

»Bitte, was? Natürlich davon, dass du mich vorgestern Abend versetzt hast und mir noch nicht erklärt hast weswegen. Es muss ja super spannend gewesen sein, denn sonst hättest du mir noch am Telefon davon erzählt. Du hast etwas von Neuigkeiten gesagt, die du mir unbedingt mitteilen wolltest. Und glaub nicht, ich hätte deine Aufregung am Telefon nicht wahrgenommen. Außerdem hast du mir einen *Brownie* und einen *Cappuccino* versprochen. Da habe ich dir doch noch erklärt, dass ich erst einmal keinen schwarzen Kaffee mehr trinke. Hier im Krankenhaus mache ich eine Ausnahme, denn der Cappuccino hier schmeckt grausam.« Angewidert verzog sie das Gesicht.

»Eve, ich weiß es wirklich nicht. Ich weiß nichts von einem Telefonat oder vom Training oder deinem Cappuccino. Ich weiß doch noch nicht mal etwas von einem Unfall«, sagte ich, da jegliche Anstrengung, mich zu erinnern, anscheinend aussichtslos war. Und je mehr ich mich darauf konzentrierte, desto mehr entfernte sich alles in meinem Kopf, als würde ich beim Autofahren in den Rückspiegel blicken und alles hinter mir würde zunehmend kleiner. Oder als wenn man aus einem Traum erwacht und krampfhaft versucht sich daran zu erinnern.

Alle Augen waren auf mich gerichtet und sahen mich erschrocken an.

»Wie bitte, was? Was soll das heißen?«, wollte Lucy skeptisch wissen und rutschte auf ihrem Stuhl ein Stück nach vorn.

Erneut schüttelte ich den Kopf. »Dass ich mich nicht erinnern kann. Ich weiß, dass ich hier aufgewacht bin. Das ist alles.«

»Du kannst dich also an nichts erinnern?«, fragte Jake noch einmal mit Nachdruck.

Doch ich schaute ihn nur hilflos an.

»O mein Gott.« Eve wirkte besorgt und ergriff meine Hand. »Und an was kannst du dich erinnern? Also was ist das Letzte, was du noch weißt?«

»Mhm.« Ich musste stark nachdenken. Nachdem mir die unterschiedlichsten Bilder im Kopf umherschossen, konnte ich ein paar Puzzleteile zusammenfügen. »Ich weiß, dass wir Lucys Geburtstag gefeiert haben. Es hat so viel Spaß gemacht, als wir Bowlen waren und anschließend noch in die Bar gegangen sind. Eve, du warst völlig betrunken und ...«

»Mary«, unterbrach mich Eve und schaute mich an, als wäre ich nicht ganz bei Sinnen. »Das ist bereits zwei Monate her!«

Vier

Die Ärzte sagten, dass mein Erinnerungsvermögen durch den Unfall stark beeinträchtigt worden war und ich mich deshalb nicht mehr an die letzten Monate erinnern konnte. Sie sprachen von einer retrograden Amnesie. Eine rückwirkende Amnesie. Es war so, als wären die letzten zwei Monate aus meinem Leben komplett gelöscht worden. Eine Lücke, die ich nicht schließen konnte. Sie sagten aber auch, dass durch viel Ruhe die letzten beiden Monate wiederkommen könnten, was allerdings nicht unbedingt sicher war. Es verhielt sich hier vielmehr wie bei einem Glücksspiel. Entweder die Erinnerungen kamen wieder ... oder eben nicht. Ich sollte mich zudem entspannen und mir eine Auszeit nehmen. Stress vermeiden und mich nicht aufregen. Leichter gesagt als getan, denn nicht nur, dass ich das Gefühl hatte, als hätte man mich etwa für zwei Monate eingefroren und jetzt wieder aufgetaut, so verpasste ich auch den ganzen Lernstoff in der Uni. Mein Auto war ein Schrotthaufen, nach dem, was meine Freunde mir erzählt hatten. Mein Körper schmerzte bei jeder Bewegung. Und überhaupt: Wie sollte ich mich nicht aufregen?

Am nächsten Tag war ich für eine Weile allein und so versuchte ich mich mit einem Liebesroman abzulenken, den Eve mir auf dem Nachttisch hinterlassen hatte. Laut meiner Freundin hatte ich ihn bereits zur Hälfte durchgelesen gehabt. Dennoch musste ich ihn jetzt noch einmal von vorn beginnen. Nachdem ich etwa fünf Minuten das Cover des Buches betrachtet hatte, mit meinem Finger die Konturen der Frau darauf entlanggefahren war, um somit ein paar Erinnerungen in mir hervorzurufen, brachte es nichts außer Frust. Wie konnte es sein, dass ich das Buch eigentlich kannte und es nun doch so fremd auf mich wirkte? Seufzend schlug ich die erste Seite auf und hoffte, dass ich beim Lesen vielleicht doch etwas wiedererkennen würde, als plötzlich ein lauter Alarm neben mir erklang und ich aufschreckte. Und dann ging alles ganz schnell: Ich bemerkte hektische Bewegungen hinter dem grünen Vorhang, wo es sonst immer so ruhig gewesen war. Ärzte rasten in den Raum und ein wildes Stimmengewirr baute sich auf wie ein unheilbringender Sturm. Gebannt starrte ich auf den Vorhang, konnte aber nichts weiter erkennen.

»Wir verlieren sie! Ihr Kreislauf bricht zusammen«, hörte ich jemanden rufen.

»Sie muss sofort in den OP! Wir dürfen keine Zeit verlieren.«

Regungslos lag ich da. Mich zu bewegen kam mir nicht passend vor. Sowieso war ich wie erstarrt vor Schreck, denn neben mir verlor jemand fast sein Leben.

»Was ist denn bloß los? Vorhin war doch noch alles in Ordnung! Können Sie sich nicht ein bisschen beeilen? Sie stirbt!«, schrie ein Mann, dessen Verzweiflung deutlich zu hören war und mir beinahe das Herz in zwei Teile zerriss.

Seine Stimme kam mir bekannt vor. Erst heute Vormittag hatte ich ihn das erste Mal hinter dem Vorhang sprechen hören, aber bisher noch nicht gesehen.

»Beruhigen Sie sich bitte. Wir tun, was wir können. Sie müssen jetzt ganz ruhig bleiben, hören Sie?« Eine Frau mit einer sanften Stimme versuchte anscheinend, die Lage zu entspannen.

Und dann sah ich nur zum Teil, wie man ein Bett aus meinem Zimmer schob und die Ärzte und Schwestern den Raum verließen. Alles war schlagartig wieder still und ich lag noch eine Weile ruhig da. *Hoffentlich übersteht sie das*, betete ich innerlich.

Ein Gefühl von Einsamkeit überkam mich. Auch wenn ich die Person neben mir bisher noch nicht gesehen hatte und lediglich die Geräte verraten hatten, dass jemand da gewesen war, so war es dennoch ein leichter Trost gewesen, nicht ganz allein zu sein. Die einzige Dekoration – das freudlose Bild mit einem noch tristeren Blumentopf darauf – schenkte diesem Zimmer etwa so viel Wärme wie ein Schneemann. Die Atmosphäre wurde schlagartig kühl und finster und so wartete ich, dass etwas passierte. Vielleicht, dass die Frau oder das Mädchen wiederkam und alles in Ordnung mit ihr wäre. Oder ein Arzt, der sich nach mir erkundigte. Doch es kam niemand und ich versank in meinen traurigen Gedanken.

Die vielen Tabletten hatten mich gegen Abend dann ziemlich müde gemacht, sodass ich früh eingeschlafen sein musste. Bis dahin hatte ich von meiner Nachbarin nichts mehr gehört gehabt.

Am nächsten Morgen wurde ich wach und blickte in Lucys weit aufgerissene Augen.

»Wow, hallo, Sonnenschein, da bist du ja endlich.« Sie kicherte und schob mir ein Buttercroissant zu. »Das habe ich mehr oder weniger hier reingeschmuggelt. Ich weiß doch, wie schlimm das Essen hier ist.« Verschwörerisch zwinkerte sie mir zu und ihre roten Locken wippten dabei fröhlich. Vor wenigen Jahren hatte man ihr den Blinddarm entfernen müssen und sie hatte sich jeden Tag aufs Neue über das Essen beschwert. Auch heute noch schien es, als konnte sie die gräuliche Pampe, die man ihr als Kartoffelpüree aufgetischt hatte, nicht vergessen.

Ich lächelte und dankte ihr dafür, nachdem ich auf den kleinen Tisch mit dem unappetitlich aussehenden Essen neben mir geblickt hatte.

Als ich von meinem Croissant ein paar kleine Bissen abgeknabbert hatte, sah ich erneut zu dem Vorhang neben mir und da fiel es mir wieder ein. »Weißt du, ob die Frau oder das Mädchen wieder da ist? Gestern Abend schien es nicht gut um sie zu stehen. Hast du etwas gehört?«, flüsterte ich.

Lucy schluckte schwer und tat so, als hätte sie meine Frage nicht verstanden.

»Lucy?«, fragte ich, um ihre Aufmerksamkeit zu erregen.

»Ich habe keine Ahnung, was du meinst. Ich ... kenne sie nicht.« Sie schaute mich entschuldigend an und ihre Augen verfinsterten sich ein wenig.

»Was ist denn ...«, setzte ich an, doch Lucys Blick erhellte sich schlagartig und sie lächelte wieder, als sie mich unterbrach. »Jake und Eve wollten auch gleich vorbeikommen. Was hältst du davon, wenn wir nachher unten in der Cafeteria ein Eis zusammen essen? Ich habe eben einen Arzt gesprochen und der meinte, dass du mittlerweile ein paar Schritte machen kannst. Außerdem muss dein Kreislauf mal wieder in Gang kommen. Und ganz nebenbei liegt uns deine Tante in den Ohren, dass wir uns gut um dich kümmern sollen.«

Fragend sah ich sie an. Warum verhielt sie sich so auffällig? Gerade wollte ich sie auf ihr Verhalten ansprechen, da traten Jake und Eve mit heißem Kaffee in mein Zimmer und strahlten, als sie mich sahen.

»Endlich bist du wach. Du hast ewig geschlafen. Es ist fast zehn Uhr. Selbst die Schwestern haben dich nicht wach bekommen«, scherzte Eve, nahm sich einen Stuhl und setzte sich direkt neben mich. Es war mittlerweile ein ganz normaler Vorgang. Meine Freunde hatten inzwischen ihre Stammplätze und ich dankte ihnen für die Abwechslung, die sie mir täglich brachten. Doch zeitgleich tat es mir unheimlich leid, dass sie sich ihre Pausen auf der Arbeit oder ihren Feierabend damit um die Ohren schlugen, hier bei mir zu sitzen.

»Ich bin von den Tabletten ganz schön kaputt«, gab ich zu und steckte mir erneut ein Stück Croissant in den Mund. Wieder sah ich zu dem grünen Vorhang. »Könnt ihr mir sagen, was mit meiner Zimmernachbarin ist? Lucy tut so, als wüsste sie von nichts, aber das kaufe ich ihr irgendwie nicht so ganz ab. Außerdem verhaltet ihr euch in letzter Zeit auch ein bisschen ... merkwürdig. Gibt es etwas, das ihr mir sagen wollt?«

Und wie auf Knopfdruck war das Lächeln auf den Gesichtern meiner Freunde erloschen. Jeder druckste vor sich hin und niemand, nicht einmal Jake, schaffte es, mir in die Augen zu sehen. Ich kannte meine Freunde und ich wusste, wann sie etwas vor mir verheimlichten, und das unwohle Gefühl in meinem Magen breitete sich aus.

»Du solltest dich etwas ausruhen, Mary«, murmelte Eve vor sich hin.

»Wie könnte ich mich jetzt noch ausruhen, wo ich mir sicher bin, dass etwas nicht stimmt? Ich merke es euch doch an, dass ihr mir nichts sagen wollt. Selbst, als ich dich gefragt habe, was mit der Person in dem anderen

Auto beim Unfall passiert ist, Eve, hast du mir keine Antwort gegeben. Also, was ist hier los? Hat es etwas mit meiner Zimmernachbarin zu tun?«

»Mary, es ist so«, ergriff Jake irgendwann das Wort, als niemand etwas sagte und angelte nach meiner Hand, sah mir aber kaum in die Augen, »an dem Unfall war eine Frau beteiligt. Achtundzwanzig Jahre alt. Sie lag bis gestern direkt neben dir.« Er deutete auf den Vorhang.

»Ja, und jetzt? Geht es ihr gut?« Alarmiert versuchte ich mich ein wenig aufzuraffen und setzte mich aufrechter hin. »Gestern ist irgendwas nicht mit ihr in Ordnung gewesen. Ihr könnt euch nicht vorstellen, was hier los war. Es war auf einmal alles ganz hektisch und ihr Freund oder vielleicht ihr Bruder hat geschrien, dass sie stirbt«, erklärte ich besorgt, während ich mir die Szene von gestern Abend wieder vor Augen rief und mir dabei ganz anders wurde.

»Sie hat die rote Ampel übersehen und ist direkt in dich hinein gerast. Es sah von Anfang an nicht gut für sie aus. Gestern setzte ihr Herz aus und überhaupt waren die Verletzungen zu schlimm. Sie war nicht angeschnallt im Auto und wurde bei dem Aufprall durch die Windschutzscheibe geschleudert.«

Mein Herz begann zu rasen und in meinen Augen sammelten sich Tränen. Ich entriss Jake meine Hand, nur um sie mir fassungslos auf den Mund zu pressen. »O mein Gott. Wie geht es ihr?«, fragte ich abermals und meine Stimme begann zu beben, da ich bereits ahnte, dass irgendetwas Schlimmes passiert sein musste.

Eine Weile blieb es still, bis Jake mich schließlich ansah. Seine Augen verrieten, dass es mir nicht gefallen würde, was er mir zu sagen hatte.

»Mary, sie ist gestern Nacht gestorben«, sagte er dann leise.

Wie ein Blitz durchfuhr es meinen Körper. Alles um mich herum drohte in kleine Scherben zu zerbrechen und ich wünschte, er könnte seine Aussage wieder zurücknehmen. Auch wenn ich mich auf das Schlimmste eingestellt hatte, so war diese Offenbarung doch wie ein Schlag ins Gesicht. Eine Frau ist durch den Unfall gestorben, in den ich verwickelt gewesen war? Tränen rannen mir über die Wangen und es verschlug mir augenblicklich die Sprache. Zittrig sah ich auf meine Hände und vergrub sie unter der Decke. Ich konnte kaum atmen und in meinem Bauch begann es heftig zu rumoren. Es war wie ein Traum, aus dem ich unbedingt und unter Qualen aufwachen wollte. Doch je länger ich darüber nachdachte, desto sicherer war ich mir, dass ich nicht aufwachen würde. Die Frau war tot. Sie hatte noch vor ein paar Stunden neben mir gelegen. Vor ein paar Tagen war sie vermutlich noch lächelnd durch die Straßen spaziert, und jetzt war sie tot. Und ich war schuld!

Ich bat meine Freunde nach der furchtbaren Nachricht, mich fürs Erste allein zu lassen. Auch wenn sie das nur widerwillig taten. Doch ich musste das Ganze erst mal sacken lassen, verdauen und verstehen. Aber ich begriff es einfach nicht. Wie hatte das passieren können? Wieso hatte ich nicht besser aufgepasst? Wieso hatte ich überlebt, aber die Frau nicht? Es waren so viele Fragen, doch ich konnte mich auf keine konzentrieren. Es war, als würden Tausende von verschiedenen Stimmen auf mich einreden, und ich hatte keine Chance, sie auch nur ansatzweise zu verstehen. Ich vergrub den Kopf in den Händen und betete, dass die Schmerzen bald aufhörten. Die Fragen. Einfach alles. Nachdenklich sackte ich auf mein Kissen zurück und vernahm plötzlich Schritte, die den Raum betraten. Daraufhin erkannte ich einen jungen Mann, der sich nur kurz zeigte, bevor er hinter dem Vorhang verschwand. Vermutlich ihr Freund. Oder ihr Bruder? Ich hatte keine Ahnung, aber irgendwas war schlagartig anders. Ein komisches, mir völlig fremdes und zugleich vertrautes Gefühl überkam mich und ich richtete mich im Bett wieder lautlos auf. Unverwandt starrte ich auf den Vorhang, hinter dem es raschelte und sich bewegte. Warum fühlte ich mich so eigenartig?

Der junge Mann tauchte schließlich hinter dem Behang auf und blieb einen Moment lang stehen, als er mich sah. Unsere Blicke trafen sich, und mein Herz begann zu rasen. Sein wunderschönes Gesicht erstarrte und schien mich zu durchbohren. Sein Kiefer mahlte und seine blauen Augen leuchteten. Mit einem Karton in der Hand stand er einfach da und sah mich an. Er hielt ihn ganz fest an sich gedrückt, sodass sich seine Arme sichtlich anspannten, und wirkte dabei vor allem traurig. Vom Schmerz zerrissen. Ich versuchte in seinem Gesicht etwas zu lesen und erst nach einer gefühlten Ewigkeit erkannte ich, was in seinen Augen so funkelte. Es war pure Verachtung.

Fünf

Warme frühsommerliche Luft wehte mir mitten ins Gesicht, und ich war froh, aus dem Krankenhaus entlassen worden zu sein. Endlich konnte ich den sterilen, nach Desinfektionsmitteln riechenden Räumen entkommen und versuchen, wieder nach vorn zu schauen. Doch die Erleichterung schwand mit jedem Schritt, den ich hier draußen machte. Ab jetzt würde die nächste Etappe in meinem Leben losgehen. Die, in der ich mit allem klarkommen musste, was passiert war. Und das alles ohne die Aufsicht der Ärzte.

Deshalb standen wir nun hier, vor Jakes Haus. Ein traumhaftes Landhaus, mit weißer Holzfassade und umgeben von einem wunderschönen Garten. Wann immer ich Jakes Haus betrachtete, erinnerte ich mich auch an den herrlichen Rosengarten dahinter, den vor einigen Jahren seine Mum noch so liebevoll gepflegt hatte und der in den Sommermonaten einen so lieblichen Duft verströmte. Die Veranda war ebenfalls sorgsam hergerichtet, und lud zusammen mit der Hollywoodschaukel darauf zu traumhaften Stunden in der Sonne ein. Es hätte glatt ein Haus aus einem ›Home & Living‹-Katalog sein können.

Schon seit ich Jake kannte, wusste ich, wie viel Wert

er auf ein gepflegtes Erscheinungsbild legte – und das nicht nur bei sich selbst. Gerade, wenn es um sein Haus ging, welches er vor drei Jahren geerbt hatte, war er besonders penibel. Auch er hatte seine Eltern verloren und machte sich gut darin, seine Trauer über den Verlust zu verbergen. Doch ich kannte ihn schon seit einigen Jahren und wusste, dass es ihn schmerzte, wann immer er das Haus betrat, darin erwachte und einschlief. Wahrscheinlich war der Tod seiner Eltern auch eines der Dinge, die mich und Jake so eng zusammengeschweißt hatten. Unsere Freundschaft hatte vor etwa fünf Jahren mit einem verschütteten Kaffee begonnen und mit gelegentlichen Treffen, bei denen nie mehr passiert war als lockere Gespräche, und blieb bei einer tiefen Freundschaft, wie wir sie jetzt führten. Einer verstand den anderen auch ohne, dass dieser nur einen Ton zu sagen brauchte. Und schon damals wusste ich, dass Jake einmal nicht mehr aus meinem Leben wegzudenken sein würde. Nachdem er seine Eltern verloren hatte, war ich für ihn da gewesen, denn ich wusste, wie wichtig jemand sein konnte, der einen verstand. Der wusste, was dieser Mensch gerade durchmachte. Und nun standen wir hier. Dicht beieinander und schweigend. Die Ärzte meinten, es wäre besser, wenn ich erst einmal bei jemandem unterkommen könnte, solange ich mich nicht nur körperlich, sondern auch psychisch von all dem Schrecken erholt hätte. Auch für meine Gedächtnislücke sei das von Vorteil, da ich, wenn ich zur Ruhe käme, auch meine Erinnerungen zurückerlangen könnte. Und der Arzt hatte weiterhin betont, dass es eine Weile dauern würde. Wenn überhaupt ...

Noch immer taten mir einige Stellen meines Körpers weh, vor allem mein Kopf machte mir zu schaffen. Doch das Schlimmste war tatsächlich das, was sich in mir abspielte. Ich verkraftete die Tatsache einfach nicht, an einem Unfall, bei dem eine Frau ums Leben gekommen war, beteiligt gewesen zu sein, und genau das schien mich innerlich zu zerfressen. Wie ein Geschwür, das nach und nach Besitz von meinem Körper ergriff. Ich dachte an Lia. Die Frau, die wegen mir gestorben war. Inzwischen kannte ich ihren Namen, da meine Freunde ihn mir verraten hatten und fühlte mich noch schlechter, denn jetzt wurde sie für mich noch persönlicher. Lia, dachte ich erneut. Wie schön ihr Name war und jetzt würde er nur noch in Verbundenheit mit Trauer ausgesprochen werden. Immer wieder dachte ich an den Tag und an den Blick dieses Mannes im Krankenhaus. Mich grauste es noch immer, wenn ich auf diesen Moment zurückschaute. Ein Schauer über meinem Rücken holte mich ins Hier und Jetzt zurück und ich rieb mir fröstelnd die Arme, während Jake zur Tür marschierte. Er hatte darauf bestanden, mich zu sich zu holen, da das Haus mehr als genug Platz bot. In meiner kleinen Wohnung wäre mir vermutlich die Decke auf den Kopf gefallen, obwohl ich meine eigenen vier Wände vermisste und gerade jetzt doch bevorzugt hätte. Ich sehnte mich nach meiner Couch, den heruntergelassenen Jalousien und einem weiten Pullover, in dem ich mich für die nächsten Tage verkriechen konnte. Jake hatte sich das vermutlich denken können und ich befürchtete, dass er darin einen weiteren Grund gesehen hatte, mich zu sich zu nehmen, damit er mich besser im Auge behalten konnte. Als ich meine Sachen aus der Wohnung geholt hatte und von Jake hierhergebracht worden war, war mir jeder Meter, den ich mich von zu Hause entfernt hatte, immer schwerer gefallen, da ich doch am liebsten einfach nur für mich sein wollte.

Jake wohnte ganz am anderen Ende der Stadt in einer

ruhigen und ziemlich noblen Gegend. Hier war ein Garten gepflegter als der andere und die Nachbarn schienen einen kleinen unausgesprochenen Wettstreit daraus zu machen, wer das schönste und gepflegteste Grundstück besaß. Jake erklärte immer, dass ihm dieser besagte kleine Wettstreit nicht wichtig wäre. Doch wenn ich mich hier so umsah, dann glaubte ich ihm das irgendwie nicht.

Wir traten über die Veranda durch die dunkelgrüne Haustür und befanden uns kurz darauf im großen Hausflur, der nicht nur sehr hell und freundlich, sondern auch einladend war. Ich kannte dieses Haus schon seit einigen Jahren, in denen ich hier ein- und ausgegangen war. Selbst zu der Zeit, in der Jakes Eltern noch gelebt hatten, hatte er mich hin und wieder zu Besuch mit hergenommen. Seine Eltern hatten mich jedes Mal so überaus herzlich aufgenommen, dass ich mir in Momenten der Trauer insgeheim gewünscht hatte, dass ich ein Teil dieser Familie sein könnte. Aber jetzt betrachtete ich das Haus mit anderen Augen.

»Komm, ich zeige dir erst mal dein Zimmer«, schlug er vor und hievte meine Taschen nach oben.

Ich folgte ihm stumm die knarzenden Treppenstufen hinauf. Schon die ganze Zeit über hatte ich nicht viel gesprochen, denn ein Teil von mir wollte einfach nicht hier sein. Ich wollte nicht die warmherzigen Blicke von Jake spüren. Seine ruhige Stimme hören und dass er mir die Schuldgefühle ausredete. Ich wollte für mich sein. In mein Kissen schreien, darüber nachdenken, was ich angerichtet hatte, und krampfhaft versuchen, meine Erinnerungen zurückzuerlangen. All das hier verdiente ich einfach nicht.

Über die große Treppe erreichten wir den hellen

Flur, durch den Jake mich zu einem wunderschön hergerichteten Zimmer führte.

»Ich hoffe, es gefällt dir. Hier hast du deine Ruhe und kannst ein bisschen abschalten. Fühl dich wie zu Hause, du weißt ja, du kannst dir nehmen, was du willst«, erklärte Jake ruhig und ich spürte, wie er dicht hinter mir stehen blieb und meine Reaktion abwartete.

»Danke.« Ich sah mich kurz um. Das Zimmer war ein Traum. Ein großes Himmelbett mit beigefarbener Bettwäsche und einem weißen Baldachin. Daneben zu jeder Seite ein Nachttisch. Dazu ließen die apricot gefärbten Wände den Raum warm und gemütlich wirken und vor dem großen Erkerfenster, mit Blick auf den traumhaften Rosengarten, befand sich eine kuschelige Bank mit lindgrünen Kissen. Mir fiel der große Kleiderschrank rechts neben der Zimmertür auf, der anscheinend antik war. Ich kannte mich mit antiken Möbeln nicht aus, aber dieser Schrank schien neu aufbereitet worden zu sein und der Spiegel auf seiner Tür war sicherlich nachträglich angebracht worden. Jake hatte wirklich Geschmack oder viel mehr seine Eltern. Er hatte das Haus so von ihnen übernommen und nur ein paar Dinge geändert. Dieses Zimmer hatte ich trotzdem vorher noch nie gesehen. Schon seitdem ich das erste Mal dieses Haus betreten hatte, liebte ich es. Es war an einem verregneten Tag gewesen, an dem Jake seinen Eltern versprochen hatte, sie zu besuchen. Ich war zufällig bei ihm aufgekreuzt und er hatte mich einfach mit hergenommen. Mir wurde ganz warm ums Herz bei der Erinnerung. Und jetzt war ich hier. Ein Haus mit Seele, wie meine Tante jetzt sagen würde.

»Gut, ich lass dich dann mal auspacken und ankommen. Gegenüber von deinem Zimmer findest du das Gästebad. Richte dich ganz in Ruhe dort ein. Ich muss noch mal zur Arbeit und komme gegen Abend wieder«, erklärte Jake schließlich und ließ sich nicht von meiner Stummheit beirren. Einen Moment blieb er noch in der Tür stehen und sah mich eindringlich an. »Ach, und Mary, du weißt, wo du hinkannst, wenn du reden möchtest. Ich bin da, wenn du mich brauchst. Ich freue mich, dich hier zu haben. Erstens, weil ich in diesem Haus manchmal etwas ... eingehe so allein und zweitens, weil ich so weiß, dass du nicht allein bist. Wenn also irgendwas ist, komm einfach zu mir, in Ordnung?« Wir schauten uns einen Moment lang an. Seine Großzügigkeit, obwohl er mit seinen eigenen Dämonen zu kämpfen hatte, rührte mich so sehr, dass ich schlucken musste und einen Kloß in meinem Hals spürte.

Ich lächelte ihm zu. »Danke, Jake.« Dann wandte ich mich hastig ab, damit er meine Tränen in den Augen nicht sehen konnte.

Nachdem er gegangen war, wurde es still im Haus. Ich sah mir mein Zimmer genauer an und packte schließlich langsam, wenn auch ein bisschen widerwillig, meine Sachen in den Kleiderschrank. Nebenbei telefonierte ich mit Tante Linda, um ihr zu berichten, dass ich nun aus dem Krankenhaus entlassen worden war. »Dann bist du also bei deinem Freund Jake?«

Ich lächelte kurz und klemmte mir mein Smartphone zwischen Ohr und Schulter, um nebenbei einen Stapel T-Shirts in das oberste Schrankfach zu verfrachten. »Er ist nicht mein Freund, sondern mein bester Freund, aber ja, ich wohne nun erst einmal hier. Bis es mir besser geht.«

»Und er passt gut auf dich auf, ja?«

»Ja, Tante Linda«, antwortete ich und schmunzelte über den fürsorglichen Ton meiner Lieblingstante.

»Sei froh, dass du ihn hast. Ist ein hübscher und sehr freundlicher junger Mann.«

Ich nickte, obwohl sie das nicht sehen konnte. Ja, das war er allemal. Ich griff erneut in meine Reisetasche und beförderte ein paar Jeanshosen zutage. Im Hintergrund hörte ich das Kreischen der Möwen und ich beneidete meine Tante einen Moment lang für ihre Freiheit. »So, meine Liebe, ich muss leider wieder auf die Bühne und die Kindershow machen. Hoffentlich sind es dieses Mal keine Tomaten, mit denen sie mich bewerfen ...«

Ich machte große Augen und stopfte die Hosen neben die Shirts in den Schrank. »Du wurdest mit Tomaten beworfen?«

»Aber nein, ich wollte nur sichergehen, dass du mir auch zuhörst«, kicherte sie in den Hörer und ich musste schließlich lachen. Ihr typischer Humor. »Also, hör gut zu: Ich möchte, dass du genügend isst, dich schonst und vor allem Stress vermeidest.«

»Mache ich, Linda, keine Sorge.«

»Gut. Dass mir keine Klagen kommen. Ach, und wegen der Krankenhauskosten musst du dir keine Gedanken machen, Schätzchen.«

Einen Moment hielt ich inne. »Tante Linda, das ist doch nicht nötig. Ich habe doch noch Geld von Mom und Dad ...«

»Das du noch für andere Dinge brauchen wirst«, fiel sie mir ins Wort.

»Okay, gut. Ich danke dir. Tausend Dank!«

»Dafür nicht. So Schätzchen, jetzt muss ich aber wirklich los. Erhol dich gut und wir hören uns bald wieder.«

Wir verabschiedeten uns und ich legte das Handy auf den Nachttisch neben dem Bett. Als ich mich im Spiegel an der Schranktür sah, hielt ich einen Moment inne. Die Platzwunde am Kopf war noch immer nicht zu übersehen, und eigentlich sollte ich ein Pflaster darüber tragen, aber wie ich festgestellt hatte, hatte das bloß beim Kämmen meiner Haare genervt und ganz fürchterlich gejuckt. Stattdessen hatte ich die Wunde sorgsam eingecremt, während Jake und ich auf dem Weg hierher gewesen waren. Er war zwar nicht begeistert über meine erste rebellische Handlung entgegen dem ärztlichen Rat, doch Luft daran zu lassen, war bestimmt sowieso besser, als die Wunde immer wieder zu verdecken. In meinem blauen Pulli, der mir bis über die Oberschenkel fiel, und der schwarzen Jeans, wirkte ich mager und eingefallen. Die eineinhalb Wochen Krankenhaus hatten mir ein paar Kilos von den Rippen genommen. Mein Gesicht schien blass und benötigte dringend etwas Farbe. Ebenso meine braunen Augen, die an Leuchtkraft einiges verloren hatten. Auch meine langen Haare hingen wirr an meinem Kopf herab, und ich wusste, was ich dringender brauchte als nur Tante Lindas empfohlene Ruhe: eine ausgiebige Dusche. Zum Schutz meiner Wunde, klebte ich nun doch vorsichtig ein Pflaster darauf und entfernte mich von meinem Spiegelbild.

Unter der Dusche kam ich zum Nachdenken, und immer wieder erschien mir das Gesicht des jungen Mannes im Krankenhaus. Der Mann, dem ich nicht nur einen geliebten Menschen genommen, sondern dessen Leben ich zerstört hatte. Ich würde den Ausdruck in seinem Gesicht niemals vergessen. Und dennoch war es nicht nur dieser eine Blick, der sich so vor meinem inneren Auge gefestigt hatte. Mir schossen plötzlich die eigenartigsten Bilder vor Augen. Wie er mich anlächelte, spielerisch in die Seite stieß, seine Arme um mich legte. Immer wieder sah ich ihn vor mir, als hätte sich sein Bild in meine Netzhaut eingebrannt und so riss ich meine

Augen auf. Woher kannte ich ihn bloß? Er wirkte auf mich wie ein Fremder und dennoch sah ich ihn in meinen Gedanken wie einen Freund. Hastig griff ich zum Shampoo und schäumte meine Haare ein, als könne ich mir so diese eigenartigen Bilder aus dem Kopf waschen. Meine Güte, mein Hirn hatte wohl mehr abbekommen als zunächst geglaubt!

Den Rest des Tages verbrachte ich damit, mich fertig einzurichten, ein bisschen zu lesen, ohne wirklich die Wörter in mich aufzunehmen, und gegen Abend schleppte ich mich in die Küche und begann zu kochen. Wenigstens eine Sache, auf die ich noch Lust hatte, und ein kleines Dankeschön an Jake war mehr als notwendig.

Es war bereits dunkel, als er nach Hause kam und mich erstaunt ansah, während er in die Küche trat.

»Hey«, rief er überrascht. »Was riecht denn hier so gut?«

»Ich habe Spaghetti gemacht und einen kleinen Salat. Ich hoffe, es ist in Ordnung, wenn ich ...«

»Das ist mehr als okay.« Er lachte. »Gott, wie lange ist das her, dass ich nach Hause gekommen bin und das Essen stand auf dem Tisch. Könnte ich mich irgendwie dran gewöhnen.« Er kam auf mich zu und schälte sich währenddessen aus seiner schwarzen Polizei-Jacke. Jake hatte mir schon immer gut gefallen, wenn er seine Uniform trug, denn damit wirkte er noch männlicher als ohnehin schon, das musste ich zugeben. Außerdem untermauerte der Polizisten-Status seine Autorität, womit er schon so einigen Frauen imponiert hatte. Doch solange ich ihn nun kannte, zwischen uns war immer alles rein freundschaftlich gewesen. Es hatte keine Momente zwischen uns gegeben, in denen wir uns nähergekommen waren, als es für unsere Freundschaft gut gewesen wäre und nie hatten wir diesen Umstand hinterfragt.

Doch ihn jetzt so zu sehen, wie er da stand, in seiner Uniform und mit seinen breiten Schultern, führte dazu, dass es merkwürdig in meinem Bauch zuckte. Seine dunkelbraunen Haare waren in letzter Zeit lang geworden, sodass er sie sich oft nach hinten frisierte. Ich mochte das. Auch die kleinen Fältchen, die sich langsam unter seinen Augen zu bilden drohten, wenn er lachte, gefielen mir sehr. Mit Anfang einunddreißig waren sie ihm gestattet. Als ich Jake kennengelernt hatte, war er etwa sechsundzwanzig gewesen und seitdem hatte er sich optisch komplett gewandelt. War er damals noch eher schlaksig gewesen, mit einer Brille, die er inzwischen gegen Kontaktlinsen ausgetauscht hatte, so war er heute ein gutgebauter, muskulöser Mann, nach dem einige Frauen sich mehrmals umdrehten. Als ich mich dabei ertappte, wie ich das Starren anfing, wandte ich mich wieder den kochenden Nudeln zu.

»Alles gut bei dir?«

Ich nickte. »Klar, ich bin nur nicht ganz bei mir.« Meine Stimme war ungewohnt schrill, also räusperte ich mich kurz.

»Mhm, kann ich mir denken.« Er kam einen Schritt näher und deutete auf meine Stirn. »Solltest du nicht lieber doch ein Pflaster darüber tragen?«

Instinktiv fasste ich mir an meine Wunde und zuckte zusammen, als ein Schmerz mich durchfuhr. »Ach Jake, ich hab's dir doch schon erklärt: Das Pflaster ist so unangenehm. Ich bin sowieso nur hier im Haus, und ein bisschen Luft daran zu lassen, schadet mit Sicherheit nicht.«

»Geh damit bitte nicht zu fahrlässig um«, riet er mir, bekam schon wieder diesen überfürsorglichen Unterton in seiner Stimme und legte mir eine Hand auf den Rücken.

Eilig schüttelte ich den Kopf und lächelte versöhnlich. »Werde ich nicht, Jake. Zum Schlafen mache ich es wieder drauf. Aber am Tag kann ich es ablassen. Ich creme sie immer fleißig ein und bin auch ganz vorsichtig, Herr Oberarzt. Versprochen.«

Jake nickte lächelnd und zwickte mir kurz in die Seite. »Ich zieh mir eben was anderes an. Wie lange dauert das Essen noch?«

»Du hast genau drei Minuten Zeit«, antwortete ich und begann den Küchentresen einzudecken, an dem wir schon so oft gegessen, stundenlang Wein getrunken und einfach nur geredet hatten. Die weiße Holzküche und der große Tresen in der Mitte waren immer unser Lieblingsbereich in diesem Haus gewesen.

Wenig später hatte Jake sich normale Kleidung angezogen und war zurück in die Küche gekommen. Jetzt saß er in einer ausgewaschenen Jeans und einem weißen Shirt da und genoss mein Essen. »Und? Konntest du dich ein bisschen einleben? Findest du dich zurecht?«, fragte er mich, während ich auf meinem Teller herumstocherte, ohne etwas zu essen. Noch etwas, das mich seit dem Unfall verfolgte: Appetitlosigkeit.

»Ja, es ist alles super. Danke, dass ich erst mal hier sein darf.«

»Aber?«

»Nichts aber«, entgegnete ich bemüht heiter und trank einen Schluck Wasser. Seinen Blicken wich ich gekonnt aus.

Jake sah mich jedoch weiterhin eindringlich an und legte mit Nachdruck sein Besteck beiseite. »Ich kenne dich und kann mir vorstellen, was du gerade durchmachst und wie es dir geht. Und wenn dir etwas nicht passt, hast du diesen leicht irren Blick.« Mit einer Hand deutete er auf meine Augen, was mich zum Lachen brachte.

»Also, sag schon, was stört dich?«

»Mich stört überhaupt nichts. Es ist nur ... ehrlich gesagt weiß ich es auch nicht so recht. Einerseits bin ich froh und auch dankbar, hier zu sein.« Ich machte eine Pause und begann, wahllos ein paar Nudeln mit der Gabel zu malträtieren. »Und andererseits wäre ich einfach nur froh, mich irgendwo vergraben und zurückziehen zu können. Nachdenken, hinterfragen und vielleicht auch verstehen, was los ist. Wie das alles nur passieren konnte ... Du kannst dir nicht vorstellen, wie das ist, nicht zu wissen, was ich in der letzten Zeit gesagt oder auch getan habe.«

»Ich stelle es mir jedenfalls nicht leicht vor. Und du weißt wirklich nichts mehr? Vielleicht kamen ein paar Erinnerungen wieder hoch, als du dich hier umgesehen hast?«, hakte er noch einmal nach, griff wieder nach seinem Besteck und schob sich ein paar aufgerollte Nudeln in den Mund.

Ich schüttelte traurig den Kopf. »Nein, nichts. Es ist vergleichbar mit einem Filmriss nach einer durchfeierten Nacht. Da ist einfach nichts. Egal wie sehr ich mich anstrenge«, erklärte ich wehmütig und seufzte.

Jake wirkte mit einem Mal nachdenklich und widmete sich still seinem Teller. Meinen Blick erwiderte er nicht.

»Na ja, und dann noch die Tatsache mit dem Unfall. Dass Lia gestorben ist.«

»Ich glaube dir, dass das schlimm für dich ist, aber hör auf, dir die Schuld daran zu geben. Du hast nämlich keine, sondern sie. Und das habe ich dir auf dem Weg hierher auch schon tausendmal gesagt.« Jake griff nach seinem Glas und wirkte plötzlich sehr ernst. Die Leichtigkeit, mit der er eben noch gesprochen hatte, war wie weggeblasen.

Ich holte Luft, um ihm zu widersprechen. »Allerdings hätte ich auch einfach aufpassen können, und nicht wie eine Verrückte aufs Gas treten, was ich ja scheinbar getan haben muss, sonst hätte ich Lias Wagen ja noch rechtzeitig erkannt.« Ich atmete hörbar aus, als wäre es genau richtig, dass ich es endlich ausgesprochen hatte. Es laut gesagt hatte, damit ich nicht vergaß, was ich getan hatte. Die geringste Strafe, obwohl ich mehr verdient hatte, denn ich durfte ja schließlich weiterleben. Lia nicht. Eine junge Frau, die ihr Leben noch vor sich gehabt hatte. Wäre ich achtsamer gewesen, wäre vielleicht alles anders verlaufen.

»Jeder sagt dir, dass du keine Schuld hast, und es bringt nichts, noch weiter darüber nachzudenken. Mary, du hast genug gelitten. Komm zur Ruhe. Werde gesund und hör auf, dich in einen Gedanken zu verrennen, der völlig falsch ist.«

»Tut mir leid, aber du verstehst das einfach nicht.« Ich seufzte und blickte auf meinen Teller. Jake hatte keine Ahnung, also konnte er nicht mitsprechen und irgendeine Strafe musste ich einfach davontragen. So viel war ich Lia schuldig.

»Dann erkläre es mir«, bat Jake, doch ich schüttelte nur den Kopf.

»Entschuldige, aber ich habe keinen Hunger mehr. Ich gehe auf mein Zimmer«, sagte ich knapp, tupfte meinen Mund an einer Serviette ab, schmiss sie auf den kaum angerührten Teller und stand vom Hocker auf. Leider tat diese Bewegung besonders weh, da meine Prellungen sich nach wie vor bemerkbar machten und ich zuckte kurz zusammen.

»Alles in Ordnung?«, fragte Jake, doch ich hob nur

abwehrend eine Hand. Es gab Momente, da konnte ich diese Fürsorge einfach nicht ertragen. Einer davon war jetzt – so unfair es auch Jake gegenüber sein mochte. Als ich die Küche verließ, hörte ich ihn noch versöhnlich meinen Namen sagen, aber ich ignorierte das und verschwand mit Tränen in den Augen auf mein Zimmer.

Sechs

Die nächsten Tage verliefen alle wie in Dauerschleife. Ich sorgte im Haus für Ordnung, machte abends das Essen und verbrachte viel Zeit allein. Manchmal freute ich mich über Jakes Anwesenheit, manchmal schien sie mich regelrecht zu erdrücken. Natürlich wusste ich, dass er sich nur um mich sorgte, aber derzeit ertrug ich es einfach nicht. Über das Gespräch an dem ersten Abend hier bei ihm, hatten wir kein Wort mehr verloren. Eve besuchte mich, sofern sie konnte, und auch Lucy war hin und wieder dabei, aber da alle arbeiteten, hatten sie kaum die Möglichkeit. Und wenn sie Zeit fanden und fragten, ob sie mich besuchen dürften, blockte ich meistens ab.

Wie beschrieb man so ein Gefühl der Leere seinen Freunden? Niemand schien zu verstehen, was in mir vorging, daher blieb ich am liebsten für mich. So verbrachte ich die langen, sonnigen Tage auf der Veranda mit einem Buch in der Hand, wie auch heute. Körperlich ging es mir von Tag zu Tag besser, die Wunde an meinem Kopf heilte allmählich, da ich sie unter Jakes strengen Blicken immer wieder sorgsam eincremte, und die Prellungen schmerzten auch immer weniger. Doch innerlich herrschte das reinste Chaos. Besonders in der Nacht schien ich beinahe verrückt zu werden. Ich hatte von diesem Mann aus dem Krankenhaus geträumt. Immer wieder hatte ich das Gefühl gehabt, dass er ein Teil von mir und meinem Leben war, aber es gab keinen Platz für ihn. Wo kam er her? Warum hatte ich ihn so deutlich vor Augen? Kannte ich ihn womöglich und hatte es nur vergessen? Aber woher? Eve und Jake hätten es mir sicherlich erzählt, wenn es da eine Verbindung gegeben hätte. Also konnte das eigentlich auch nicht der Fall sein.

Ich lehnte mich etwas zurück, ließ mich von der warmen Luft berieseln und blickte nachdenklich auf die Straße. Wenn ich weiter hierbleiben würde, würde ich bestimmt verrückt werden. Auch wenn ich froh war, hier die meiste Zeit für mich zu sein, benötigte ich dringend eine Aufgabe. Ein Ziel, das ich verfolgen konnte und so fielen meine Gedanken auf die Uni. Was, wenn ich wieder hingehen würde? Mich ablenken und in Bücher abtauchen. Ein paar meiner Freunde wiedersehen. Mein Arzt hatte zwar gesagt, ich solle damit warten, aber die eine oder andere Vorlesung zu besuchen, würde ja nicht schaden. Nur die wichtigsten vielleicht. Journalismus war kein leichter Studiengang und manchmal hing ich wirklich hinterher. Ich hatte es also bitter nötig, wieder dorthin zu gehen, redete ich mir ein.

Fest entschlossen klappte ich das Buch zu, schmiss es auf den kleinen Holztisch neben mir und verschwand kurz darauf im Haus. Euphorisch kramte ich im Schrank und zog mir ausgehfähige Sachen an. Ein schwarzes Shirt und eine lockere Sommerjeans. Anschließend band ich mir die Haare zu einem Pferdeschwanz und schlüpfte in meine Sandalen. Danach schnappte ich mir meine Tasche für die Uni. Am Garderobenspiegel unten im Flur blieb ich kurz stehen und betrachtete mich einen Moment. Ja, so konnte ich tatsächlich das Haus verlassen.

Ich schlenderte die Straßen entlang und suchte gar nicht erst nach einer Bushaltestelle. Ich wollte zu Fuß gehen. Lange unterwegs sein. Die Luft in mich einsaugen und versuchen, mich abzulenken. Ein Stück weit auf dem Weg in mein normales Leben sein und nur für einen Moment nicht grübeln.

Gedankenversunken tigerte ich durch die Straßen und je länger ich ging, desto weniger vertraut wurde mir die Umgebung. Ich war mir sicher, noch nie hier gewesen zu sein. Eine gut befahrene Straße, rechts und links mit vielen Büros und Gebäuden, die nicht für Normalverdiener bestimmt waren. Schönheitspraxen, Friseursalons, bei denen ich fürs Haarewaschen locker ein halbes Vermögen hinlegen müsste und außerdem Anwaltskanzleien, wo man nur hinblickte. Als wäre es beinahe Mode, eine zu haben. Interessiert sah ich von der einen Straßenseite zur anderen, bis ich ruckartig vor einem etwas kleineren Gebäude stehen blieb. Ich wusste nicht woher, aber ich war mir sicher, dass ich es kannte. Wie so oft in letzter Zeit wirkte etwas fremd und doch so vertraut. Nachdenklich blickte ich durch die großen Fenster, sah aber nur ein paar Schreibtische und zwei Leute, die an ihnen saßen und am PC arbeiteten. Neugierig ging ich zur Eingangstür und fand dort heraus, dass es sich um einen Immobilienmakler handelte. Aber was sollte mich vorher jemals hierhergeführt haben? Ich kannte schließlich keinen Immobilienmakler und mit Immobilien hatte ich mich ohnehin noch nie beschäftigt.

Auch wenn ich es als falsch empfand, war es, als würde mich etwas leiten, und so drückte ich gegen die Tür und trat in die ruhigen Büroräume ein. Eine kleine Glocke über der Tür läutete leise. Vermutlich das einzig

Unmoderne hier in diesem Büro. Eine drückende Stille umgab mich, aber ich schien mich hier auszukennen, als ich auf den leeren Schreibtisch zusteuerte. Ich kannte diesen Platz, doch woher? Es war wie ein Déjà-vu. Interessiert sah ich mich weiter in dem Raum um, nickte den beiden arbeitenden Männern freundlich zu und deutete unbewusst auf den Schreibtisch neben mir, um ihnen klarzumachen, dass ich schon bedient wurde. Sie ließen von mir ab und widmeten sich ihren PCs und Unterlagen. Unauffällig schaute ich mir die angebotenen Immobilien auf einer Anzeigetafel an, als ich bemerkte, wie jemand in meine Richtung kam. Ich drehte mich um und spürte ein Stechen in der Brust. Innerlich sackte ich zusammen und wich einen kleinen Schritt nach hinten. Die Person vor mir blieb stehen und ließ beinahe die Mappe fallen, die sie in den Händen hielt, als ihr Blick mich fixierte. Jetzt fiel es mir wieder ein. Glasklar, als wäre es selbstverständlich.

»Daniel«, hauchte ich. Sein Name. Der Mann aus dem Krankenhaus. Er war Lias Freund. Er hieß Daniel. Die Erkenntnis traf mich wie ein Schlag und einmal mehr begriff ich nicht, was hier vor sich ging. Was in mir vor sich ging.

Seine Gesichtszüge verhärteten sich. Und genau wie im Krankenhaus mahlte sein Kiefer. Die Wut stand ihm förmlich ins Gesicht geschrieben. Es war der gleiche Blick, den ich bereits kennengelernt hatte. Von dem Mann, dessen Leben ich ruiniert hatte.

»Verdammt, was willst du denn hier?«, fragte er leise durch die Zähne gepresst und kam einen Schritt auf mich zu. Flüchtig sah er zu seinen Kollegen, die ihn aber kaum wahrnahmen. Dann packte er mich unsanft am Arm und zog mich in eine ruhigere Ecke, in der man uns nicht sehen konnte.

»Ich ... ich weiß nicht«, stotterte ich und hätte mich gleichzeitig ohrfeigen können. Und er hatte so recht: Was wollte ich hier eigentlich?

»Ich denke, du weißt, dass ein Besuch hier völlig unpassend ist. Auch noch auf der Arbeit!« Seine Augen funkelten.

»Tut mir leid. Ich ... ich hätte nicht herkommen dürfen«, murmelte ich verlegen und zwang mich, mich zum Gehen zu wenden.

»Das denke ich allerdings auch. Ich will dich hier nicht noch einmal sehen«, gab er angespannt von sich und ließ mich schließlich los, als hätte er sich die Hände an meinem Arm verbrannt.

»Tut mir leid«, flüsterte ich erneut und verließ mit klopfendem Herzen eilig das Büro. Erst draußen konnte ich wieder atmen und schaute mich Hilfe suchend um. Was ging hier nur vor sich? Was hatte ich mir nur dabei gedacht? Ich musste hier weg und wandte mich hastig von dem Gebäude hinter mir ab. Ich konnte seinen Blick auf mir spüren, wie er mich durchs Fenster beobachtete und so lief ich eilig die Straße entlang. Hauptsache weit weg. Von hier. Von ihm. Von Daniel.

Atemlos erreichte ich eine Weile später Jakes Haus. Meine Augen brannten und ich konnte ein Schluchzen kaum unterdrücken. Daniels wütende Stimme schien mich wie eine dunkle Wolke zu verfolgen. Den ganzen Weg zurück hatten seine Worte wie ein Echo an mir gehaftet. Daniel. Ich kannte seinen Namen und wiederholte ihn gedanklich zum gefühlt tausendsten Male. Als ich ihn im Büro auf mich zukommen gesehen hatte, war er mir einfach wieder eingefallen. Wie ein Songtitel, der einem auf der Zunge lag, aber nicht einfallen wollte, bis er plötzlich wieder da war. Und jetzt wusste ich seinen Namen. Aber ich hatte doch noch nie einen Daniel kennengelernt! Jedenfalls nicht in der Zeit, an die ich mich erinnern konnte. Es war alles so merkwürdig. Wieso hatte ich gewusst, dass er in diesem Büro war, obwohl ich es eigentlich gar nicht hätte wissen können? Woher kannte ich bloß diesen Namen? Seinen Namen! Hatte ihn mir jemand mitgeteilt und ich hatte es nur wieder vergessen? Wenn ja, konnte ich mich auch daran nicht mehr erinnern.

Wie ein geprügelter Hund flüchtete ich ins Haus und eilte auf mein Zimmer. Ich brauchte Ruhe. Ganz viel Ruhe, ehe ich noch völlig verrückt wurde.

Als ich meine Augen wieder aufschlug, fand ich mich auf meinem Bett wieder. Es war bereits dunkel draußen und die Straßenleuchten ließen etwas Licht in das Zimmer scheinen. Ich musste den ganzen Nachmittag verschlafen haben und fühlte mich niedergeschlagen. Langsam und kraftlos rappelte ich mich auf und schaltete die Lampe auf meinem Nachttisch an. Mit fahrigen Schritten schlurfte ich ins Badezimmer und spritzte mir etwas Wasser ins Gesicht. Nach einem Blick in den Spiegel über dem Waschbecken ärgerte ich mich, dass ich es überhaupt gewagt hatte hineinzusehen, denn ich sah schrecklich aus. Meine Augen waren noch immer rotgeändert und überhaupt stand mir der Kummer buchstäblich ins Gesicht geschrieben. Ich trocknete mir mein Gesicht mit Jakes nach Rosen duftendem Gästehandtuch und verließ eilig den Raum. Als ich nach unten ging, hörte ich Geräusche, die aus dem Wohnzimmer kamen, und blieb kurz einen Moment auf der Treppe stehen. Jake schien schon zu Hause zu sein und ich atmete kurz durch. Leise tapste ich die letzten Stufen der Treppe hinunter und warf einen Blick in das große Wohnzimmer, das vom Fernseher und von einer kleinen Lampe neben der Couch sanft erhellt wurde. Mit dem Rücken zu mir erkannte ich Jake, der es sich auf dem Sofa gemütlich gemacht hatte und sich seine Lieblingsserie ansah. Um mich anzukündigen, räusperte ich mich kurz, woraufhin sich Jake überrascht zu mir umdrehte.

»Oh, hey, Mary, du bist wach.«

»Ja, ich muss eingeschlafen sein. Tut mir leid, sonst hätte ich was zu essen gemacht.«

Jake schüttelte lächelnd den Kopf. »Hör auf, dich dafür zu entschuldigen. Du musst dich erholen und bist nicht mein Hausmädchen. Ich hatte vorhin nach dir gesehen, aber du hast so fest geschlafen, da wollte ich dich nicht wecken. Im Kühlschrank stehen noch ein paar Reste von meinem Mittagessen, das ich von der Arbeit mit nach Hause gebracht habe. Die kannst du dir gern nehmen.«

»Danke, ich esse später eine Kleinigkeit.«

Jake musterte mich einen Moment und entlockte mir schließlich ein Lächeln.

»Setz dich doch.« Er bedeutete mir, mich neben ihn zu setzen, aber als er mein Gesicht genauer betrachtete, fiel ihm anscheinend auf, dass etwas nicht in Ordnung war. »Mary, was ist los?«

Ich ließ mich neben ihm auf die Couch sinken und zuckte mit den Schultern. »Ich weiß auch nicht. Ich hatte heute nur keinen besonders schönen Tag.«

»Was ist passiert?«

»Nichts ist passiert.« Den Vorfall mit Daniel behielt ich lieber für mich. »Manchmal ist es nur so, als würde ich mich über rein gar nichts freuen können. Aber ich glaube jetzt ist es schon besser. Immerhin bist du ja jetzt da«, versuchte ich zu scherzen, was wohl kläglich scheiterte, denn ich vernahm sein leichtes Seufzen.

»Was hast du denn heute so gemacht?«, wollte er dann wissen, vermutlich, um die Stimmung aufzuheitern, und legte einen Arm auf der Sofalehne ab. Mir fiel auf, wie muskulös er in letzter Zeit wirkte, denn durch sein enges weißes T-Shirt stachen seine Muskeln ordentlich hervor. Schnell senkte ich meinen Blick auf meine Finger.

»Ach, nichts Besonderes. Ich hab aufgeräumt, geduscht, gelesen. Dann wollte ich zur Uni.« Das mit der Uni fügte ich leise und etwas zu schnell hinzu.

»Was meinst du mit: Du wolltest zur Uni? Der Arzt hat doch gesagt, dass es besser ist, wenn du erst mal zur Ruhe kommst und dich nicht gleich in die Vorlesungen stürzt«, schalt er mich und ich merkte sofort, dass er sich aufregte. Immerhin richtete er sich weiter auf und sein Blick verhieß nichts Gutes. »Dass du auch immer das Gegenteil von dem machen musst, was man dir sagt.«

Stöhnend schloss ich die Augen. Ich konnte mich auf eine lange Diskussion gefasst machen. Unruhig rutschte ich auf meinem Platz hin und her und schaute ihn schließlich an. »Jake, ich bin seit sieben Tagen hier. Mir fällt die Decke auf den Kopf und insgesamt war ich seit über zwei Wochen nicht in der Uni. Ich mache mir Sorgen, dass ich was Wichtiges verpassen könnte. Zudem erinnere ich mich nicht an den Stoff der letzten beiden Monate, sodass es nur noch schwerer für mich werden würde. Außerdem wollte ich doch nur ein paar Vorlesungen besuchen. Die, bei denen ich sowieso Schwierigkeiten habe. Ich hätte mit meinen Professoren gesprochen und das mit ihnen geklärt.« Mir war klar, dass ich mich zu rechtfertigen begann, aber bei Jake passierte mir das oft. Manchmal konnten wir uns angiften wie ein altes Ehepaar und keiner von uns wollte so schnell nachgeben. Und wenn es dann einer tat, dann eher Jake.

»Ich denke, es ist vielleicht etwas zu früh. Ich mache mir nur Sorgen um dich«, erklärte er sichtlich ruhiger und rieb sich die Stirn.

»Das weiß ich, aber versteh mich doch auch, bitte. Mein Leben ist gerade ziemlich … kompliziert und ich fühle mich ein wenig einsam. Nichts gegen das alles hier. Es ist echt toll, dass ich hierbleiben kann, aber ich bin nun mal den ganzen Tag allein, und du kennst mich, ich brauche eine Aufgabe. Einen geregelten Alltag. Lass mich wenigstens eine gewisse Zeit nur die wichtigsten Vorlesungen besuchen. Ehrlich, ich lasse es sofort sein, wenn ich merke, dass es zu viel wird. Und ich nehme auch alle Arztbesuche wahr, damit ich immer unter Kontrolle stehe.« Allmählich bekam ich das Gefühl, wieder ein kleines Kind zu sein, da ich merkte, wie ich um Erlaubnis bat.

Jake atmete jedoch angespannt aus und nickte schließlich. »Also gut. Mach, was du willst. Du lässt ja doch nicht locker. Wenn du willst, fahre ich dich hin, dann musst du erst mal nicht selbst fahren, was du ja sowieso noch nicht darfst«, bot er an. Er schien gar nicht glücklich damit und schaute auf den Fernseher.

»Hab eh kein Auto, schon vergessen?«, gab ich nur knapp von mir.

Daraufhin nickte er nur wissend und legte den Kopf schief.

»Warum eigentlich: *wolltest* zur Uni? Was hat dich abgehalten?«, hakte er dann nach.

Kurz überlegte ich, ob ich ihm die Wahrheit sagen sollte, doch ich hatte keinerlei Lust darauf, irgendeine weitere Erklärung abzugeben. Also winkte ich ab, als wäre nichts gewesen. »Ich habe es mir kurzfristig doch anders überlegt und nur einen kleinen Spaziergang gemacht.«

Er nickte, als würde er verstehen, und entspannte sich wieder etwas. Einen Moment lang schwiegen wir und ich knibbelte nachdenklich an meinen Fingernägeln, als er plötzlich das Wort ergriff. »Okay, du Einsiedlerkrebs. Du willst Abwechslung? Dann hör gut zu«, begann er und wirkte nun endlich etwas lockerer. »Wo wir schon dabei sind, dass du dich ablenken möchtest und du ja *so viel* alleine bist ... Morgen Abend hat Larry zu sich eingeladen. Einfach nur ein bisschen abhängen, nichts Großes. Ein paar Spiele spielen vielleicht. Wie wäre es, wenn du mitkommst? Wer in die Uni gehen kann, der darf sich auch amüsieren. Und wenn dir hier so langweilig ist, wie du sagst, dann würde ich dich gerne dabeihaben. Wir müssen auch nicht lange bleiben.« Seine Augen begannen erwartungsvoll zu leuchten und ich dachte einen Moment nach. Larry – Jakes guter Freund, der im Leben nur einen Sinn sah: Spaß haben und Partys feiern. Ich mochte Larry gern, aber manchmal war seine Vorstellung von Spaß etwas über dem Maße, was ich davon verstand. Während ich es vorzog, eine Bar zu besuchen, wenn wir etwas trinken gehen wollten, vollzog Larry Shows im Hangover-Stil. Jeder, der ihn kannte, wusste, dass seine Events nicht unbedingt kleingehalten wurden. Seine Hauspartys waren legendär, wenn man das so sagen konnte. Er nannte eine Villa mit Pool und allem, was dazugehörte, sein Eigen. Wenn er eine Veranstaltung schmiss, blieben keine Wünsche offen. Unzählig viele Leute erschienen dort und jeder sprach davon. Sogar noch Wochen danach. Solange es allerdings gar keine Party war, sondern nur ein harmloser Spieleabend, wäre ein wenig Abwechslung vielleicht gar nicht schlecht. Doch so sehr es mich reizte mitzugehen, so wenig wollte ich mich mit Menschen umgeben, die mir besorgte Blicke zuwarfen oder mich mit unangenehmen Fragen bombardierten. Dafür war ich noch nicht bereit.

In der Uni war ich weitaus anonymer unterwegs, aber ein Abend bei Larry bedeutete, dass alle über den Unfall Bescheid wussten.

»Jake, tut mir leid, aber ich denke nicht …«

»Keine Widerrede! Du musst«, konterte er entschieden.

»Aber ich …«

»Du wolltest doch Gesellschaft haben. Dich ablenken. Das hast du selbst gesagt.«

Ich seufzte verzweifelt und schaute auf meine Hände.

»Hey, keine Sorge.« Er hob mein Kinn mit seinen Fingern an und sah mir in die Augen. »Sobald du weg möchtest, gehen wir. In Ordnung? Du musst nur Bescheid sagen, dann bin ich da. Es sei denn, Larry hat scharfe Bräute eingeladen, um Strippoker zu spielen, dann …«

»Strippoker, oh Mann, du lebst auch immer noch im letzten Jahrhundert, oder? Wer tut so was heutzutage noch?« Ich kicherte und schüttelte resigniert den Kopf.

»Glaub mir, ich bin in Sachen Frauen immer auf dem Laufenden und seien wir mal ehrlich: Wer könnte einem heißen Cop wie mir schon widerstehen?«

Lachend stieß ich ihm in die Seite. »Okay, du *heißer Cop*, abgemacht. Ich komme mit. Aber nur, um auf dich aufzupassen! Und wehe wir spielen nicht *Mensch ärgere dich nicht*.«

»Du weißt, wie sehr ich dieses Spiel hasse, oder?«

Lachend nickte ich. »Genau deswegen ja.«

Einen Tag später war es so weit. Der Abend bei Larry stand an und ich fühlte mich weder bereit dazu noch hatte ich das passende Outfit gefunden. Eigentlich tat ich das hier nur für Jake, obwohl er wiederum das Ganze für mich tat. Ich hatte mich also für eine Jeans und eine rot-blau karierte Bluse entschieden. Mehr hatte meine Kreativität nicht hergegeben. Meine Haare hatte ich lediglich gekämmt und trug sie schlicht offen. Etwas Make-up hatte geholfen, um nicht so schrecklich blass auszusehen. Auch meine Wunde an der Stirn konnte ich mittlerweile mit meinen Haaren gut verdecken und am Ende war ich sogar ganz zufrieden mit meinem Look, als es auch schon unten an der Tür klingelte. Eve und Lucy waren da, die Jake ebenfalls gefragt hatte, ob sie mitkommen wollten. Auch wenn ich ein schlechtes Gewissen hatte, da ich mich in den vergangenen Tagen von ihnen distanziert hatte, hoffte ich, dass sie nicht allzu sauer auf mich waren. Ich lächelte mir im Spiegel entgegen und versuchte mich auf den Abend einzustimmen. Vielleicht tat mir die Abwechslung doch ganz gut, und ich wusste, dass sich Jake darüber freuen würde, wenn ich dabei wäre. Er hatte immerhin schon genug für mich getan. Jetzt war ich dran.

»Mary«, rief Eve, als sie mich an der Treppe entdeckte und drückte mich fest an sich. Sofort überkam mich eine Erleichterung, denn anscheinend war sie nicht wütend auf mich. »Mensch, bin ich froh, dass du mitkommst.«

»Bedank dich bei Jake, der mich überredet hat.« Ich hob unschuldig die Hände, und machte einen Schritt auf Lucy zu, die etwas ruhiger war und verhaltener als Eve auf mich zukam.

»Freut mich. Toll, dass du dabei bist. Das wird sicher ein lustiger Spieleabend«, sagte sie jedoch sanft, und wir gingen erst mal in die Küche.

Als wir alle am Tresen saßen und Jake schließlich umgezogen zu uns stieß, merkte ich, wie alle unauffällig große Augen machten. Eve, die gerade am Smartphone zugange war, ließ ihr Gerät erst unauffällig sinken, widmete sich dann aber hastig wieder dem Bildschirm. Ich ertappte mich selbst auch dabei, wie ich Jake anstarrte. Er sah umwerfend aus. In seinem blauen Hemd und seiner schwarzen Jeans, wirkte er einfach ... heiß. Es gab kaum ein passenderes Wort. Innerlich schalt ich mich. So durfte ich meinen besten Freund doch nicht ansehen und schon gar nicht durfte ich denken, dass er heiß war. Er war mein Jake. Mein bester Freund! Egal ob in ansprechender Uniform oder wie jetzt. Solche Gedanken musste ich dringend unterlassen.

»Hey, Mary! Bist du noch da?«, durchbrach Eve meinen inneren Monolog.

Erschrocken blickte ich in die Runde. »Bitte, was?«

»Ob du trinken darfst oder Tabletten nimmst, die das verbieten, wollte ich wissen.«

»Ach so, nein ... also ... ich nehme seit gestern keine mehr, aber ich glaube trotzdem, dass ich besser verzichten sollte.«

»Komm schon, ein Glas wird wohl gehen. Damit du mal wieder locker wirst«, fügte sie beiläufig hinzu.

Ein Glas Sekt würde sicherlich nicht schaden und ein bisschen wollte ich auch den Frieden wahren. Nachdem ich den beiden seit Tagen aus dem Weg gegangen war, war ein gemeinsamer Abend vielleicht das Richtige, um die Wogen zu glätten, also nahm ich das Glas entgegen und hoffte auf eine schöne Zeit, die vielleicht ein Stück weit Normalität in mein Leben brachte.

Sieben

Nur wenige Augenblicke nach unserer Ankunft wurde uns schlagartig bewusst, dass dies hier wohl doch kein Spieleabend werden würde. Wir standen vor Larrys riesigem Haus und schauten mit offenen Mündern auf das Grundstück. Laute Musik wummerte hinter den Mauern, wild flackernde Lichter schienen aus den Fenstern. Schon in der Auffahrt standen einige Leute, die sich locker unterhielten. Der dazugehörige perfekte Vorgarten wurde von Außenleuchten bestrahlt, sodass er noch pompöser wirkte. Das Haus leuchtete in all seiner Pracht und man konnte den Bass der Musik, gemischt mit Gelächter und Geschrei, bereits von der Straße aus hören.

»Sieht mir nicht unbedingt nach einem Spieleabend aus«, seufzte Lucy und ich spürte Jakes mitfühlenden Blick auf mir.

»Entschuldige, Mary. Ich wusste nicht, dass …«

Ich hob beschwichtigend eine Hand. »Schon gut. Niemand konnte ahnen, dass Larry das hier unter einem Spieleabend versteht. Wobei, doch schon. Bei Larry kann man sich nie sicher sein.«

»Sollen wir wieder gehen?«, hakte Eve neben mir

nach und ich schüttelte nach einem kurzen Zögern den Kopf.

»Ist okay. Wenn wir nun schon einmal hier sind. So schlimm wird es schon nicht sein«, entschied ich und war dankbar für den Sekt, den ich bereits getrunken hatte, denn sonst wäre ich womöglich nicht mitgegangen.

Langsam näherten wir uns dem Haus und ich kaute noch auf der Überlegung herum, ob es die richtige Entscheidung gewesen war. Doch der Gedanke, wieder in Jakes Haus zurückzukehren und die Decke anzustarren, bekräftigte meine Entscheidung. Zumal Eve und Lucy sich sehr zurückhielten. Vermutlich, weil sie nicht wussten, wie sie mit mir umgehen sollten, also wollte ich die Stimmung nicht kaputt machen.

Kurz vor der Tür wandte Jake sich mir noch einmal zu und legte seine Hand auf meine Schulter. »Du weißt, wenn du nach Hause willst, sagst du Bescheid. In Ordnung?«

»In Ordnung und nun los, ich will sehen, was Larry zu seiner Verteidigung zu sagen hat«, lächelte ich zuversichtlich.

Es war *die* Party überhaupt. Laute Musik. Bunte Lichter. Überall lagen rote Partybecher verstreut und es tummelten sich in diesem Haus so viele Leute, dass ich sie nicht alle hätte zählen können. Es war wild und laut.

Larry kam uns in einem grässlichen Hawaiihemd und mit einer Sonnenbrille auf der Nase entgegen und ich schloss einen Moment die Augen, um die wirren Lichter um mich herum kurz auszuknipsen.

»Heeey!« Larry drückte uns einen nach dem anderen an sich und strahlte. Allerdings mehr wegen seines Alkoholpegels als vor Freude. »Da sind ja meine Lieblingsgäste! Ich hoffe, euch geht es gut. Bedient euch. Nehmt euch, wen oder was ihr wollt.«

»Ist ja ein netter Spieleabend«, begrüßte ihn Jake mit hochgezogener Braue, doch Larry zuckte lediglich mit den Schultern, als wären die vielen Gäste in seinem Haus ganz normal.

»Na ja, weißt du, Jacob, das war eher eine kleine, spontane Umgestaltung des Abendprogramms. Aber wenn ihr spielen wollt, dann nur zu. Wir haben genügend Spielpartner hier, wenn ihr versteht, was ich meine.« Larry boxte ihm mit einem Augenzwinkern in die Seite.

Jake sah mich kopfschüttelnd an und ich wusste, dass Larry ihm gerade genauso unangenehm war wie mir. Außerdem hasste Jake es, wenn Larry ihn Jacob nannte. Doch irgendwie schien das gänzlich an seinem Freund vorbeizugehen. Dann verschwand er auch schon wieder mit dem gleichen »Heeey«, als er neue Gäste hinter uns eintreten sah.

»Gut, dann wollen wir mal«, murmelte Jake.

Während Lucy und Eve sich zur Musik wippend unters Volk mischten, hielt ich mich mit Jake ein wenig zurück. Wir platzierten uns zwischen all den Leuten in der offenen Küche und ich lehnte mich an einen der Tresen. Von der Küche aus konnte ich fast die ganze Party überblicken, da sie selbstverständlich ausladend groß war und sich dem noch größeren Wohnzimmer anschloss. Die Musik dröhnte von allen Seiten, und die Menschen tanzten ausgelassen. Viele Leute, die ich kannte, aber auch leider zu viele, die mich kannten. Instinktiv schob ich meine Haare weiter vor meine Wunde, damit sie nicht jeder begutachten konnte. Immer wieder hatte ich das Gefühl, unangenehme Blicke auf mir zu spüren.

»Das bildest du dir nur ein«, versprach mir Jake,

nachdem ich über den unangenehmen Eindruck, beobachtet zu werden, geklagt hatte. Als ich mich umblickte, fiel mir eine Frau auf. Oder eher gesagt eine sehr junge Frau. Vielleicht Anfang zwanzig. Ich mit meinen fünfundzwanzig Jahren war nicht viel älter, aber der Unterschied zwischen uns fühlte sich gewaltig an. Lange, blonde Haare. Falsche Wimpern und ein viel zu kurzer Rock oder besser gesagt: Gürtel. Zwinkernd stand sie da und versank buchstäblich in Jakes Anblick. Es hätte mich nicht gewundert, wenn sie wie ein Eis dahingeschmolzen wäre.

»Jake, ich glaube, ich habe deine persönliche Strippoker-Spielerin gefunden.« Ich deutete auf sie und Jake begann hämisch zu grinsen, als er sie erblickte.

»Sieh mal einer an.«

»Hey, die ist locker zehn Jahre jünger als du«, erinnerte ich ihn, doch er zuckte nur mit den Achseln.

»Ich verspreche dir, dass, wenn etwas passieren sollte, ich sie vorher nach ihrem Ausweis fragen werde. Immerhin kenne ich mich mit dem Gesetz bestens aus«, versicherte er mir und rückte sich sein Hemd zurecht. »Du entschuldigst mich?« Doch kurz bevor er sich abwandte, legte er mir noch einen Arm um die Schultern. »Bist du sicher, dass ich dich allein lassen kann? Ich kann auch hier bei dir bleiben und …«

»Nun hau schon ab. Ich bin alt genug und kann mich für einen Einsiedlerkrebs ganz gut mit Menschen unterhalten.« Ich lachte und gab ihm einen Stoß.

Die blonde Schönheit begann breit zu grinsen und schien gleichzeitig überrascht von Jakes Entschlossenheit zu sein. Währenddessen schaute ich mich weiter um. Draußen am Pool war die Hölle los und der Garten war nur so überfüllt mit flirtenden, betrunkenen und lachenden Menschen. Eigentlich hatte ich schon immer gemütliche Bars solchen großen Partys vorgezogen, allerdings musste ich zugeben, dass ich gern hier bei Larry feierte. Und doch war nun schlagartig alles anders und es fühlte sich an, als würde ich nicht hierhergehören. Plötzlich fiel mir ein ganz bestimmter Mensch ins Auge. Diese breiten Schultern und braunen Haare erkannte ich sofort. Die ganze Statur wirkte so vertraut, und als er sich umdrehte, ließ ich beinahe meinen Becher fallen.

»Daniel«, hauchte ich und blickte hastig zur Seite. Mein Herz begann schneller zu schlagen und ich wagte erneut einen Blick in seine Richtung. Auch er stand allein in einer Ecke und seine Augen hatten Bände gesprochen. Sie hatten verraten, dass er genauso wenig Lust aufs Feiern hatte wie ich, er schien also ebenfalls Opfer der Überredungskünste seiner Freunde geworden zu sein. Woher kannten er und Larry sich denn? Wusste ich vielleicht von Larry, wer Daniel war? In meinem Kopf ratterte es wie in einem Uhrwerk. Sollte ich zu ihm gehen und mich für mein Auftauchen gestern entschuldigen? Oder sollte ich es besser lassen?

Ich trank meinen Becher leer, nahm die Sektflasche, die neben mir auf dem Tresen stand, und füllte mir eilig nach. Wieder schaute ich unauffällig zu Daniel, der sich sichtlich unwohl fühlte. Und wieder, als hätte jemand einen Knopf in meinem Kopf gedrückt, schossen mir urplötzlich die verworrensten Bilder vor die Augen. Ich sah ihn lachend vor mir. Spürte seine Berührungen, wie er mein Kinn umfasste, um mich an sich zu ziehen. Nicht klar und deutlich und nur kleine Ausschnitte, aber ich kannte ihn und fühlte es. Da war ich mir mittlerweile sicher.

Instinktiv fasste ich mir an mein Kinn und spürte der imaginären Berührung nach. Die Stelle fühlte sich kribbelig an und als hätte ich mich verbrannt, ließ ich die

Hand wieder sinken. Doch das erklärte nicht, woher ich ihn zu kennen schien. Wenn er in meinen Gedanken lachte, hätte ich schwören können, dass er der schönste Mann auf der ganzen Welt war. Ausgelassen, fröhlich, tiefe Grübchen und volle Lippen. Leuchtende Augen und eine strahlende Haut. Einfach umwerfend und mein Herz pochte noch schneller, als ich an ihn dachte.

Ich rieb mir kurz die Augen und versuchte die Bilder beiseitezuschieben. Mich selbst ermahnend schüttelte ich den Kopf, um wieder zu klarem Verstand zu kommen, da entdeckte er mich. Seine Augen signalisierten, was in ihm vermutlich gerade vor sich ging. Er war wütend und wandte sich so abrupt ab, wie er mich entdeckt hatte. Kurz darauf verschwand er aus meiner Sichtweite.

Mir schwirrte der Kopf. Sollte ich hinterhergehen? Oder ihn einfach in Ruhe lassen? Nachdem ich bereits die Wirkung des Alkohols spürte, stellte ich meinen Becher ab und knabberte nachdenklich auf meiner Lippe. Ich musste es tun. Was auch immer mich geritten hatte, ich wollte zu ihm. Schon wieder. Einen Fuß nach dem anderen setzend, quetschte ich mich durch die tanzenden Menschen und schloss zu ihm auf. Ungeschickt schlich ich mich von hinten an ihn heran und atmete einmal tief ein und wieder aus.

Er drehte sich um und sah mich erschrocken an, als ich ihm gerade auf die Schulter tippen wollte. Eilig nahm ich meine Hand herunter und schaute ihn mit heißen Wangen an.

»Entschuldige«, stieß ich kleinlaut hervor, »ich wollte dich nicht erschrecken, aber ich …«

»Wird das jetzt ein krankes Spiel von dir? Verfolgst du mich etwa?« Seine Stimme bebte und seine Augen warfen mir eiskalte Blitze entgegen, die mich erschaudern ließen.

Hastig schüttelte ich den Kopf und wich einen Schritt zurück. »Daniel … ich … es tut mir leid.«

»Verdammt, woher kennst du überhaupt meinen Namen? Das habe ich mich gestern schon gefragt. Stalkst du mich etwa?« Daniel sah sich einen Moment um. Er machte kein Geheimnis daraus, dass ihm meine Gegenwart unangenehm war und trat noch einen Schritt zurück, als könnte meine Anwesenheit ihn auf irgendeine Art verletzen.

»Nein, natürlich nicht«, flüsterte ich und meine Augen begannen zu brennen. Was, zum Henker, tat ich hier bloß?

»Weißt du eigentlich, was du hier anrichtest? Erst der Unfall, dann Lias Tod und jetzt verfolgst du mich auch noch. Ist nicht schon genug passiert? Reicht das nicht?«

Ich wich ebenfalls einen Schritt zurück, immer sicherer zu wissen, dass es definitiv nicht die richtige Entscheidung gewesen war, zu ihm zu gehen. Um mich herum wurde alles still. Die Leute in der Nähe hatten schon längst alles mitbekommen.

»Jetzt fällt dir auf einmal nichts mehr ein …«, zischte er. »Hättest nicht einfach du bei dem Unfall sterben können?«, fragte er, doch er stockte kurz und schien erschrocken über seine eigenen Worte. Dann wandte er sich allerdings um und ließ mich ohne eine weitere Silbe stehen.

Meine Beine zitterten, und mein Körper fühlte sich schwer und zerbrochen an. Es kam mir so vor, als würde ich jede Sekunde den Halt verlieren. Meine Wunde begann zu pochen. Ich konnte mich nicht mehr rühren. Seine Worte hatten mich wie ein Schwert getroffen und in mir alles zerschnitten, was nach dem Unfall halbwegs wieder in Ordnung gekommen war. Ich hatte das Gefühl, gerade erst wieder von Lias Tod erfahren zu haben.

Meine Lippen bebten und die Blicke der Leute prasselten auf mich herab wie schwere Steine, die mich unter einem großen Haufen zermalmten. Daniel verschwand währenddessen in der Masse und kurz darauf drang ganz dumpf hinter mir eine vertraute Stimme zu mir durch. Je näher sie kam, desto klarer wurde sie. Langsam tauchte ich aus dem Strudel, der mich in eine andere Welt gesogen hatte, auf und war wieder in der Realität angekommen.

»Leute, es gibt nichts zu sehen!« Jake bahnte sich seinen Weg zu mir und berührte meinen Arm. »Ich denke, es ist besser, wenn wir einen Abflug machen«, flüsterte er mir ins Ohr und zog mich mit sich.

Wir gingen schweigend nebeneinanderher, als wir die dunklen Straßen zu Jakes Haus durchquerten. Jake hatte seine Hände tief in den Hosentaschen vergraben und sagte kein Wort. Meine Augen hafteten auf dem Gehweg und auch ich bekam keinen Ton heraus. Wie ein schlechter Song spielten Daniels Worte eine ekelhafte Melodie in meinem Kopf ab. Ein Ohrwurm, der sich durch meine Gehirnwindungen fraß. *Hättest nicht du einfach bei dem Unfall sterben können?*

»Mary, hallo?« Jake riss mich aus meinen Gedanken und ich schreckte auf.

»Was?«

»Was du dir dabei gedacht hast, habe ich dich gefragt. Wieso hast du ihn angesprochen? Ich meine, was hast du erwartet? Wir wissen alle, dass du keine Schuld an dem Unfall trägst, und vermutlich weiß er das auch. Aber für ihn muss irgendjemand Schuld haben, also ist es doch klar, dass du der Sündenbock für ihn bist. Woher kennt ihr euch überhaupt?« Jake hatte mal wieder die Standpauken-Stimme ausgepackt und ich seufzte tief.

»Ich weiß es nicht.« Es war eine ehrliche Antwort, denn ich wusste es ja wirklich nicht.

»Na ja, das hörte sich aber anders an. Was meinte er damit, dass du ihn verfolgen würdest?«

»Weiß ich nicht«, gab ich leise zurück und presste die Lippen fest aufeinander, während wir um die Ecke bogen, um in eine Nebenstraße zu gelangen. Niemals würde ich Jake sagen, dass ich bereits in seinem Büro zu Besuch gewesen war und er mich hochkant hinausgeschmissen hatte. Wenn er es sich nicht sogar schon selbst zusammenreimen konnte.

»Wie hast du das eigentlich hören können?« Ich blickte nach oben und beobachtete eine flackernde Straßenleuchte.

»Mary, alle, die um euch herumstanden, haben es gehört. Dieser Daniel war nicht gerade zurückhaltend, was seine Lautstärke anging.«

»Mist«, murmelte ich und trat einen Stein vor mir beiseite. Ich wollte gar nicht daran denken, wie die anderen Gäste nun über dieses Thema sprechen würde. Nie wieder, schwor ich mir, würde ich mich auf irgendeiner Party von Larry blicken lassen.

»Vielleicht war es doch noch zu früh für dich, vor die Tür zu gehen«, hörte ich Jake jetzt leise neben mir murmeln und ich blitzte ihn von der Seite an.

»Sag mal, Jake, auf wessen Seite stehst du eigentlich? Du redest mit mir, als wäre ich eine Verrückte. Solltest du nicht eigentlich zu mir stehen und dich nicht so aufführen, als wärst du mein Vater? Ich dachte, du wärst mein Freund, aber in letzter Zeit benimmst du dich wie jemand, der glaubt, immer zu wissen, was das Beste für mich ist.« Ich schnappte angespannt nach Luft und schüttelte den Kopf. »Woher ich ihn kenne, willst du wissen? Ich weiß es nicht. Was für eine Überraschung! Ich weiß es nicht! Wie so einiges in letzter Zeit und ich kann mich nur wiederholen: Ich weiß es nicht! Merk dir doch, dass ich einfach nichts weiß. Das macht es am einfachsten für uns alle.« Wie wild fuchtelte ich mit meinen Armen, um jedes Wort zu untermalen, das aus mir herausplatzte. Aus einem Gebüsch neben uns flüchtete durch meine Lautstärke aufgeschreckt eilig ein Vogel und schoss gen Himmel.

Ich war sauer. Sauer auf Daniel, für die Worte, die er ausgesprochen hatte. Sauer auf die Leute, die einfach gelauscht hatten. Sauer auf Jake, der sich wie ein Heiliger aufspielte, und vor allem war ich sauer auf mich, weil ich mich dagegen wie eine Idiotin verhielt. Ich wollte Jake nicht anschreien, aber es ärgerte mich, dass er sich in den vergangenen Tagen wie ein Moralapostel aufspielte.

Daniel hatte recht. Hätte ich nicht einfach bei dem Unfall sterben können?

Acht

Eine Weile später saß ich auf dem Bett und ließ mich von der Dunkelheit einhüllen. Nachdenklich wischte ich mir über mein verheultes Gesicht. Aber es liefen keine Tränen mehr. Ich hatte nichts mehr, was ich hätte herausheulen können. Diese packenden Schuldgefühle. Sie wogen zentnerschwer auf meinen Schultern, und niemand war da, der mir ein bisschen Ballast abnehmen konnte. Außer meinen Freunden und gerade die behandelte ich nicht sonderlich fair, was die aufgebrachte Nachricht von Eve noch einmal bekräftigte:

Mary, wo steckst du? Ich habe gehört, was los war. Warum redest du denn nicht mit uns?

Ich begann eine Antwort zu tippen, doch löschte ich die Zeilen wieder und legte mein Smartphone beiseite. Diese Stimmungsschwankungen und der Selbsthass ließen einfach nicht zu, dass ich meine Freunde näher an mich heranließ als nötig. Ich wollte ihnen nicht mit meinen

Problemen in den Ohren liegen und vor allem suchte ich insgeheim noch immer nach einer gerechten Strafe für mich. Meine Freunde würden sie mir jedoch nur ausreden und ich wollte einfach nicht hören, dass ich keine Schuld hatte. Hinzu kamen die merkwürdigen Gedanken und Bilder von Daniel, die ich nicht zuordnen konnte. Was passierte da bloß in meinem Kopf? Schließlich schien Daniel mich nicht zu kennen und seine vor Hass triefenden Blicke verletzten mich jedes Mal mehr. Trotzdem zog er mich an wie ein Magnet. Ich war auf der Party einfach nicht umhingekommen, ihm hinterherzugehen. Als hätten meine Beine das Kommando über meinen Körper gehabt und es hatte nichts gegeben, was ich dagegen hätte tun können. Es fühlte sich an, als hätte jemand eine Fernsteuerung über mein Verhalten übernommen. Ich seufzte und knibbelte gedankenverloren an einem Taschentuch. Das hatte ich nun davon. Ein noch kaputteres Ego, einen beleidigten besten Freund ein paar Zimmer weiter und Eve und Lucy, die ebenfalls sauer auf mich waren. Und das alles nur, weil … Ja, warum eigentlich?

Wegen den Streichen, die mein Kopf mir spielte? Wegen Daniel, der dauernd in meinen Gedanken umherspukte? Ja, das war die Antwort. Mein Leben war derart chaotisch wegen eines Mannes, den ich nicht kannte und irgendwie doch. Kopfschüttelnd legte ich mich auf die Seite und beobachtete den Schein des Mondes, der in mein Zimmer fiel. Ich beschloss, Daniel endgültig aus meinen Gedanken zu verbannen und zu vergessen.

Verschämt schlich ich am nächsten Morgen in die Küche und setzte mich mit einem leisen »Guten Morgen« zu Jake an den Tresen. Seinen argwöhnischen Blick spürte ich wie tausend Nadelstiche auf meinem Körper, doch das versuchte ich gekonnt zu ignorieren und nahm mir stattdessen ein paar Cornflakes. Schweigend füllte ich mir eine Schüssel voll.

»Ist die Königin wieder von ihrem hohen Ross herabgestiegen?«, fragte er zynisch. Doch ich erkannte ein leichtes Schmunzeln auf seinen Lippen, als ich ihm einen flüchtigen Blick zuwarf.

Seufzend schüttete ich Milch zu meinen Cornflakes und wusste, dass es jetzt an mir war, mich zu entschuldigen. Immerhin hätte ich Jake gestern Abend nicht so anfahren dürfen, das war mir inzwischen klargeworden. Doch ... verdammt, im Entschuldigen war ich eine echte Niete. Gerade, wenn er mich so ansah, wie er es in diesem Moment tat. Mit hochgezogener Braue und einem zuckenden Mundwinkel.

»Hast du ein Schweigegelübde abgelegt?« Aus den Augenwinkeln sah ich, wie er mich genauestens studierte, doch ich brachte noch immer keinen Ton hervor. »Na gut«, pustete er dann aus, »dann wird es die nächsten Tage hier verdammt still im Haus. Denn auf Selbstgespräche kann ich gut verzichten, die führe ich auf der Arbeit genug.« Er widmete sich erneut seinem Toast.

Gedanklich suchte ich nach ein paar Worten, doch er brachte mich ganz durcheinander mit der Art, wie er gleichgültig in den Toast biss und nach der Tageszeitung neben sich griff. Jetzt fing die Phase an, in der er mich ignorieren würde. Und ebendiese Phase mochte ich gar nicht. Was nicht zuletzt daran lag, dass er mit seinem Desinteresse so glaubwürdig rüberkam. Als würde es ihm wirklich nichts ausmachen, mich zu ignorieren.

Unermüdlich suchte ich weiterhin nach einem Anfang für meine Entschuldigung und ließ schließlich resigniert meinen Löffel in die Schüssel fallen. »Gut, du hast gewonnen! Es tut mir leid, Jake. Ich weiß, dass ich gestern überreagiert habe und dich nicht so anfahren hätte dürfen. Und natürlich fragst du dich, warum ich mich gestern Abend so verhalten habe. Warum ich auf Daniel zugegangen bin und dich anschließend so angepflaumt habe. Aber ich kann es dir noch immer nicht erklären. Das Einzige, was ich kann, ist, mich aufrichtig dafür bei dir zu entschuldigen.« Ausatmend schob ich die Schüssel von mir und erhob mich vom Hocker. Während ich mich weiter zu erklären versuchte, lief ich in der Küche auf und ab. »Weißt du, in meinem Kopf spukt so viel herum und ich kann dir einfach nicht sagen, woher ich ihn kenne. Er kennt mich scheinbar nicht, und ja, ich habe ihn schon einmal besucht vor ein paar Tagen, aber das war reiner Zufall. Eigentlich wollte ich gar nicht zu ihm, aber plötzlich stand ich vor seinem Büro ... Ich glaube mir selbst kaum, wenn ich das hier erzähle. Und ich weiß, dass ihr, Eve, Lucy und du, mir nur helfen wollt und ich euch, oder vor allem dich, schlecht behandle. Ich habe Eve nicht einmal auf ihre Nachricht letzte Nacht geantwortet und vermutlich macht sie sich unheimlich Sorgen. Und Lucy? Ich drücke sie weg, wenn sie anruft, oder gehe nicht ran, nur damit ich nicht mit ihr reden muss. Ich weiß, die beiden sprechen es nicht aus, aber sie sind ebenso sauer auf mich wie du. Und ich kann es verstehen. Also packe ich am besten meine sieben Sachen und verschwinde nach Hause. Immerhin geht es mir ja schon ein bisschen besser und du hast sicherlich auch genug von mir.« Einen Moment lang schaute ich Jake erwartungsvoll an, doch er saß lediglich still da und hörte mir mit ausdruckslosem Gesicht zu. Ich hoffte, dass wir diesen Abschied hier schnell hinter uns bringen konnten, denn wenn ich eines hasste, dann war es ein Streit zwischen Jake und mir, der uns voneinander entfernte. Doch vermutlich hatte ich es mit meiner Entschuldigung nicht besser gemacht.

Wortlos schloss er die Hände um seinen Becher Kaffee. Seinen Blick wandte er nicht davon ab, als würde ihm die schwarze Brühe eine bessere Gesellschaft sein als ich. Da augenscheinlich keine Antwort von ihm zu erwarten war, machte ich mich mit schwerem Herzen auf den Weg in mein Zimmer. Als ich gerade an ihm vorbeirauschte, fing er lauthals an zu lachen und hielt mich mit einer lässigen Bewegung am Arm fest. Fragend verzog ich das Gesicht.

»Weißt du eigentlich, wie witzig es ist, wenn du dich bei jemandem entschuldigen musst? Das fällt dir schwerer, als ein Insekt zu essen.« Seine Härte im Gesicht und die Wut vom Vorabend waren wie weggeblasen und ich seufzte innerlich erleichtert auf.

»Ich lach mich tot«, ätzte ich jedoch und zog meinen Arm aus seinem Griff.

»Und du wirst deine Sachen nicht packen. Du bleibst hier. Wenn du nach Hause gehst, werden deine Erinnerungen auch nicht wiederkommen.«

»Da könnte ich aber meine Haustür zumauern und in Ruhe in Selbstmitleid baden.«

»Und genau das werde ich nicht zulassen, verstanden?« Er erhob sich schwungvoll vom Hocker und führte mich in den Flur und anschließend die Treppe hoch. »Mach dich fertig, und dann unternehmen wir einen kleinen Ausflug. Ich erwarte dich in einer Viertelstunde unten«, befahl er und schob mich bis in mein Zimmer, ehe er mit eiligen Schritten wieder verschwand.

Ich hatte keinen Schimmer, wohin mich Jake entführen würde, und so wartete ich einfach ab und genoss die

Sonne, die auf uns herab schien. Wir fuhren durch die Stadt, die wie immer von Menschenmassen nur so überfüllt war, und in mir drin machte sich Anspannung bemerkbar. Als wir an einer Kreuzung hielten und warteten, bis es Grün wurde, bohrte ich meine Finger in den Beifahrersitz und schloss die Augen. Mein Atem ging schneller, und ich spürte, wie ich zu schwitzen begann. Das schnelle Pochen meines Herzens bereitete mich auf eine Panikattacke vor. Ich hatte das Gefühl, dass sich gleich alles wiederholen würde, was vor etwas über zwei Wochen passiert war, und versuchte meinen Atem zu regulieren, was gar nicht so einfach war. Schließlich fühlte es sich so an, als würde ein Gefühl von Angst die Kontrolle über meinen Körper übernehmen, gegen das ich mich nicht wehren konnte. Konzentriert sog ich tief die Luft ein und spürte das Zittern meiner Knie, als Jake mich aus meinem Zustand riss.

»Hey, Kleine. Es ist alles in Ordnung, okay?« Sanft legte er eine Hand auf mein Knie und strich behutsam mit seinem Daumen darüber. »Ich fahre weder bei Rot los noch werde ich über die Kreuzung rasen. Ich warte, bis alle Autos stehen. Du brauchst keine Angst zu haben.«

Als ich es schließlich schaffte, ihm in die Augen zu sehen, beruhigte sich mein gehetzter Atem und auch mein Herz pochte allmählich wieder im normalen Takt. Schweigend nickte ich und nahm den Blick nicht von seinen dunklen Augen. Ein Schmunzeln umspielte seine Lippen und er drückte noch einmal bestätigend mein Knie, ehe er seine Hand von mir nahm, um weiterzufahren.

Erst, als die Gegend immer grüner und bergiger wurde, hatte ich so eine Ahnung, wo Jake mich hinführen wollte. Wir näherten uns dem Rock Creek Park. Mit einem Strahlen auf den Lippen konnte ich es kaum erwarten anzukommen, denn hier war es nicht nur himmlisch ruhig, sondern auch wunderschön. Die Landschaft und die Wälder waren unbeschreiblich. Gerade im Herbst und im Winter war es hier am schönsten. Doch auch wenn wie momentan der Sommer allmählich anbrach, konnte man hier atemberaubende Stunden verbringen. Ich lächelte Jake dankbar von der Seite an, während das Auto auf einem geschotterten Parkplatz zum Stehen kam.

»Vielleicht ist das genau das Richtige für dich«, sagte er und schnallte sich ab.

Mit einer kribbeligen Vorfreude in der Magengegend nickte ich und konnte es kaum erwarten, endlich die Landschaft zu erkunden.

Gemeinsam wanderten wir mit Rucksäcken, die Jake uns vor der Abfahrt gepackt hatte, durch Wälder und über Wiesen. Immer wieder schloss ich sekundenlang die Augen und ließ die Sonnenstrahlen auf mich herabscheinen. Ich spürte die Wärme auf meinem Gesicht und wie sie meine Wangen erhitzte. Sog die ländliche Luft tief in meine Lungen, nur um sie einen Moment später wieder auszuatmen. Das Rascheln der Baumwipfel begleitete uns bei unseren Gesprächen, unseren Witzeleien und den Augenblicken der Stille. Vögel sangen ihre Lieder und ich wünschte mir, dass dieser Tag niemals enden würde. Irgendwann kamen wir an eine Brücke, die über einen kleinen Bach führte, und konnten eine kurze Rast gut gebrauchen. Ich wusste nicht mal mehr, wie lange wir schon unterwegs waren. Wir setzten uns auf die Brüstung und betrachteten das Wasser, das unter uns über die Steine plätscherte.

»Danke, Jake. Es ist wunderschön hier. Die Natur und die Landschaft tun mir echt gut und bringen mich auf andere Gedanken.« Ich hielt erneut mein Gesicht in die Sonne, um so viele Strahlen wie möglich zu erhaschen.

»Das hatte ich gehofft. Immer im Haus ... Ich kann verstehen, warum du mal raus musstest. Und das von gestern Abend vergessen wir einfach.« Seine tiefe Stimme beherbergte eine angenehme Ruhe. Er griff nach einem kleinen Kiesel neben sich und drehte ihn zwischen den Fingern hin und her.

»Ja, besser nicht drüber reden.« Ich presste meine Lippen zusammen bei dem Gedanken an Daniel und unserer Begegnung und schüttelte sie schnell wieder ab. Ich fasste nach meinem Rucksack, um einen Schluck Wasser zu trinken.

»Hast du denn das Gefühl, dass langsam ein paar Erinnerungen wiederkommen? Ich meine, jetzt zum Beispiel, wo du mal draußen bist?«, begann Jake neben mir zu reden und ich erkannte die Vorsicht, mit der er seine Frage stellte.

Ich zuckte unentschlossen mit den Schultern und verstaute meine Wasserflasche wieder in meiner Tasche. »Um ehrlich zu sein, weiß ich es nicht. Manchmal sind da Bilder, die ich nicht zuordnen kann, die aber auch schon älter sein können.« Dass die meisten Erinnerungen mit Daniel zu tun hatten, erwähnte ich lieber nicht. Das Thema hatte sich gestern so unheilvoll über uns ausgebreitet wie ein tosendes Gewitter, da wollte ich das Ganze nicht wieder aufkochen lassen. »Es fühlt sich an, als hätte jemand die Resettaste bei mir gedrückt und die letzten zwei Monate einfach gelöscht. Hört sich ein bisschen verrückt an, oder?«

»Etwas«, gab Jake leise von sich und starrte konzentriert auf den kleinen Kiesel in seiner Hand. »Und sonst ist da nichts mehr, bis auf Lucys Geburtstag?«

»Nein«, gab ich kopfschüttelnd von mir.

Jake wirkte plötzlich in sich gekehrt und ich rückte etwas näher an ihn heran. »Ist alles in Ordnung mit dir?«

»Klar doch«, antwortete er und schenkte mir ein lockeres Lächeln. Es war unecht und das erkannte ich sofort. Entschlossen rückte ich noch etwas näher und gab ihm einen Kuss auf die Wange, auf der sich ein leichter Bartschatten abzeichnete. Mit den Fingern fuhr ich ihm über die stoppelige Haut und grinste. »Seit wann trägst du eigentlich einen Dreitagebart? Das wollte ich dich die ganze Zeit schon fragen. Früher fandest du es schrecklich, wenn sich dein Gesicht so stoppelig anfühlte.«

Jake spannte sich etwas an und zuckte mit einer Schulter. »Glaubst du mir, wenn ich sage, dass du es gerne so mochtest?«

»Was? Ehrlich? Das habe ich gesagt?«

Lachend erwiderte er meinen Blick. »Ja, etwa vor einem Monat. Du meintest, es würde mich *heiß* aussehen lassen. Deine Worte, nicht meine.«

Kichernd boxte ich ihm in die Seite. »Na, du kannst mir ja alles erzählen. Aber für den Fall, dass ich es gesagt haben sollte, muss ich mir wirklich auf die Schulter klopfen, denn es steht dir sehr gut.«

»Ich weiß«, bestätigte Jake und fuhr die Konturen seines Kinns nach.

»Jedenfalls, danke, Jake, dass du mich hergebracht hast. Das habe ich gebraucht. Du bist der Beste!«

Wieder lächelte er und nickte leicht. »Für dich doch immer.«

»Ich kann mir ehrlich keinen besseren besten Freund vorstellen. Du hast schon so viel für mich gemacht. Ich muss mich auf jeden Fall dafür noch erkenntlich zeigen.« Ich lachte. »Schlag was vor. Was kann ich dir Gutes tun? Soll ich uns was Schönes kochen? Dich zum Kino einladen oder dein Haus streichen?« Mit dem Ellenbogen stieß ich ihm in die Seite, und er warf seinen Stein in den Bach.

»Werde einfach wieder gesund«, sagte er dann und erhob sich.

Nach dem schönen Tag mit Jake hatte sich auch Eve auf einen Wein-Veranda-Frauenabend angemeldet. Es wunderte mich, dass sie mich überhaupt gefragt hatte, und doch war ich ehrlich erleichtert darüber. Da ich mich bei ihr für mein ablehnendes Verhalten in den letzten Tagen entschuldigen wollte, sagte ich natürlich sofort zu. Nur Lucy hatte leider keine Zeit finden können. Nachdem ich meine Haare zu einem lockeren Dutt hochgesteckt und mir einen langen Cardigan übergezogen hatte, kam Jake in mein Zimmer. In seiner Hand hielt er sein Smartphone.

»Jake.« Ich sah ihn überrascht an.

»Ich habe mal meine Fotos durchforstet und bin auf ein Bild gestoßen, das drei Wochen vor deinem Unfall aufgenommen wurde.« Er war in wenigen Schritten bei mir und tippte auf seinem Telefon. »Es war in einer Bar. Wir waren mit Freunden dort. Tammy und George, Lucy, Eve und Derek waren zum Beispiel auch da. Es hatte geregnet, und so sind wir in die Kneipe geflüchtet. Erinnerst du dich?«, fragte er aufgeregt.

Mit traurigem Blick schaute ich ihn lediglich an und verzog entschuldigend den Mund. Meine Gedanken fielen auf Derek, Tammy und George. Freunde von uns, die ich lange nicht gesehen hatte, da sie einige Meilen von uns entfernt lebten und wir uns nur ein paarmal im Jahr sahen. Aber auch an einen Barbesuch mit ihnen konnte ich mich nicht erinnern. Versöhnlich schüttelte ich schließlich den Kopf. Er kannte schließlich die Antwort.

»Na, ist auch egal. Jedenfalls gibt es hier ein Foto von uns. Hier, vielleicht erinnerst du dich, wenn du es siehst.«

Er drückte mir sein Smartphone voller Erwartung in die Hand. Das Bild zeigte uns nebeneinander auf einer braunen Sitzbank. Wir saßen eng beisammen und strahlten in die Kamera. Es war anscheinend etwas kühler gewesen, denn ich trug noch einen dicken Pullover. Den Arm hatte mir Jake um die Schultern gelegt. Für mich ein ganz normales Bild, das auch vor zwei Jahren hätte geknipst worden sein können. Ich scrollte ein paar Fotos weiter. Entdeckte Eve und Derek zusammen auf einem Bild, wie sie ihm gerade ein Cocktailschirmchen hinter das Ohr schob und sich dabei halb kaputtlachte. Auch Tammy und George waren auf einigen der Fotos zu sehen. Oder Lucy, wie sie neben der Jukebox stand und nach einem Song suchte. So schön die Momentaufnahmen auch waren, es dämmerte mir dabei leider nicht. Ich zuckte mit den Schultern. »Mhm. Nein, tut mir leid. Da ist nichts.« Ich gab ihm kopfschüttelnd sein Handy zurück.

»Macht ja nichts. Ich dachte, vielleicht hilft dir das auf die Sprünge.« Er wirkte etwas niedergeschlagen.

»Jake, ist wirklich alles okay mit dir?«, hakte ich vorsichtig nach und legte ihm eine Hand auf den Arm.

»Na klar. Ich versuche nur, dir ein bisschen zu helfen. Und es ärgert mich, dass meine Hilfe scheinbar nichts bringt, wenn deine Erinnerungen ja doch nicht wiederkommen. Ist nur etwas frustrierend, das ist alles. Natürlich mache ich mir Sorgen um dich«, erklärte er, während er sein Telefon in die Hosentasche schob und sich ein Stück von mir entfernte.

»Ich weiß. Dumm von mir, zu fragen«, gab ich beschwichtigend zurück. »Auf meinem Telefon gibt es leider auch keine Bilder. Du weißt ja, ich mache so gut wie nie Fotos.«

Er nickte wissend.

»So, ich muss mich fertig machen. Eve ist jeden Moment da.«

»Ich lasse euch dann mal allein.« Jake wandte sich zum Gehen.

»Was hast du heute Abend vor?«, wollte ich wissen.

Er blieb in der Tür stehen und lehnte sich mit einem Arm an den Türrahmen. »Mhm, na ja ... Du erinnerst dich an die kleine Blonde von gestern?«

Ich lachte laut auf. »Das gibt es doch nicht! Hast du tatsächlich noch ihre Nummer ergattert?«

Er lächelte schief. »Was soll ich sagen, ich hab's halt drauf.«

»Ich wünsche dir und der Kleinen einen schönen Abend.« Kokett zog ich eine Braue in die Höhe.

»Danke«, antwortete Jake knapp, wartete noch einen Moment, als wolle er noch etwas sagen, verschwand dann allerdings mit einem leichten Klopfen auf den Türrahmen aus dem Zimmer.

Mit einer Flasche kühlen Weißwein machten Eve und ich es uns später draußen auf der Veranda gemütlich. Die Sonne verabschiedete sich vom Tag und so genossen wir ihre letzten Strahlen, während wir auf die ruhige Straße blickten, auf der ein paar Spaziergänger mit ihren Hunden eine Runde drehten.

»Erzähl, was gestern Abend los war«, platze es aus Eve heraus, die unsere Gläser füllte und mir anschließend eines reichte.

Ich schluckte schwer bei dem Gedanken daran, was

vor nicht einmal einem Tag passiert war. »Ach, das war nur so ein blöder Moment«, tat ich das Ganze ab und winkte fahrig mit der Hand.

»Dafür haben die Gäste aber gestern noch ganz schön lange darüber getratscht«, betonte Eve.

»Ich dachte, es wäre eine gute Idee gewesen, Daniel anzusprechen. Das ist alles. Immerhin bin ich schuld an seinen schlechten Gefühlen, und ich dachte ... Keine Ahnung, was ich gedacht habe. Manchmal scheine ich gar nicht mehr zu denken«, schnaubte ich und trank einen großen Schluck.

»Ich merke schon, du möchtest das Thema wechseln«, mutmaßte Eve und nahm ebenfalls einen Schluck aus ihrem Glas. Sie zog anschließend ihr Handy aus der Handtasche neben ihrem Platz und warf einen Blick drauf. Aus ihrem Zopf hatten sich ein paar ihrer dunkelbraunen Strähnen gelöst und wehten bei der leichten, aufkommenden Brise umher.

»Kannst du mir etwas zu der Zeit vor meinem Unfall sagen? Also, habe ich mich irgendwie seltsam oder anders benommen?«, wollte ich schließlich wissen und nestelte an einem losen Faden meines Cardigans herum.

»Lass mich nachdenken. Mhm. Nein, eigentlich nicht. Du warst manchmal ein bisschen geheimnisvoll, du hattest auch ein bisschen weniger Zeit als sonst. Aber du hast mir nichts verraten wollen, nachdem ich dich einmal gefragt hatte, warum du so gute Laune hast.« Sie zupfte am Etikett der Weinflasche. »Irgendwas muss allerdings gewesen sein, und ich glaube, du hattest vor, es mir am Tag deines Unfalls zu erzählen.«

»Tja, wir werden es vermutlich nicht so leicht erfahren«, sagte ich bloß. »Habe ich je Daniels Namen in den Mund genommen?«

Kopfschüttelnd sah Eve mich an. »Nein. Nie. Du

kanntest keinen Daniel. Jedenfalls nicht, dass ich wüsste.«

Seufzend nahm ich einen weiteren Schluck und ließ die Flüssigkeit nur langsam in meinen Hals wandern. Eve tippte währenddessen wieder auf ihrem Smartphone, lächelte kurz entschuldigend und steckte es beiseite. »Nun lass uns da mal nicht noch länger drüber sprechen. Deine melancholische Art ist ja fast schon ansteckend«, witzelte sie und hatte es geschafft, das ganze Etikett der Flasche ab zu pulen. Sie knüllte es zusammen und legte es auf den Tisch, während sie ihre Lippen zu einem Lächeln verzog. »Jetzt mal was anderes. Morgen Abend sind im *Coopers* alle Getränke zum halben Preis. Na, wie wär's?« Eve warf mir einen verführerischen Blick zu.

»Das ist doch nicht dein Ernst«, lachte ich auf und raffte meinen Cardigan enger um mich, da mich die leichte Brise etwas frösteln ließ. »Nach dem, was gestern Abend passiert ist? Ich hatte vor, mich die nächsten Wochen zu vergraben und nie wieder in Gesellschaft von Menschen zu kommen.«

»Ach komm, das gestern war eine riesige Party. Das morgen Abend wird ein gemütliches Sitzen in einer Bar. Nur du, Lucy und ich. Ein Mädelsabend. Also los, was meinst du? Enttäusch mich nicht. Das lasse ich dann auch als Entschuldigung gelten.«

Verwundert sah ich sie an. »Was denn für eine Entschuldigung?«

»Du hast mir versprochen, dass du das nächste Mal, wenn wir uns treffen, einen Brownie ausgibst. Und einen Cappuccino. Das habe ich nicht vergessen. Außerdem wolltest du dich heute Abend bei mir entschuldigen. Ich kenne dich. Ich weiß doch, wie schwer dir eine Entschuldigung fällt. Dir tut es leid, dass du dich bei mir nicht gemeldet hast. Ich erleichtere dir so nur das Ganze.« Fest entschlossen und von sich überzeugt, schenkte Eve uns nach.

Manchmal fragte ich mich wirklich, wie ich nur so wunderbare Freunde verdient hatte. Erleichtert atmete ich aus. »Du bist wirklich nicht sauer auf mich? Immerhin habe ich euch gestern einfach zurückgelassen.«

»Nachdem du mir nicht geantwortet hast, habe ich bei Jake nachgefragt, was los ist und er hat mir dann Bescheid gegeben, dass ihr gegangen seid. Mary, ich weiß, was du gerade durchmachst, deshalb versuche ich es auch nicht allzu ernst zu nehmen, wenn du dich nicht meldest. Aber lass dir bitte gesagt sein, dass wir dir nur helfen wollen.«

Ich nickte wissend und schaute gedankenverloren auf die Straße. »Ich weiß. Und ich bin euch sehr dankbar dafür. Und damit du es auch wörtlich hast: Es tut mir leid, dass ich so schrecklich zu euch war.«

»Wenn du morgen dann auch noch mitkommst, dann nehme ich diese Entschuldigung an.«

Neun

Die Nacht darauf war einfach nur verrückt. Unruhig wälzte ich mich von einer Seite auf die andere. Daniel. Immer wieder war er in meinem Kopf. Die verschiedensten Augenblicke. Wir lagen nebeneinander im Bett, teilten uns eine Decke, während ich ihn eingehend betrachtete. Von dem dünnen Laken war er nur zur Hälfte bedeckt und er lächelte mir müde entgegen. Seine Augen beinhalteten so viel Wärme und Herzlichkeit, dass mein Herz höherschlug. Meine Finger fuhren an seinem Körper entlang, ertasteten seine harte Brust, während er mich schmunzelnd dabei beobachtete. Sein Duft nach Sandelholz benebelte beinahe meine Sinne. Doch dann, als hätte ein Windstoß einen Laubhaufen aufgewühlt, verschwand diese Szenerie wieder aus meinem Kopf. Erschrocken fuhr ich auf und schaute mich im Zimmer um. Alles war dunkel und die Seite neben mir kalt und leer. Ich nahm ein paar tiefe Atemzüge und ließ mich wieder in mein Kissen sinken, in der Hoffnung, diesen wunderschönen Traum weiterträumen zu können. Es dauerte nicht lange, ehe ich wieder in einen unruhigen Schlaf fiel. Doch dieses Mal war es anders. Ich lag nicht in meinem Bett neben Daniel, sondern wir befanden uns in einer alten Holzhütte. Sie war heruntergekommen und winzig. Ich spürte seinen Arm um meine Schultern und lehnte mit meinem Kopf an ihm. Draußen hörte ich lautstark den Regen auf das flache Dach niederprasseln. Trotz der Kälte und des tosenden Windes draußen, saßen wir da und lachten. Es wirkte alles perfekt. So glücklich und so ungewohnt ruhig.

Bis ich erneut die Augen aufriss und traurig feststellen musste, dass ich wieder nur geträumt hatte. Ich atmete tief aus. Verschlafen fuhr ich über mein Gesicht. Die Decke zog ich mir bis über mein Kinn und hoffte, dass mein Herzschlag sich etwas beruhigte. Meine Augen blieben noch eine Weile auf die leere Seite neben mir gerichtet, bis ich schließlich wieder einschlief und weitere Bilder vor meinem geistigen Auge auftauchten.

Seine vollen Lippen streiften meine. Ich spürte seinen heißen Atem auf meiner Haut und ließ mich fallen. Sein Mund wanderte weiter und schenkte mir leidenschaftliche Küsse auf meinem Hals. Seine starken Hände berührten mich an meinem Bauch und tasteten sich weiter nach unten. Ich schlang meine Beine um seine Taille, reckte mich ihm entgegen und suchte mit meinem Mund nach seinem. Unsere Lippen trafen sich und unsere Zungen stiegen in einen Tanz ein, während ich mich rittlings auf ihn setzte. Gekonnt streifte er mir mein Shirt über den Kopf und zog mich näher an sich. Warme Hände, die mich packten und wieder galant auf den Rücken warfen. Es war wild und prickelnd. Voller Leidenschaft und heiß. Seufzend gab ich mich seinen Berührungen hin und legte den Kopf in den Nacken, während seine Hand sich in mein Höschen schob. Ich hatte so etwas noch nie derart intensiv erlebt und stöhnte auf. Mit geschlossenen Augen biss ich mir vor lauter Lust auf die Lippe und lauschte seinem gehetzten Atem, während er sich an meiner Mitte entlangtastete. Als ich meine Augen wieder öffnete, blieb mir mein Herz stehen. Auf mir lag nicht Daniel. Es war Jake.

Schweißgebadet saß ich erneut senkrecht im Bett und drückte mir meine Hand auf die Brust. »Großer Gott«, flüsterte ich und wuschelte mir durch die Haare. »Was war das denn?«

Ich knipste die Nachttischlampe neben mir an und warf einen Blick auf meinen Wecker. Es war gerade mal vier Uhr morgens. »Großer Gott«, wiederholte ich völlig außer Atem. Fassungslos ließ ich mich zurück ins Kissen sinken, brauchte eine Ewigkeit, ehe ich es schaffte, die Bilder von Jake aus meinem Kopf zu verbannen.

Es hatte wohl noch nie einen solch merkwürdigen Morgen in der Geschichte Jake-und-Mary gegeben, wie den, als mir Jake nach meinem Traum das erste Mal unter die Augen getreten war. Immerhin hatte ich einen Sexttraum mit Jake gehabt! Wie irre war das denn? Er saß bereits am Küchentresen und trank einen Kaffee. Als er mich hereinkommen sah, lächelte er freundlich und es ging mir mit einem Mal durch und durch. Meine Wangen erhitzten sich und ich wischte mir hastig übers Gesicht, als könne ich so die rötliche Färbung wieder entfernen. »Guten Morgen.«

Ich nickte ihm lächelnd zu, was vermutlich komplett künstlich ausgesehen haben musste, doch Jake ließ sich zumindest nichts anmerken. Lautlos ließ ich mich auf meinen Platz sinken und griff nach den Cornflakes. Jake, der vor sich eine Zeitung aufgeschlagen hatte, ließ ich dabei nicht aus den Augen. Akribisch betrachtete ich ihn, als könnte er ahnen, was ich heute Nacht in meinem Traum mit ihm erlebt hatte. Und plötzlich kam er mir so fremd vor. Er wirkte mit einem Mal so anders. Irgendwie erschreckend. Erschreckend schön. Dabei saß er einfach nur da, las die Regionalnachrichten und trank nebenbei seinen Kaffee. Der bloße Gedanke an meinen Traum ließ mich fast schon erstarren. Er war doch wie ein Bruder für mich. Einen solchen Traum durfte ich einfach nicht mit ihm haben! Mir sträubten sich die Nackenhärchen und ich schüttelte mich kaum merklich.

»Also, was habe ich ausgefressen?«, fragte er aus heiterem Himmel und klappte die Zeitung zu.

Wieder spürte ich dieses Glühen in den Wangen und ich riss den Blick von ihm. »Gar ... Gar nichts. Alles in Ordnung«, antwortete ich und fühlte mich schlagartig ertappt. Ich angelte nach der Milch und kippte sie in meine Schüssel. Dabei kam ein solch großer Schwall aus der Packung, dass ich einen Teil danebenschüttete. »Mist«, murmelte ich und holte eine Küchenrolle von der Arbeitsfläche neben der Spüle.

»Na, dann will ich mal die peinliche Musterung unterbrechen und mich umziehen. Heute habe ich Dienst. Wir sehen uns irgendwann am Abend.« Mir entging sein schiefes Lächeln auf den Lippen nicht.

»Oh, warte nicht auf mich. Ich bin mit Eve verabredet«, erklärte ich hastig und wischte die verschüttete Milch auf.

Einen Moment lang schaute er mich an, als erwartete er noch eine Reaktion von mir, doch wandte sich kurz darauf ab. »Auch gut.« Seine Antwort war knapp, und damit stellte er seine Sachen in die Spüle und verließ den Raum. Was war in letzter Zeit nur los mit uns? Wann hatten Jake und ich angefangen, ständig einer unerklärlichen Spannung ausgesetzt zu sein?

»Wie war eigentlich dein Date?«, rief ich ihm hinterher, doch noch auf ein lockeres Gespräch hoffend.

»Heiß«, schallte es lediglich aus dem Flur und dann war er schon im Bad verschwunden. Eine Weile blickte ich auf die Stelle, an der er vor wenigen Sekunden noch gestanden hatte und kaute nachdenklich auf meiner Unterlippe. *Heiß*, wiederholte ich gedanklich seine Aussage und dachte wieder an vergangene Nacht. *Ja, heiß war meine Nacht auch ...*

Ich schob den seltsamen Traum erst mal beiseite und versuchte, den Tag, möglichst ohne zu denken, zu überstehen.

Das *Coopers* war völlig überfüllt, sodass wir beinahe befürchteten, keinen freien Platz mehr zu ergattern. Nach einer Weile hatten sich Eve und ich schließlich durch die Menschenmassen gekämpft und setzten uns an den Tresen. Als der Barkeeper uns erblickte, lächelte er freundlich und zog fragend die Brauen in die Höhe, um unsere Bestellung, bestehend aus drei Bieren – eines war für Lucy, die etwas später kommen würde – entgegenzunehmen. Eve erzählte mir von ihrem Tag, gab mir spannende Einblicke in ihre Arbeit als Altenpflegerin, sprach von einem vermasselten Friseurbesuch, einer noch schlimmeren Maniküre und so weiter. Doch da war dieses distanzierte Lächeln, das sie den Abend über aufgesetzt hatte und mir fiel auf, dass sie in letzter Zeit immer wieder auf dem Handy herumtippte. Was eigentlich eher untypisch für sie war. Doch allmählich hatte ich so eine Ahnung, warum. Ich überlegte einen Moment und rief mir den gestrigen Abend vor Augen, als Jake mir die Fotos auf seinem Smartphone gezeigt hatte. Und da machte es Klick!

»Spuck schon aus, mit wem hast du was am Laufen? Ist es Derek?«

Eve sah mich ungläubig an, und es verschlug ihr augenscheinlich die Sprache. Ertappt! Dass es zwischen den beiden schon länger funkte, hatte ich mir schon gedacht und ich glaubte auch, dass die anderen aus unserem Freundeskreis längst darüber Bescheid wussten, dass zwischen ihnen was lief. Das Geheimnis, das sie daraus gemacht hatten, war also umso lustiger.

Eves Mund klappte auf und wieder zu. Dann richtete sie verlegen ihren Blick auf ihr Glas und schob sich eine verirrte Haarsträhne hinter das Ohr. »Seit wann weißt du es?«

Ich lachte noch immer. »Die ganze Zeit schon. Es wundert mich, dass ihr noch immer so geheimnisvoll tut.«

»Na ja, wir mögen eben unsere Privatsphäre«, erklärte sie kleinlaut.

»Die eigentlich keine ist, da alle Bescheid wissen.«

Sie sah mich verblüfft an »Es wissen alle?«

»Natürlich. Für wie blind hältst du uns? Und ich kann dir sagen, dass es schon lange geht, weil ich mich daran nämlich auch noch erinnern kann.« Ich dachte an den Abend zurück, an dem Eve mit Derek auf dessen Geburtstagsparty für eine ganze Weile verschwunden gewesen und irgendwann mit zotteligen Haaren wieder bei uns aufgetaucht war. Ihr Gesicht war knallrot gewesen und die Scham hatte ihr auf die Stirn geschrieben gestanden. Dennoch hatte sie anscheinend geglaubt, dass keiner von uns auch nur ansatzweise etwas davon mitbekommen hatte.

»Dann weißt du es wirklich schon lange. O weh.« Sie seufzte verzweifelt.

»Allerdings, und ich finde es traurig, dass du nichts von allein erzählt hast.«

»Wovon erzählt hast?«, hörten wir Lucys Stimme abgehetzt hinter uns, als sie sich ihre Jacke abstreifte und sich zu uns an den Tresen setzte.

»Ach, das frag sie mal lieber selbst. Frau Doktor Geheimniskrämerin wird dir eine bessere Antwort geben können«, neckte ich Eve.

Und so erzählte sie uns endlich von den *geheimen* Treffen der beiden und wie sich das zwischen ihnen entwickelt hatte.

Während Lucy und Eve darüber diskutierten, welche Ausreden von Derek und Eve am besten gewählt gewesen waren, ließ ich einen Blick durch den vollen Laden schweifen und war überrascht, wie viel an einem Sonntagabend los war. Allerdings drückten allmählich die Getränke auf meine Blase, also rutschte ich von meinem Hocker, was Eve und Lucy mit einem flüchtigen Nicken kommentierten, während ich in Richtung Toiletten verschwand.

Als ich wenig später aus der Damentoilette trat, spürte ich plötzlich eine Hand auf meinem Arm. Erschrocken wirbelte ich herum und sah in die mir inzwischen so vertrauten Augen. Daniel. Mein Herz begann zu rasen und ich schaute ihn ungläubig an.

Obwohl ich noch immer einen Funken Wut in seinem Blick erkennen konnte, schien es mir dieses Mal nicht ganz so ausgeprägt zu sein. Er trug ein graues Hemd, das sich eng an seinen muskulösen Körper schmiegte, und zudem drang mir sein Duft nach Sandelholz in die Nase. Der gleiche Duft wie in meinem Traum. Jedenfalls kam er mir sehr bekannt vor. Nachdem mein Herz bei seinem Anblick ein paar Stockwerke tiefer gerutscht war, sah ich, wie er mit sich rang, Worte an mich zu richten.

»Hey«, presste er zwischen den Zähnen hervor und

sah an mir vorbei, als wäre das, was sich hinter mir befand, eine Art Sprechhilfe. Er überragte mich um gut einen Kopf, sodass ich zu ihm hochschauen musste.

»Was kann ich für dich tun?«, fragte ich und versuchte, wenigstens ein bisschen gefasst zu wirken. Nach dem, was er mir an den Kopf geworfen hatte, war ich tatsächlich ziemlich gekränkt, denn immerhin hatte er mir mehr oder weniger den Tod gewünscht.

»Können wir vielleicht woanders hin? Hier vor dem Klo fühle ich mich nicht ganz so wohl.« Er deutete mit dem Daumen in Richtung Hinterausgang und wandte sich zum Gehen. Zögernd folgte ich ihm schließlich. Was wollte er bloß? Mit einem mulmigen Gefühl und gesenktem Kopf ging ich ihm nach. In meinem Bauch rumorte es heftig und ich spürte eine Übelkeit in mir aufkommen. Durch die Tür verschwanden wir nach draußen in den Hinterhof der Bar. An der frischen Luft angekommen, blieb er mit dem Rücken zu mir stehen und fuhr sich mit seinen Händen durch die Haare. Ich sagte vorerst nichts und wartete, bis er das Wort ergriff. Nachdem er tief durchgeatmet hatte, drehte er sich zu mir um. Er suchte anscheinend noch immer nach den richtigen Worten.

»Also, das auf der Party ... bei Larry ...« Kopfschüttelnd sah er zur Seite, als ob er deutlich machen wollte, wie schwer ihm das hier fiel.

Ich konnte es ihm nicht verübeln, da ich mich ebenfalls schon in der gleichen Situation befunden hatte, und so vergrub ich meine Hände in den Hosentaschen und ließ ihm die Zeit, die er brauchte.

»Tut mir leid, dass ich dich so vor allen Leuten bloßgestellt habe«, sagte er schließlich. Dann senkte sich sein Brustkorb. Nun war es raus.

Verwundert sah ich ihn an und blinzelte nachdenklich. Es war, als würde sich ein kleiner Brocken von meinem Herzen lösen, der sich seit der ersten Begegnung mit ihm im Krankenhaus dort festgesetzt hatte und seitdem stetig gewachsen war.

»Ich wollte nicht, dass das alle mitbekommen, aber irgendwie konnte ich nicht anders. Es war einfach zu viel, dich dort vor mir stehen zu sehen. Dann bin ich etwas zu laut geworden. Das hätte nicht sein müssen und schon gar nicht das, was ich zum Schluss zu dir gesagt habe«, erklärte er kopfschüttelnd. *Dass ich lieber hätte sterben sollen,* beendete ich gedanklich seinen Satz und schluckte.

Mein Blick glitt auf den Asphalt unter meinen Schuhen und plötzlich war es, als würde ein unsichtbarer Blitz durch mich hindurchfahren. Auf einmal schossen mir wieder die Bilder aus meinem Traum in den Kopf. Wie wir gemeinsam im Bett lagen und uns tief in die Augen schauten. Wie er nur zur Hälfte mit einer Decke bedeckt war und ... Für einen kurzen Moment schloss ich die Augen und öffnete sie wieder. Ich musste diese Bilder so schnell es ging loswerden.

»Na ja, jedenfalls wollte ich mich dafür entschuldigen«, sprach er angespannt weiter, ohne mich großartig anzusehen, und ich hoffte, dass er von meinem merkwürdigen Gefühl nichts mitbekam. Mit Daumen und Zeigefinger rieb er sich müde die Augen und ich nickte beschwichtigend.

»In Ordnung. Schon okay. Es war auch nicht die beste Idee, einfach so auf dich zuzugehen. Ich weiß ja, dass ich vermutlich die Letzte bin, die du ständig vor der Nase haben willst.«

Die Spannung zwischen uns war zum Greifen und ich atmete gegen das ungute Gefühl in mir an.

Seine Lippen bildeten lediglich einen schmalen

Strich und je länger ich ihn ansah, desto realer wirkte mein Traum. Als hätte ich tatsächlich mit ihm im Bett gelegen und in der Holzhütte gesessen. Hatten wir das vielleicht wirklich getan? Fiel es ihm deshalb so schwer, sich zu entschuldigen? Wusste er etwa mehr und wollte es mir nicht sagen?

»Gut, das wollte ich nur loswerden. Ich hatte dich hier gesehen und dachte, ich stelle das einmal klar.« Er wandte sich zum Gehen und ich spürte, wie sich mein Körper dagegen sträubte, ihn einfach so ziehen zu lassen.

Nachdenklich knabberte ich an meiner Lippe und drehte mich zu ihm. »Vielleicht können wir uns irgendwann mal in Ruhe unterhalten. Also, wenn alles ein bisschen her ist. Ich würde mich auch gern entschuldigen, wenn du auch so weit bist und du dir meine Worte anhören kannst. Allerdings nicht hier auf einem Hinterhof. Zwischen den Mülltonnen und so.« Ich zuckte ratlos mit den Schultern und machte eine ausladende Geste.

Daniel sah mir in die Augen.

Ich hatte das Gefühl, mich in ihnen zu verlieren und mein Bauch begann zu kribbeln.

»Ja, vielleicht irgendwann.« Dann verschwand er.

Ich erzählte meinen Freundinnen vorerst nichts von der Begegnung und vergrub das Gespräch mit Daniel tief in mir. Als wäre es ein kostbares Geheimnis, das nur zwischen Daniel und mir bestand, und auf ewig in meinem Herzen verschlossen wurde. Außerdem konnte ich es selbst kaum glauben, was da gerade passiert war. Daniel hatte sich entschuldigt. Unwillkürlich musste ich lächeln, während ich mit meinem Bierdeckel spielte.

Zehn

Die nächsten Tage vergingen wie im Flug und ich musste zugeben: Inzwischen fühlte ich mich in Jakes Haus ziemlich wohl, auch wenn wir uns manchmal umkreisten wie zwei Katzen, die nicht wussten, was sie voneinander halten sollten. Immer war da diese kleine Distanz zwischen uns und ich wollte nichts lieber, als sie endlich zu überwinden und meinen alten Jake wiederzuhaben. Zudem vermisste ich auch meine eigene Wohnung, zu der ich gelegentlich mal mit Jake fuhr, um Sachen zu holen, zu lüften oder Blumen zu gießen. Meine Erinnerungen waren in der vergangenen Woche noch immer nicht zurückgekommen und mit jedem Tag zweifelte ich mehr daran, dass sie irgendwann überhaupt zurückkommen würden. Um mich abzulenken, besuchte ich inzwischen regelmäßiger die Vorlesungen, die ich dringend benötigte. Da ich wusste, dass Jake dankbar dafür war, dass er nicht ständig allein in diesem großen Haus sein musste, beschloss ich, noch ein paar Tage zu bleiben. Vor allem, da sein Geburtstag anstand, den er gebührend feiern wollte. Also machten wir uns gemeinsam daran, seinen großen Tag vorzubereiten. Wir hasteten von Laden zu Laden, besorgten Getränke, Snacks und alles, was wir sonst noch für die Party brauchten. Wann hatten wir das letzte Mal einen solchen Riesenspaß gehabt? Bis auf die schöne Wanderung vor ein paar Tagen, konnte ich mich kaum noch daran erinnern und genoss die Zeit mit ihm in jeder Sekunde.

Die Vorbereitungen waren inzwischen abgeschlossen und das Haus war bestens hergerichtet. Endlich konnte es losgehen und tatsächlich freute ich mich schon darauf, ihm einen schönen Geburtstag zu bescheren.

Noch eine Weile und die ersten Gäste würden eintreffen. Lucy und Eve waren gerade noch im Bad damit beschäftigt, sich fertig zu machen, nachdem sie sich bereit erklärt hatten, uns bei den letzten Dekorationen, bestehend aus Luftschlangen und Partygirlanden, zu helfen. Daher nutzte ich die Zeit, um Jake sein ganz persönliches Geburtstagsgeschenk zu geben. Mit einem breiten Lächeln setzte ich mich zu ihm auf die Veranda und hielt ihm aufdringlich ein Päckchen unter die Nase.

»Was ist das?«, fragte er und sah mich verwundert an.

»Wenn du es aufmachst, wirst du es erfahren. Also los!« Ich war vermutlich noch aufgeregter als er, und innerlich ganz kribbelig vor lauter Vorfreude. Jake riss das Papier auseinander, bis er nur noch eine kleine Schachtel in der Hand hielt. Fragend sah er mich kurz an und öffnete gespannt den Deckel. Ich hingegen bekam mein breites Grinsen nicht mehr aus dem Gesicht. Mit skeptischem Blick nahm er das Geschenk in die Hand und hielt eine altmodische Taschenuhr in den Händen. Vorsichtig öffnete er sie und lachte auf, als er erkannte, was sich darin befand.

»Aber das ist ...«, staunte er und sah mich dennoch fragend an, als würde er herausfinden wollen, ob ich das wirklich ernst meinte.

»Die Taschenuhr gehörte mal meinem Grandpa«, erklärte ich. »Es ist das Einzige, was mir von ihm geblieben ist. Als er damals starb, da war ich noch ziemlich klein. Und als meine Eltern seine Sachen zusammenpacken mussten, huschte ich heimlich in sein Zimmer und griff nach der Uhr. Ich erinnere mich, dass er sie immer bei sich in seiner Weste trug. Ich habe es meinen Eltern nie erzählt. Es war sozusagen mein Geheimnis. Na ja, und das Bild, das du darin von uns siehst, das ...«

»... w-wurde am Strand aufgenommen«, beendete Jake leise meinen Satz, sodass ich Mühe hatte ihn zu verstehen. »Es war brüllend heiß und kaum auszuhalten, aber es war ein toller Abend«, erinnerte er sich schließlich.

Das Bild zeigte mich und Jake lachend vor einigen Monaten am Strand. Er war gerade dabei, mich von hinten zu packen, um mich ins Wasser zu schmeißen. Ich hatte geschrien wie am Spieß und die Zeit, die wir an diesem Tag miteinander verbracht hatten, war eine der schönsten Erinnerungen, die ich von uns beiden hatte.

»Ich kann das unmöglich annehmen. Ich meine, die Uhr gehörte deinem Grandpa ...«

»Und jetzt gehört sie dir. Ich weiß, dass sie bei dir gut aufgehoben ist und du stehst doch auf solche nostalgischen Dinge«, unterbrach ich ihn.

Jake erhob sich ruckartig vom Stuhl und zog mich ganz fest an sich. Er hatte seine Arme um mich geschlungen und legte sein Kinn auf meinen Kopf, nachdem er mir einen Kuss auf den Scheitel gegeben hatte. »Danke.«

An seiner Brust hörte ich sein Herz schlagen und ich schloss einen Moment die Augen, um diesen Moment tief in mich aufzunehmen.

»Herzlichen Glückwunsch«, flüsterte ich und

kämpfte gegen meine Tränen an. Endlich, dachte ich, endlich scheint die Mauer zwischen uns sich wieder aufzulösen.

Der Bass dröhnte bereits aus den Boxen, während ich mich oben noch zurechtmachte. Mit offenen, welligen Haaren, einer engen Jeans und einer blauen Bluse drehte ich mich vor dem Spiegel am Schrank hin und her. Ich war das erste Mal seit langer Zeit wieder zufrieden mit der Person, die mir entgegenlächelte, und so lief ich voller Vorfreude nach unten. Die ersten Gäste waren bereits da und verteilten sich im Wohnzimmer und in der Küche. Jake raste von einem Raum in den anderen und versorgte die Gäste mit Getränken. Von Minute zu Minute trafen weitere Leute ein, und so war aus dem wunderschönen Haus schnell eine bunte Dancehall geworden.

Lucy und Eve kamen auf mich zu gerannt und drückten mir einen Plastikbecher in die Hand, um mit mir anzustoßen, und ich musste zugeben, dass ich richtig Lust auf die Party hatte, auch wenn ich sonst ja eigentlich nicht so der Typ dafür war. Das Haus platzte beinahe aus allen Nähten und ich nahm mir vor, den Abend in vollen Zügen zu genießen. Zwischendurch erblickte ich Jake, der schon ziemlich angetrunken wirkte und ich befürchtete, dass es nicht nur bei diesem frühen Stadium bleiben würde.

Wenig später befand ich mich in einem Meer voller bunter, knapper Kleider, lautem Bass und ausgelassenem Gelächter. Auch Larry gab auf dem Wohnzimmercouchtisch einen zum Besten und sang lauthals zu einem Oldiesong mit, den ich nicht kannte. Die Menschen um ihn herum feierten ihn, als wäre er ein aufstrebender Star, und auch ich musste zugeben, dass er echtes Talent im Entertainen hatte. Die Feier war einfach der Wahnsinn und erst jetzt wurde mir bewusst, wie dringend ich diese Auszeit gebraucht hatte. Aber so toll die Party auch war, so machten sich in mir, je mehr ich trank, die verschiedensten Gedanken und Bilder bemerkbar, die ich einfach nicht abschütteln konnte. Immer wieder sah ich Daniel vor mir oder vernahm seinen Duft, als stünde er direkt neben mir. Konnten meine Gedanken nicht wenigstens heute Abend einmal mitspielen? Seufzend ließ ich schließlich von meinem Getränk ab und stellte es beiseite. Ich hatte definitiv vorerst genug und brauchte etwas Ruhe und ein bisschen Zeit für mich. Vielleicht verschwanden dann die Gedanken an Daniel wie von selbst und ich konnte den Abend weiterhin genießen.

Heimlich schlüpfte ich durch die Terrassentür nach draußen in den Garten. Gott sei Dank war dieser von den Menschenmassen bisher verschont geblieben. Es war noch angenehm warm und die Sterne leuchteten bereits am Himmel. Mit einem erleichterten Lächeln und einem tiefen Atemzug machte ich mich auf den Weg zu den alten Schaukeln, die noch aus Jakes Kindertagen in der Nähe des Rosengartens standen. Ich setzte mich auf die vorderste der leicht wankenden Holzplatten und hielt mich mit den Händen an den Seilen fest. Meinen Blick richtete ich in die Ferne und genoss einen Moment lang die angenehme Ruhe um mich herum, auch wenn der Bass von drinnen noch bis zu mir reichte.

Plötzlich spürte ich die Anwesenheit von jemandem hinter mir, der sich geradewegs auf die andere Schaukel zu meiner Rechten setzte. Unauffällig sah ich hinüber und schluckte schwer, als ich bemerkte, wer sich da neben mir niedergelassen hatte.

»Hey«, gab ich erschrocken von mir.

Es war Daniel, der zu mir herübersah und sich augenscheinlich um ein Nicken bemühte.

Ich schaukelte mit klopfendem Herzen vor mich hin. »Ich will ja nicht unfreundlich klingen«, setzte ich an, »aber darf ich fragen, was du hier machst? Ich meine, ich wüsste ja, wenn du und Jake euch kennen würdet.«

»Larry hat nicht lockergelassen und wollte mich unbedingt mitschleppen. Da hatte ich noch keine Ahnung, wer dieser Jake ist. Immerhin hat Larry ihn als Jacob betitelt ... Na ja, jetzt bin ich hier.«

»Und warum setzt du dich ausgerechnet zu mir?«

Er blickte starr geradeaus und schien darüber nachzudenken. Dann zuckte er mit den Achseln und ich glaubte sogar ein Schmunzeln auf seinen Lippen zu erkennen. »Du warst so schnell von der Party verschwunden.« Er wippte ein bisschen vor und zurück. »Und wenn ich ehrlich bin, bin ich eigentlich nicht in der Stimmung zum Feiern. Ich weiß auch nicht, aber ich dachte mir, vielleicht ist geteiltes Leid halbes Leid?«

Das klang einleuchtend. Und jetzt erklärte es sich auch, warum ich Daniel ständig vor Augen gehabt hatte. Er war tatsächlich da gewesen und nicht nur in meinem Kopf. Was für eine Erleichterung!

»Wenn ich gewusst hätte, dass mit Jacob dein Jake gemeint ist, und du hier wohnst, dann wäre ich vermutlich nicht gekommen. Verdammt, Larry kann wirklich ziemlich überzeugend sein.«

Ich hielt meine Finger angespannt an den Seilen, mied jeglichen Augenkontakt und war komplett überfordert, von all den Fragen und Gedanken, die in mir umherwirbelten wie eine Schar aufgebrachter Mücken. »Ich wohne hier nur solange, bis ...«, ich deutete an meine Stirn, »... es meinem Kopf etwas besser geht.«

Daniel wirkte etwas ruhiger. So kannte ich ihn nur aus meinen Träumen. Oder Erinnerungen? Ich wusste nicht woher, aber ich kannte diese Art. Kaum merklich atmete ich ein paarmal tief ein und aus, um mich selbst ein bisschen zu beruhigen.

»Geht's ... geht es dir denn inzwischen etwas besser?«, fragte ich vorsichtig.

Er schüttelte zögernd den Kopf. »Ich weiß auch nicht. Eigentlich nicht. Aber jetzt, nach ein paar Wochen und nach der Beerdigung, konnte ich die ersten Male ein bisschen besser durchatmen.«

Einen Moment lang hielt ich den Atem an. Die Beerdigung. Ein Gedanke, mit dem ich mich feigerweise nicht auseinandergesetzt hatte.

»Ich habe in den letzten Tagen eingesehen«, erklärte Daniel weiter, »dass ich ziemlich ungemütlich zu meinen Freunden gewesen bin und keinen an mich herangelassen habe. Überhaupt habe ich mich blöd verhalten. Auch dir gegenüber, und mir tut das sehr leid. Weißt du, eigentlich bin ich nicht so.«

Er presste die Lippen aufeinander und ich beobachtete ihn von der Seite. Er war in echt genauso schön wie in meinem Kopf. Ich hätte ihn stundenlang so ansehen können.

»Larry«, Daniel deutete mit der Hand auf das Haus, »hat mir erzählt, dass du dein Erinnerungsvermögen verloren hast.« Jetzt sah er mich an.

Blitzartig senkte ich meinen Blick und ließ meine Hände auf meinen Schoß sinken. Hoffentlich hatte er nicht gemerkt, wie fasziniert ich ihn angestarrt hatte. »Na ja, ich kann mich an die zwei Monate vor dem Unfall nicht mehr erinnern. Aber der Arzt sagt, vielleicht kommen die Erinnerungen bald wieder. Deswegen bin ich erst mal hier bei Jake. Allein zu sein, wäre gerade nicht gut für mich, und so sollte ich vorerst unter Beobachtung bleiben. Aber alles halb so schlimm«, tat ich es ab, als wäre das nichts. »Woher kennst du eigentlich Larry?«

Daniel schaute erneut zum Haus und schaukelte leicht vor und zurück. Die Hände ebenfalls im Schoß vergraben. »Durch die Arbeit. Ich habe ihm das neue Bürogebäude für seine Firma besorgt.«

Ich überlegte und da fiel mir ein, dass Larry vor einigen Monaten mit seiner IT-Firma umgezogen war. Ins Zentrum der Stadt. Kurz dachte ich darüber nach, ihn zu fragen, ob wir uns in den letzten zwei Monaten kennengelernt hatten, aber wenn er meine Frage verneinen würde, dann würde er mich sicherlich wieder als verrückt abstempeln und diesen Moment hier wollte ich einfach nicht zerstören. Und so wie es aussah, schien er mich nicht weiter zu kennen. Immerhin kannten Eve oder Jake ihn auch nicht. Und Larry kannte er auch noch nicht so lange. Alles, was ich jetzt zu diesem Thema fragen würde, wäre einfach nicht richtig. Stattdessen kämpfte ich gegen diesen Kloß in meinem Hals an, der sich immer bemerkbar machte, wenn ich Daniel ansah. Dass ausgerechnet ich am Verlust seiner Freundin schuld sein sollte, brach mir jeden Tag aufs Neue das Herz. »Daniel, mir tut das alles furchtbar leid, was passiert ist.«

»Ich denke, es reicht allmählich mit den Entschuldigungen, findest du nicht?«, fragte er und es kam ihm doch tatsächlich ein versöhnliches Lächeln über seine schönen Lippen.

Ich schmolz dahin. »Möchtest du vielleicht über den Unfall reden, oder über Lia?« Innerlich schalt ich mich für eine so dreiste Frage. Sicherlich war ich die Letzte, mit der er über seinen Verlust sprechen wollte und hatte ich nicht eben noch das Thema sein lassen wollen?

»Ich kann mittlerweile einfach nicht mehr darüber sprechen«, entgegnete er knapp und sah zu Boden. Mit den Füßen zeichnete er kleine Kreise in die Erde.

»Vielleicht tut es dir gut, wenn du einfach über sie als Mensch sprichst und nicht über den Verlust und den Unfall? Wie war sie so?«

»Ja, kann sein.« Er dachte einen Moment nach. Eine leichte Brise wehte durch seine braunen Haare und trieb seinen, mir inzwischen so vertrauten, Sandelholzduft herüber. »Sie war einfach toll. Manchmal konnte sie echt zickig sein, aber im Grunde war sie ein großartiger Mensch. Wir haben so viel miteinander erlebt. Kannten uns schon seit der Highschool.« Daniel lachte kurz auf, als würde er gerade an einen ganz bestimmten Moment denken. »Ich erinnere mich gern, wie wir das eine Mal in den Urlaub gefahren sind. Sie hatte ihre Schminksachen zu Hause vergessen. Es war das Schlimmste, was ihr hatte passieren können. Wir sind stundenlang in das letzte Kaff gefahren, um Urlaub in einer Berghütte zu machen, und wir fanden weit und breit keine Drogerie. Sie wäre am liebsten umgedreht.« Jetzt lachte er lauter und schien in der Erinnerung zu versinken. Es war wahnsinnig schön, ihm beim Sprechen zuzuhören. Seine Stimme hatte etwas derart Tiefgründiges, das mich magisch anzog.

»Ich konnte sie schließlich überreden zu bleiben. Wir hatten uns eine Waldhütte ausgesucht, in der wir ein paar Tage für uns haben wollten, aber wie das Leben so spielt, haben wir uns völlig verfahren und verlaufen. Mitten im Wald fing es plötzlich an zu regnen. Wie aus Eimern. Irgendwann fanden wir eine Holzhütte, aber es war nicht das noble Holzhaus, das wir gebucht hatten, sondern eine völlig veraltete, kleine, windschiefe Holzhütte. Wir hatten keine Wahl. Es regnete so stark, also blieben wir die Nacht über darin ...«

Während er weitererzählte, begann sich die Welt um mich herum viel zu schnell zu drehen. Die Waldhütte. Er und Lia? Aber in meinen Träumen saß *ich* mit Daniel in einer Waldhütte, mitten im Regen ... Mein Kopf schien in all seinen Funktionen auszusetzen. Das war unmöglich! Woher wusste ich das alles? Woher kamen die Bilder?

»Ist alles in Ordnung bei dir?«

»Was? Ähm, ja, na klar«, antwortete ich viel zu schrill und hatte das Gefühl, mich übergeben zu müssen. Was zur Hölle passierte mit mir? Mit meinem Gehirn? Mit meinen Gedanken? Je länger er über seine Beziehung mit Lia sprach, desto bekannter kamen mir die Momente vor, die ich glaubte, selbst mit ihm erlebt zu haben. Doch wie war das möglich? Mir schwirrte der Kopf, und ich wusste kaum, wie ich mich verhalten sollte.

»Na ja, es war jedenfalls nett, mit dir zu reden. Und ich bin froh, dass wir das ... klären konnten.« Er erhob sich und blieb vor mir stehen.

Ich sah zu ihm hinauf. Anscheinend merkte er, dass ich nicht ganz bei der Sache war. Oder war ich einfach nur betrunken? Das konnte kaum sein, denn ich hatte schon vor einer Weile aufgehört zu trinken und meinen Becher weggestellt.

»Also dann, Mary.« Meinen Namen sprach er betont langsam aus und hielt mir seine Hand entgegen. »Vielleicht sieht man sich mal wieder. Ich sollte nach Hause gehen.«

Ich ergriff seine Hand und in meinem Magen machte sich ein ungewohntes Kribbeln breit. »Ähm, ja. War toll ... äh, nett, meine ich. Nett.« Ich seufzte kaum merklich.

Er lächelte leicht und ließ meine Hand los, ehe er sich umwandte. Regungslos saß ich da und blickte an die

Stelle, an der er eben noch gestanden hatte. Ich brauchte eine Weile, bis ich es wagte, mich zu erheben, und schlich wenig später mit heißen Wangen zurück ins Haus. Zwischen all den tanzenden, trinkenden und feiernden Menschen blieb ich schließlich wie paralysiert stehen. Ich brauchte Ruhe und musste nachdenken. Allein. Gedankenversunken machte ich mich auf den Weg in mein Zimmer und bemerkte erst gar nicht, wie mich Jake am Arm packte und mich mit in die tanzende Masse zog.

»Jake«, rief ich hilflos. Ich wollte nicht tanzen, feiern oder Spaß haben. Das Einzige, was ich wollte, war nachdenken. Zurückblicken, was da eben draußen passiert war. Noch einmal in mich gehen und schauen, ob ich etwas überhört oder falsch interpretiert hatte. Aber ich konnte Jake an seinem zweiunddreißigsten Geburtstag auch nicht allein lassen.

Also tat ich ihm den Gefallen und bewegte mich – allerdings eher fahrig – zur Musik. Jake wirkte glücklich und hatte sichtlich Spaß. Beim Tanzen legte er mir eine Hand an meine Hüfte, zog mich enger an sich und hielt mit der anderen sein Getränk. Er war so ausgelassen. Das durfte ich ihm nicht vermasseln. Nicht, nachdem wir uns wieder nähergekommen waren. Schließlich nahm ich seinen Becher und trank einen großen Schluck. Vielleicht half mir das ja, um besser denken zu können.

Zugegeben, der Abend hatte sich noch lustiger gestaltet als erwartet. Das schien am Alkohol zu liegen, den ich inzwischen getrunken hatte. Es war sogar so weit gekommen, dass ich mich dabei erwischt hatte, wie ich mit Eve und Lucy auf Jakes teurem Esstisch getanzt hatte.

Jetzt lag ich übermüdet im Bett und schlug die

Hände auf meinem Gesicht zusammen. »Nein! Nein! Nein«, stammelte ich müde und sah mich dann im Zimmer um. Mein Kopf brummte beim Aufstehen. Meine Klamotten lagen im Zimmer verteilt und ich trug nichts weiter als Unterwäsche. Ich hatte es offensichtlich nicht einmal mehr geschafft, mir etwas anzuziehen. Wasser, ging es mir durch den Kopf. Ich brauchte dringend etwas zu trinken. Schwerfällig schlüpfte ich in meine Jogginghose und zog ein faltiges weißes Shirt über.

Unten herrschte noch das reinste Chaos. Überall lagen Becher und ausgekippte Flaschen verstreut herum, gemischt mit den Überresten von Snacks. Erschöpft ließ ich den Kopf hängen, bei dem Gedanken, das alles noch aufräumen zu müssen. Von Jake war noch nichts zu hören. Fahrig schnappte ich mir eine Flasche Wasser und schlenderte kraftlos zurück in mein Zimmer. Ich benötigte dringend noch eine Runde Schlaf, aber daran war nicht zu denken. Schließlich kreisten meine Gedanken um den gestrigen Abend. Mein Gespräch mit Daniel. Ich lächelte, doch als mir die Holzhütte wieder in den Sinn kam, verflog mein Lächeln wieder. Ich hatte das alles nicht erlebt. Er kannte weder mich noch die Momente, die ich glaubte, mit ihm geteilt zu haben. Aber wie war das möglich? Wieso trug ich Lias Gedanken in meinem Kopf? Gott, anscheinend war ich wirklich verrückt. Oder war das tatsächlich noch der Restalkohol, der in meinem Körper sein teuflisches Spiel trieb?

Nachdem einige Stunden später das Chaos beseitigt und ich ein bisschen erholter war, musste Jake noch einmal zur Arbeit, denn es gab etwas Wichtiges zu besprechen. Das Leben als Polizist stellte ich mir nicht einfach vor.

Gerade, wenn man eine durchfeierte Nacht hinter sich hatte.

Nach einer langen, erfrischenden Dusche und in halbwegs anständiger Kleidung geisterte ich durch das Haus und sah noch einmal nach, ob alles an Ort und Stelle stand, als es plötzlich an der Tür klingelte.

»Das fehlte noch«, murrte ich leise und band meine wirren Haare hastig zu einem Knoten. Auf Besuch hatte ich wirklich keine Lust, doch als ich fast schon unfreundlich die Tür aufriss, setzte mein Herz einen Moment lang aus. »Daniel!«, rief ich überrascht.

Beinahe verlegen und die Hände in den Hosentaschen vergraben, sah er mich an. »Es tut mir echt leid, dass ich störe, aber ich glaube, ich habe gestern mein Handy hier verloren. Könnte ich eben kurz reinkommen und es suchen?«

Ich nickte perplex und hielt ihm die Tür auf. Es war ein merkwürdiges Gefühl, mit ihm hier allein im Haus zu sein. »Beim Aufräumen ist uns hier drin nichts aufgefallen«, erklärte ich kehlig und räusperte mich kurz.

Er sah sich um und wandte sich dann zu mir. »Vielleicht ist es mir auf der Schaukel aus der Hose gefallen. Was dagegen, wenn ich eben nachsehe?«

Eilig schüttelte ich den Kopf »Quatsch! Äh, ich meine, natürlich nicht.« Ich deutete ihm den Weg zur Terrasse und schüttelte, verärgert über mein Benehmen, hinter ihm den Kopf.

Daniel hatte recht behalten. Sein Smartphone lag unter der Schaukel, auf der er gestern Abend noch gesessen hatte.

»Puh, Gott sei Dank«, schnaufte er erleichtert und putzte es mit seinem Ärmel ab.

»Glück gehabt, dass es nicht geregnet hat«, entgegnete ich.

»Nach Regen sieht das schon eine ganze Weile nicht mehr aus. Bei der Hitze ... Ziemlich warm für diese Jahreszeit«, stellte er fest.

»Allerdings«, gab ich zu und biss mir auf die Lippe. Ich wollte nicht, dass er sofort wieder ging, aber Geplauder über das Wetter schien mir auch nicht die beste Lösung zu sein. »Wollen wir uns noch einen Moment ...« Ich deutete verstohlen auf die Schaukel.

»Klar doch.« Wir setzten uns rittlings auf die beiden Holzlatten, sodass wir uns ansehen konnten.

»Wie war es gestern Abend noch?«, fragte Daniel, als er hinüber zum Haus sah.

»Ach ...« Schulterzuckend folgte ich seinem Blick. »Für mich war relativ früh Schluss«, log ich. Vor meinen Augen breitete sich das Bild von mir, Lucy und Eve tanzend auf dem Esstisch aus. Nervös schob ich den Gedanken beiseite.

»Na dann.« Er pulte am Seil vor ihm und mied offensichtlichen Augenkontakt. »Versteh mich bitte nicht falsch, doch irgendwie tut es mir ganz gut, mit dir zu reden. Ich weiß auch nicht ...« Er zuckte mit den Schultern. »Aber ich denke, dadurch, dass wir im Moment eine echt miese Zeit durchmachen, habe ich das Gefühl, nur mit dir richtig reden zu können.«

Mir wich jegliche Farbe aus dem Gesicht. Hatte er das tatsächlich gesagt? »Das freut mich. Ich meine, ich verstehe, was du meinst.« Räuspernd rutschte ich auf dem Brett hin und her.

»Als ich gestern von Lia erzählt habe, ich meine ... So habe ich lange nicht von ihr gesprochen. Ich wusste, dass du mir zuhörst. Vielleicht liegt es daran, dass du eben auch da warst, als es passiert ist. Im Moment ist irgendwie alles so ...«

»... durcheinander«, beendete ich seinen Satz.

Er sah mich überrascht an und nickte dann. »Ich hoffe, ich nerve dich damit nicht.« Fragend sah er mir nun in die Augen.

Ich hielt den Atem an und pustete ihn nur langsam wieder aus. »Nein, du kannst so viel über Lia sprechen, wie du möchtest. Solange es dir dadurch besser geht.« Ich lächelte angespannt und mich überkam ein unschönes Gefühl. Lia. Gott, es stand viel zu viel zwischen uns, als dass wir uns über etwas Unbefangeneres unterhalten hätten können.

»Vielleicht hast du ja mal Lust, dich mit mir zu treffen? Einfach nur, um zu reden. Vielleicht möchtest du ja auch über etwas sprechen ...« Er suchte nach den richtigen Worten und wirkte mit einem Mal so schüchtern.

Ich nickte leicht. »Sehr gerne.«

Er wühlte in seiner Hosentasche und zog eine kleine Karte hervor, die er mir reichte. »Falls du mal durchrufen möchtest oder so. Wenn es uns hilft, besser mit allem klarzukommen, warum nicht? Irgendwie haben wir ja etwas, das uns verbindet.« Sein Gesicht wirkte traurig.

Zögernd nahm ich die Karte an mich und lächelte verschämt. »Ja. Etwas, das uns verbindet«, murmelte ich.

»Also gut.« Er erhob sich und deutete auf sein Handy in der Hosentasche. »Nochmals danke, dass ich nach meinem Handy suchen durfte. Ich sollte mich jetzt auf den Weg machen.«

»Bis dann, und ...« Ich hob die Karte ein Stück höher. »Danke.«

Er drehte sich mit einem Nicken um und verschwand nach einigen Schritten im Haus. Nachdenklich saß ich noch eine Weile da, als Jake plötzlich aus dem Haus eilte und auf mich zukam.

»Hey«, er deutete mit den Daumen hinter sich aufs

Haus und schaute fragend drein, »verrätst du mir, was der hier wollte? Ist alles in Ordnung bei dir?«

Mit einer beschwichtigenden Geste sah ich ihn an. »Er hat bloß sein Handy hier verloren.«

»Und wieso lag es hier im Garten?« Sein Ton wurde etwas schärfer und er schien verärgert zu sein.

Wieder zuckte ich mit den Achseln und sah mich verwirrt um. »Vielleicht, weil er es beim Pinkeln hier verloren hat?«. Er musste nichts von unserer kleinen Unterhaltung wissen. Erst mal.

»Und wieso pinkelt er in meinen Garten?«

»Vielleicht, weil drinnen alles besetzt war, als er gestern Abend auch dein Gast war?« Über uns zog buchstäblich eine kleine Gewitterwolke auf und ich verkrampfte innerlich.

Jake war gereizt, und mich nervten seine Fragen.

»Ach, und was zum Henker wollte er als mein Gast hier? Ich hatte ihn nicht eingeladen«, stellte er fest und sein Blick schien mir sagen zu wollen, dass er vermutete, ich würde dahinterstecken.

Sauer erhob ich mich von der Schaukel. »Jake, ich habe keine Ahnung, warum er hier in deinem Garten war. Immerhin habe ich ihn nicht nach seinen Beweggründen gefragt. Frag doch einfach deinen Freund Larry, der ihn womöglich mitgeschleppt hat. Könntest du jetzt bitte aufhören, mich zu vernehmen? Wir sind hier nicht bei einem Polizeiverhör. Also bin ich jetzt entlastet? Dann kann ich ja gehen.«

»Das hier hat nichts mit einem Verhör zu tun«, wehrte er sich.

»Dann tu bitte auch nicht immer so.« Seufzend stapfte ich davon.

Jake hatte das unermüdliche Talent, mir auch den schönsten Moment zu zerstören.

So schnell, wie ich in das Haus rauschte, so eilig nahm ich meine Jeansjacke und meine Umhängetasche von der Garderobe. Ich musste hier raus. Für mich sein. Weg von Jake und dem Haus. Seine merkwürdige Haltung in den letzten Tagen fing langsam an zu nerven. Bei seinen Stimmungsschwankungen hatte ich beinahe das Gefühl, in einer Achterbahn zu sitzen.

Mit dem Bus fuhr ich ein paar Blocks weiter und ging schließlich in einen kleinen Park, abseits der Stadt. Die Sonne schien und es war angenehm warm. Nur hin und wieder zeigte sich eine Wolke am blauen Himmel. Die Blumen fingen allmählich an zu blühen und brachten einen sommerlichen Duft mit sich. Ich sog ihn tief in mich ein. Auf einer weißen Parkbank fand ich meine persönliche Ruhezone. Eine Weile saß ich einfach nur da, die Beine an mich herangezogen und beobachtete die Menschen um mich herum. Mit Kinderwagen, mit Hund, mit Freund, mit Freundin. Keiner, der nervige Fragen stellen oder mich stören könnte.

In meinem ohnehin schwirrenden Kopf fing ich an, die einzelnen Fakten noch einmal durchzugehen. Ich konnte mich an alles nach dem Unfall erinnern und an alles davor, bis auf zwei Monate. Ich kannte Daniel nicht von früher, da war ich mir inzwischen ziemlich sicher, denn er hatte mir selbst erzählt, dass er erst seit kurzem mit Larry befreundet war. Warum hatte ich dann Erinnerungen von ihm, ohne diese zuordnen zu können und die allem Anschein nach nicht meine eigenen waren? In den Visionen, wie ich es am sinnvollsten nannte, sah ich nur ihn. Niemals mich selbst. Ich hatte nur das Gefühl, ihm gegenüber die Person zu sein, die ihn berührte und seinen Duft einatmete, die mit ihm im Bett lag und mit ihm in der alten Holzhütte saß. Aber wie sich herausgestellt hatte, hatte er das, was ich geglaubt hatte, mit ihm erlebt zu haben, mit Lia erlebt. Ganz schön kompliziert! Stellte sich also die Frage, warum ich fremde Erinnerungen in mir trug und wie das überhaupt möglich war. Wie absurd sich das anhörte ... Allmählich schien ich verrückt zu werden oder durchzudrehen. Oder beides! Aber spann ich das Rad einmal weiter: Was war, wenn Lias Erinnerungen bei dem Unfall auf mich übergesprungen waren? Absoluter Blödsinn, aber das Einzige, was als Erklärung tatsächlich Sinn ergeben würde. Oder eben, dass ich einfach nur verrückt war ... Dennoch berief ich mich lieber darauf, dass ich ihre Gedanken in mir trug. Das hörte sich immerhin etwas besser an.

Erschöpft rieb ich mir die Augen und beobachtete, wie ein kleiner Junge hinter einem Ball herlief und dabei strahlte. Sein Hund folgte ihm und seine Mutter saß zufrieden auf einer mir gegenüberliegenden Parkbank. Unvermittelt lächelte ich, bevor ich wieder im Strudel meiner äußerst seltsamen und beängstigenden Gedanken versank.

Trug ich fremde Erinnerungen in mir? Je länger ich mir die Frage stellte, desto mehr war ich davon überzeugt, dass es so war. Dass es so sein musste! Aber desto mehr hatte ich auch das Gefühl, wahnsinnig zu werden. Und dennoch war es so: Ich sah, was Lia mit Daniel erlebt hatte. Und langsam dachte ich auch, das für ihn zu empfinden, was Lia für ihn empfunden haben musste. Gott, niemand würde mir diesen Kram abkaufen. Weder Eve, die sich vor Lachen kringeln würde, noch Lucy, die mit Sicherheit eine rationale Erklärung parat haben würde. Und Jake? Nein! Ihm brauchte ich das sicher nicht zu erzählen. Auf Daniel war er so oder so nicht gut zu sprechen. Da würde ich kaum mit so einem übernatürlichen

Zeug um die Ecke kommen. Ich glaubte mir ja selbst kaum. Aber wie sollte ich mir das Ganze sonst erklären? Ich musste herausfinden, was dahintersteckte. Es gab nur eine Möglichkeit. Daniel musste mir mehr von Lia und von ihren Erlebnissen erzählen. Umso mehr ich davon wissen würde, desto sicherer würde ich mir werden.

Elf

Mit meinem Smartphone in der einen und Daniels Visitenkarte in der anderen Hand, saß ich im Schneidersitz auf dem Bett und wägte zögernd ab. Schreiben oder nicht? War es noch zu früh? Immerhin hatte er mir erst vor ein paar Stunden die Karte mit einem ›Vielleicht mal reden‹ in die Hand gedrückt. Das hieße, dass es nicht weiter wild war, würde ich mich nicht melden, oder? Andererseits hoffte ich darauf, mehr zu erfahren, und zugegeben, auch ihn wiederzusehen. Und selbst wenn ich mehr herausbekommen würde, was würde ich ihm sagen? Ach hey, du, ich hab die Gedanken deiner verstorbenen Freundin im Kopf. Also alles halb so wild, in mir lebt sie ja weiter? Ich schüttelte seufzend den Kopf. Oder vielleicht: Schönes Wetter heute, ach übrigens, ich weiß mehr über dich, als du denkst? Egal, wie ich es ausdrücken würde, es hörte sich alles verrückt an. Und ich glaubte es ja selbst kaum. Nach ewigem Zögern tippte ich schlussendlich eine Nachricht in mein Smartphone.

Hey, danke noch mal für die netten Gespräche.

Gelöscht.

Nachdenklich drückte ich mir mein Handy an die Lippen und setzte erneut zum Schreiben an.

Das waren sehr nette Gespräche, die wir hatten. Vielleicht wiederholen wir das in den nächsten Tagen mal? Liebe Grüße, Mary

Senden.

Mein Körper bebte, und ich lächelte vor lauter Aufregung in mich hinein, als plötzlich meine Zimmertür aufsprang.

Jake trat herein und auf seinem Gesicht las ich etwas wie Reue. »Hey, was machst du so?«, fragte er leise und ließ seinen Blick flüchtig durchs Zimmer schweifen.

»Ach, nichts weiter.« Hastig legte ich mein Smartphone beiseite und schaute ihn abwartend an.

»Hör mal, es tut mir leid, dass ich vorhin so ätzend zu dir war. Im Prinzip geht es mich ja nichts an, mit wem du sprichst und wer in meinen Garten pinkelt.« Er rieb sich den Nacken und kam kurz vor meinem Bett zum Stehen.

Ich lächelte versöhnlich. »Schon okay. Wir haben vielleicht beide einfach einen schlechten Tag. Ich meine, wir haben die Nacht über gefeiert und wenig Schlaf bekommen.«

Sein Gesicht hellte sich auf und er nickte zustimmend. »Wollen wir heute Abend vielleicht was machen? Einen Film sehen oder gemeinsam was essen?«, fragte er schließlich und doch erkannte ich noch immer eine gewisse Zurückhaltung in seiner Stimme. Ich wollte gerade antworten, als mein Handy neben mir leise vibrierte.

Flüchtig warf ich einen Blick auf die Nachricht und spürte wieder dieses aufgeregte Kribbeln im Bauch.

Gern heute Abend bei einem Essen? D.

Ich verschluckte mich beinahe und sah wieder zu Jake, der noch immer auf eine Antwort wartete und von der Nachricht anscheinend nichts mitbekommen hatte. Einen Moment lang überlegte ich, wusste aber, dass ich meine Entscheidung bereits getroffen hatte. »Es tut mir leid, vielleicht morgen? Heute passt es mir nicht so gut.«

»Was hast du denn vor?«, wollte er dann wissen und legte fragend den Kopf schief.

»Was ich vorhabe?« Ich zog die Augenbrauen hoch, überlegte kurz und winkte dann mit einer Hand ab. Im Lügen war ich normalerweise noch viel schlechter als im Entschuldigen. »Ach, ein paar Mädels aus der Uni treffen sich heute und wollten ein bisschen Lernstoff durchgehen. Ich denke, ich kann das gut gebrauchen.«

Er nickte. »Okay«, sagte er und verabschiedete sich mit einem flüchtigen Lächeln aus dem Zimmer.

Großer Gott! Wie konnte ich nur so oft in letzter Zeit meinen besten Freund anlügen? Erst die Sache draußen an der Schaukel und jetzt das. Ich erkannte mich immer weniger wieder. Mir war klar, dass ich mich total unfair verhielt, aber ich musste es einfach tun. Ich musste zu diesem Essen, um herauszufinden, was mit mir los war. Wer hätte ahnen können, dass Daniel so schnell antworten würde? Ich schnappte mir meine Sporttasche und schmiss ein paar Sachen hinein. Ich konnte mich hier nicht zurechtmachen. Jake würde das merkwürdig vorkommen, wenn ich mit gemachten Haaren und geschminkt zum Lernen gehen würde. Also musste ich in meine Wohnung.

Ich schlich mich regelrecht aus dem Haus und machte mich auf den Weg. Je näher das Treffen rückte, desto aufgeregter wurde ich. Ich hatte Daniel mit einem nicht zu aufdringlichen, aber auch freundlichen ›Ja, sehr gern‹ geantwortet. Und schon hatten das Restaurant und die Uhrzeit festgestanden. Auf die Frage, ob er mich bei Jake abholen sollte, hatte ich dankend abgelehnt. Jake musste nicht unbedingt sehen, wie Daniel vor seinem Haus herumgeisterte, und mir war außerdem sofort klar gewesen, dass ich mich so oder so in meiner Wohnung fertig machen würde. Er hatte mir schließlich das Restaurant genannt und beinahe hätte ich gelacht, als ich sofort gewusst hatte, wo es sich befand, auch wenn ich eigentlich noch nie dort gewesen war. In meinem Kopf war ich es allerdings schon öfter gewesen. Gott, wenn ich mir selbst zuhörte, dachte ich, völlig durchgedreht zu sein.

Nach einer ausgiebigen heißen Dusche setzte ich mich mit einem Handtuch umwickelt auf mein Bett. Es fühlte sich einerseits fremd, aber andererseits auch schön an, wieder in meinem Zuhause zu sein. Meine eigenen vier Wände um mich zu haben und die vertrauten Gerüche nach meinem Lieblingswaschpulver wahrzunehmen. In meinem Schlafzimmer duftete es leicht nach Lavendel, was immer eine beruhigende Wirkung auf mich hatte. Als ich gedankenverloren mit den Fingern über die Bettwäsche strich, bemerkte ich das ungute Gefühl, das sich allmählich in mir breitmachte. Immerhin hatte ich Angst vor dem, was er erzählen würde, und vor dem, was ich alles schon wusste. Außerdem hatte ich Angst vor mir selbst und vor dem, was da in meinem Kopf vor sich ging. Aber allein der Gedanke an Daniels Gesicht und seine schönen Augen hellte meine Stimmung ein wenig auf, und so begab ich mich schließlich vor den Spiegel, um das Beste aus mir herauszuholen.

Noch ein tiefer Atemzug und dann war es so weit. Ich stand vor dem gepflasterten Weg, der zu dem genannten Italiener führte. Irgendwo dort drinnen saß Daniel. Am liebsten wäre ich umgekehrt, aber ich konnte nicht. Ich musste – nein – ich wollte ihn sehen. Mit einem vorfreudigen Lächeln biss ich mir auf die Unterlippe und setzte schließlich einen Fuß vor den anderen. Bei dem Gedanken, wie viel er mir über Lia erzählen würde, zog sich jedoch mein Magen zusammen. Wie sollte ich dabei etwas essen können?

Drinnen empfingen mich ein appetitlicher Duft nach italienischen Gewürzen und eine angenehme Wärme. Als ich durch das Lokal blickte, erspähte ich ihn schließlich draußen auf der hölzernen Terrasse, die von einem mit Efeu bewachsenem Holzdach überragt wurde. Mein Herz machte einen freudigen Hüpfer. Etwas zu schnell rauschte ich an den Tabletts balancierenden Kellnern vorbei und gelangte schließlich nach draußen. Als Daniel mich bemerkte, lächelte er leicht und erhob sich vom Stuhl.

Er sah so gut aus. Seine Haare hatte er locker zur Seite gekämmt und eine Strähne fiel ihm leicht in die Stirn. Er wirkte so viel erholter als in den letzten Tagen und ich betrachtete ihn einen Augenblick lang. Sein blaues Hemd spannte sich um Brust und Arme und dazu hatte er sich in eine dunkelblaue Jeans geworfen, was sein Outfit perfekt machte. Besonders fielen mir seine breiten Schultern auf. Ich presste die Lippen zusammen und versuchte ihn nicht zu offensichtlich anzustarren.

»Hey«, begrüßte er mich, ging um den hübsch eingedeckten Tisch herum und zog mir meinen Stuhl zurück, damit ich mich setzen konnte.

»Hallo«, begrüßte ich ihn ebenfalls. Dass er mir den Stuhl bereitstellen würde, hatte ich übrigens gewusst. Ich hatte dieses Bild in meinen Visionen in den vergangenen Stunden schon ein paarmal gehabt, seitdem ich wusste, wo wir uns treffen würden. Mein Magen verkrampfte sich bei dem Gedanken, dass er das Gleiche bei Lia getan hatte.

»Hast du gut hergefunden?«, fragte er und setzte sich auf seinen Platz.

Oh, ja! »Ja, das war ganz einfach.«

»Um ehrlich zu sein, hätte ich nicht so schnell mit einer Nachricht von dir gerechnet. Aber es freut mich trotzdem.« Seine Stimme war ruhig und auch ein wenig zurückhaltend. Einen Moment lang schaute er mich an, als könne er kaum glauben, dass wir hier tatsächlich gemeinsam im Restaurant saßen. Dann griff er nach der Speisekarte und faltete sie auseinander.

Entschuldigend zuckte ich mit den Schultern. »Ich hoffe, das war nicht zu aufdringlich?«

»Ach was.« Er winkte mit der Hand, als wäre es halb so wild.

Erleichtert warf ich ebenfalls einen Blick in die Menükarte und blätterte darin herum. Es klang alles so lecker, aber ich hatte noch immer das Gefühl, nichts hinunterbekommen zu können.

Wenig später stieß ein hagerer Kellner zu uns und fragte, was er uns bringen könne. Ich legte meine Karte auf den Tisch und bestellte lediglich einen Salat und ein Glas Wasser. Etwas Leichtes würde ich vermutlich besser hinunterbekommen als Nudeln. Daniel sah mich kurz an, schmunzelte aber schließlich. Als er sich zum Kellner wandte, um ihm mitzuteilen, dass er sich für einen Wein und das Steak entschieden habe und es gern medium serviert bekommen würde, war es wieder so, als hätte ich das schon einmal erlebt. Dieser Gesichtsausdruck und wie er den Kellner ansah, seine Hand erklärend dazu bewegte und dann zu mir hinüber lächelte.

Ich vergrub den Kopf zwischen den Händen. Ein leichter Schmerz blitzte mir in die Schläfen und es zog unangenehm. Angespannt kniff ich die Augen zusammen. Bitte nicht jetzt! Ich zwang mich, nicht weiterzudenken. Gedanken zu kontrollieren oder zu steuern, war gar nicht so einfach. Jedenfalls nicht, wenn es darauf ankam. Doch die Erinnerungen überfluteten meinen Kopf wie eine unheilbringende Welle und ich konnte mich nicht dagegen wehren. Ich sah Daniel schließlich vor mir.

Es war ein heißer Sommertag und seine Laune war auf dem höchstmöglichen Level. Er strahlte förmlich und wie er mich, oder eher gesagt Lia, ansah, sprach Bände. Seine Haare waren nicht so chic hergerichtet wie heute und auch sein Outfit war etwas verschlissen. Schließlich griff er nach ihrer Hand und ...

»Geht es dir gut?« Daniels Stimme brach auf mich herein wie ein unerwarteter Hagelsturm.

»Bitte, was?« Ich erschrak und sah verwirrt in zwei fragende Gesichter.

Daniel und der Kellner sahen mich an, als hätte ich gerade einen Zigarettenstummel gegessen. Meine Augen wanderten zwischen den beiden Männern hin und her. Der Kellner verzog das Gesicht und Daniel sah besorgt aus.

»Oh, ähm, Entschuldigung. Ich hatte nur einen kleinen Migräneanfall.«

»Geht es dir wirklich gut?«, fragte Daniel erneut und beugte sich ein bisschen vor. Er begutachtete mich wie ein Arzt seinen Patienten und es ging mir bei seinem intensiven Blick durch und durch.

»Ja. Ja, klar!« Ich lachte schrill. »Manchmal habe ich nur ein bisschen Schmerzen. Seit dem Unfall«, ich deutete mit meinem Finger auf meinen Kopf, »tut der manchmal ein bisschen weh, aber alles halb so wild. Das ist ganz normal, haben die Ärzte gesagt. Wirklich. Es ist schon wieder besser.«

»Okay, dann ist ja gut.« Daniel sah zum Kellner, der mich noch immer fragend musterte, als hätte er Angst, dass er gleich einen Krankenwagen rufen müsse, und bedeutete ihm mit einem Nicken, dass alles in Ordnung war.

Währenddessen maßregelte ich mich im Stillen, nicht immer in so ein verwirrendes Déjà-vu hineinzugeraten.

Das Essen wurde uns zügig gebracht, sodass wir eine Weile schweigend aßen. Immer mehr keimte das Gefühl in mir auf, dass uns beiden die Situation etwas unangenehm war. Also musste ich versuchen, den peinlichen Auftritt von vorhin in Vergessenheit geraten zu lassen.

»Schmeckt dir dein Essen?«, fragte ich daher und pikste mit meiner Gabel ein Salatblatt auf.

»Ja, sehr gut, danke. Deins hoffentlich auch.«

Ich nickte.

»Früher waren Lia und ich ein paarmal hier«, begann er schließlich zu erzählen und ich bemerkte das Stocken, als er auf seinen Teller sah, als liefe die Erinnerung wie ein Film vor ihm ab.

»Ich weiß«, platzte es aus mir raus.

Daniel sah überrascht auf. »Wie bitte?«

Als ich endlich begriff, was ich da gesagt hatte und mich beinahe verschluckte, versuchte ich mich rauszureden und kam dabei ins Stottern. »Ähm, also … ich … ich meine, das habe ich mir fast gedacht. Du hast kaum in die Karte gesehen und wusstest schon, was du essen würdest. Das war nur so eine Vermutung.« Ich lächelte sanft und hoffte, dass er mir glauben würde.

Nach kurzem Zögern hellte sich sein Gesicht auf und er lachte. »Ja, allerdings. Erwischt.« Er hob ertappt die Hände. »Wir haben hier nach dem Urlaubstrip im Wald, von dem ich dir erzählt habe, gegessen. Es war das erste richtige Essen seit Tagen.« Wieder lachte er kurz und schnitt sich ein Stück Fleisch ab. Das erklärte auch seine unordentliche Kleidung und die unglückliche Frisur aus meinen Gedanken.

Während er erzählte, war ich bemüht, stets interessiert und unwissend dreinzuschauen. Innerlich jedoch zerbrach ich. Und je mehr er von Lia erzählte, desto klarer hatte ich die Gegebenheiten wieder vor Augen. Aber ich sah, wie gut es ihm dabei ging. Also lächelte ich, stellte Fragen und machte entsetzte Gesichtsausdrücke, wenn etwas Spannendes in seinen Geschichten vorkam.

Nach einer halben Ewigkeit sah Daniel auf seine Armbanduhr. »O Gott, nun aber genug von mir. Mensch, ich rede und rede und du hast kaum Zeit zu antworten«, stellte er verlegen fest und lachte unsicher. Er strich sich eine Haarsträhne beiseite und schaute mich auffordernd an. Doch ich winkte eilig ab. »Das stört mich nicht. Wir wollten uns ja treffen, um zu reden. Und wenn es dir dabei besser geht, dann ist das doch gut.« Allerdings war ich mir nicht mehr sicher, ob ich das noch ernst meinte, denn am liebsten wollte ich nichts mehr von Lia hören. Mit jedem Satz über sie wurde mir klarer, was gerade in meinem Kopf passierte. Und es war verdammt noch mal gruselig! Mein Verdacht bestätigte sich immer mehr.

»Aber dir geht es nicht unbedingt besser.« Er musterte mich ausgiebig und lehnte sich, als er den letzten Bissen gegessen hatte, zurück. »Also los. Erzähl, was du erzählen möchtest.«

Auch ich legte mein Besteck auf den fast leeren Teller und nahm einen Schluck von meinem Wasser. Nachdenklich sah ich ihm in die Augen. »Hm, ich weiß nicht. Im Grunde gibt es nicht viel über mich zu erzählen.« *Außer, dass ich verrückt bin.* »Gibt es etwas, das du wissen möchtest?« Ich biss mir auf die Lippe.

Daniel lächelte schief. Wie schön er dabei aussah, dachte ich und unterdrückte ein verträumtes Seufzen.

»Also, wenn ich mich recht erinnere, dann hast *du* mir heute eine Nachricht geschickt, um dich mit mir zu unterhalten.« Triumphierend grinste er mich an und griff nach seinem Weinglas.

»Alles klar, der geht an dich.« Ich prostete ihm zu und trank einen weiteren Schluck. »Vermutlich mag ich es einfach nur, mit dir zu reden«, gab ich schließlich zu und hielt meine Stimme betont leise.

»Dann haben wir noch eine Gemeinsamkeit«, antwortete er. »Ich mag die Gespräche mit dir ebenfalls.«

Wir spazierten im Licht der Straßenleuchten nebeneinanderher. Der Abend hatte sich doch noch in eine großartige Richtung entwickelt. Wie so oft redete Daniel, aber hielt sich diesmal für die restliche Zeit von dem Thema Lia fern. Er erzählte von sich und seiner Arbeit als Makler. Was er in seiner Freizeit unternahm und wohin er schon überall gereist war.

Ich hingegen lauschte bloß und musste mich nicht mehr verstellen, denn ich war tatsächlich interessiert und stellte ihm viele Fragen.

»Na ja, jedenfalls arbeite ich jetzt schon seit einigen

Jahren in diesem Job.« Er beendete seine berufliche Geschichte und sah mich nun fragend an. »Und was machst du? Ich rede so viel von mir und weiß eigentlich nichts von dir.«

»Ich studiere Journalismus«, erklärte ich leichthin. »Noch drei Semester und ich bin fertig. Allerdings weiß ich nicht, ob ich eventuell noch eins hinten dranhängen muss. Durch den Unfall habe ich einiges verpasst, und ich weiß nicht, wie sich das auf die Klausuren auswirken wird. Aber mal sehen, ich bin da noch optimistisch. Die Betonung liegt auf *noch*.«

»Und danach sehe ich dich als Moderatorin im Fernsehen?«

»Vermutlich eher nicht«, lachte ich. »Ich schätze, dass ich mich im Printbereich aufhalten werde.«

»Auch gut, dann lese ich eben deine spannenden Nachrichten.«

»Hm, ich glaube, du interessierst dich nicht für den neuesten Klatsch und Tratsch aus dem Leben der Stars und Sternchen.« Ich kicherte erneut. »Mein Fokus liegt auf Frauenzeitschriften.«

»Oh, na dann. Dann schaue ich mir das trotzdem mal an, nur um sagen zu können, ich kenne die Frau, die das geschrieben hat. Und der ein oder andere Ratschlag für bessere Haut kann ja auch nicht schaden.«

Lachend zuckte ich mit den Schultern. »Vielleicht schreibe ich dann extra Artikel für Männer.«

Wir unterhielten uns noch eine ganze Weile ziemlich unbefangen und ich genoss jeden einzelnen Moment mit Daniel, bis wir schließlich Jakes Haus erreichten. Es war schon spät, deswegen ging ich davon aus, dass er mittlerweile schlief. Außerdem hielten wir uns ein bisschen abseits von der Einfahrt auf, sodass er uns nicht vom Fenster aus sehen konnte. Jetzt kam der Abschied und mir wurde bewusst, wie schnell der Abend dann letzten Endes vorbeigegangen war.

»Daniel, ich bin froh, dass es dir besser geht.« Mir lagen diese Worte schon den ganzen Abend auf der Zunge. Denn dieses Lächeln auf seinen Lippen sprach Bände. Ich versuchte mir dieses Bild ganz tief in meinen Gedanken einzuspeichern, damit ich genau diese Erinnerung nur für mich hatte. Eine, die *ich* mit ihm teilen konnte. Eine, die echt war ...

Er nickte und rieb sich den Nacken. »Na ja, besser gehen, ist so eine Sache. An manchen Tagen bin ich so ratlos und weiß nicht, wie es weitergehen soll. Und dann gibt es Tage, da bin ich einfach nur sauer auf das Leben.« Schulterzuckend blickte er sich um und schüttelte resigniert den Kopf. »Und dann gibt es Momente, da fühlt es sich an, als wüsste ich, dass ich das überstehen kann und dass alles wieder gut werden wird. Oder zumindest einfacher. Die Gespräche mit dir helfen mir dabei. Eben vielleicht, weil du genau weißt, wie es in mir aussieht. Ich muss keinem was erklären. Und du verstellst dich nicht.«

Ich schluckte kurz und biss mir auf die Unterlippe. *Wenn du wüsstest ...*

»Ich meine, welche Frau verabredet sich, um einen Gesprächspartner zu haben, aber hört lieber zu, anstatt zu erzählen. Davon gibt es nicht viele. Die meisten reden lieber über sich, jedenfalls die, die ich kenne. Verstehst du? Du bist eben anders als ...«, er räusperte sich, »na ja, und das ist eben sehr angenehm in deiner Gesellschaft.« Er trat von einem Bein auf das andere. »Wir haben sehr viel gelitten und sollten anfangen, ein bisschen nach vorn zu sehen, meinst du nicht auch?«

Mir lief ein Schauder über den Rücken. Aber ein wohlig warmer. Seine Worte berührten mich. »Da kann ich dir nur zustimmen. Ich finde, es war ein super Abend«, gab ich leise von mir.

»Ja, allerdings. Dann werde ich mich mal auf den Weg machen.« Er deutete mit dem Daumen hinter sich.

»Okay. Also bis dann, und komm gut nach Hause.«

»Danke, du auch.« Und dann, wenn auch etwas hilflos, umarmte er mich zum Abschied. Es war nur flüchtig, keine lange innige Umarmung. Eher so, als würde man einen Bekannten zur Begrüßung an sich drücken. Doch in diesem Moment blieb die Welt ein paar Sekunden lang für mich stehen. Sein Duft stieg mir in die Nase. Sandelholz. Und wie sich sein Arm um meine Schulter anfühlte. Ich dachte, ich würde schweben. Sein warmer Körper so nah an meinem. Dann ließ er von mir ab, lächelte mir noch kurz zu, ehe er sich umwandte und im Dunkeln verschwand. Einen Moment lang bewegte ich mich nicht vom Fleck und sah ihm nach. Mein Herz pochte wild. Das war der Moment, in dem ich mich in einen mir eigentlich so fremden Mann verliebte.

Zwölf

Am nächsten Tag ging ich zur Uni. Ich wollte überall sein, nur nicht in diesem Haus. Bei Jake. Um ihm noch nicht als Lügnerin unter die Augen treten zu müssen. Also schlich ich mich leise hinaus, machte einen Umweg in meine Wohnung, um meine restlichen Sachen vom Vorabend wiederzuholen, und war mir inzwischen sicher, dass ich mein eigenes Leben wieder aufnehmen musste.

Zwar war von meinen Erinnerungen an die zwei Monate vor dem Unfall noch immer keine Spur zu finden, aber immerhin hatte ich jetzt andere im Kopf. Was auch nicht wirklich besser war und sich zudem viel zu verrückt anhörte. Doch jetzt, wo es allem Anschein nach nun einmal so war, fand ich mich irgendwie damit ab und versuchte, es mir so gut es eben ging zunutze zu machen.

Je mehr ich davon wusste, was Daniel gern unternehmen würde und wie er sich verhielt, umso einfacher hatte ich es, mich so zu verhalten, dass er es mochte. Ich wusste, dass das nicht der richtige Weg war, um ihn besser kennenzulernen, und immer mehr fühlte es sich an, als wäre ich fremdbestimmt. Doch Erinnerungen von jemand anderem im Kopf zu haben, war das eine. Aber was war mit fremden Gefühlen? War das, was ich für Daniel empfand, wirklich echt oder nur ein Nebeneffekt der falschen Gedanken in meinem Kopf? Wieso schlug mein Herz schneller in seiner Nähe, wenn es doch eigentlich nur um die Erinnerungen in meinem Kopf ging?

Selbst während der Vorlesung konnte ich mich nicht konzentrieren, und so ratterte es in meinem Gehirn wie in einem Uhrwerk. Zwar betete der Professor seine Vorlesungsinhalte rauf und runter, aber es ging bei mir in ein Ohr hinein und auf der anderen Seite wieder hinaus. Mich quälte nicht die Frage, wie ich einen verdammt guten Artikel schrieb, sondern, ob ich mich wirklich in Daniel verliebt hatte. Oder waren das Lias Gefühle? Immerhin trug ich ihre Erinnerungen in mir. Gott, wie merkwürdig das klang! Aber so verrückt mein Leben auch derzeit war, ich musste herausfinden, was mit mir los war und ob es möglich war, die Erinnerungen von Lia wieder aus meinem Kopf zu entfernen. Irgendwie mussten sie da ja auch hineingekommen sein. Vielleicht würden Lias Erinnerungen allmählich verstummen, wenn ich neue für mich schaffen könnte. Ich war mir sicher, dass ich Daniel noch öfter würde treffen müssen, aber wie konnte ich das am besten vertuschen? Die sicherste Variante war, wenn ich bei Jake auszog und mich wieder allein um mein eigenes Leben kümmerte. O weh, das würde einen riesigen Kampf der Erklärungen geben, denn ich wusste, wie froh Jake über meine Anwesenheit war. Und da es zwischen uns in letzter Zeit ohnehin etwas kompliziert war ... Na ja, vielleicht noch maximal eine Woche. Dann würde ich ausziehen.

Ich schrieb ein bisschen in meinen Unterlagen mit, um wenigstens etwas an Lernstoff aufzunehmen, und sah anschließend auf mein Handy, um die Uhrzeit zu erfahren. Da blinkte eine Nachricht auf meinem Display auf.

Verwundert klickte ich darauf und verschluckte mich schlagartig, als ich las, was drinstand:

Lust auf einen Kaffee? D.

Daniel! Regungslos sah ich auf die Nachricht und begann immer breiter zu lächeln.

Das wäre eine gute Idee.

Senden.

Gut, dann hole ich dich ab. Wo bist du?

Ich lachte in mich hinein, sodass meine Kommilitonin mich genervt ansah, nur um sich kurz darauf konzentriert wegzudrehen.

In der Uni. Passt dir um zwei Uhr am Eingang?

Aufgeregt wartete ich, bis seine Nachricht eintraf.

Klingt gut!

Schmunzelnd betrachtete ich noch eine Weile die Nachricht und wünschte mir, dass die Zeit bis zu unserem nächsten Treffen schneller vorbeiginge.

Und dann stand er da. Die Sonne schien unermüdlich an diesem Tag und ich musste meine Augen abschirmen, um besser sehen zu können. Mit drei Bechern Kaffee in den Händen, wartete Daniel am Anfang des gepflasterten Wegs, der zum Unieingang führte, und nickte mir freundlich zu.

»Hey, wieso hast du denn drei Becher dabei?«, begrüßte ich ihn.

Er zuckte mit den Achseln. »Ich wusste nicht, ob du deinen Kaffee lieber schwarz oder mit Milch und vielleicht Zucker magst. Deshalb habe ich die Varianten mitgebracht.«

»Am liebsten schwarz. Ich bin aber nicht abgeneigt, ihn auch mit Milch und Zucker zu trinken.«

Wir setzten uns auf eine der Bänke, die sich auf der hübschen begrünten Anlage der Universität befanden.

»Und? Warst du auch fleißig?«, wollte er wissen und

deutete mit einem Kopfnicken in Richtung des Universitätsgebäudes.

»Sagen wir mal so: Ich gebe mein Bestes.« Ich seufzte leise. »Manchmal glaube ich, dass ich das komplette Semester wiederholen muss. Ich habe irgendwie Schwierigkeiten, reinzufinden.«

»Kann ich gut verstehen. Mir geht das auf der Arbeit manchmal ganz ähnlich. Obwohl ich sonst immer gut organisiert war, habe ich jetzt das Gefühl, als würde mich die Arbeit zermalmen.« Er lächelte mich an.

»Es werden auch wieder bessere Zeiten kommen«, versicherte ich ihm und hoffte, dass das auch für mich galt.

»Jedenfalls wollte ich mich noch einmal bei dir für den netten Abend gestern bedanken.« Er deutete auf meinen Kaffeebecher. »Es hat mir gut gefallen.«

Ich nickte wissend und nahm einen Schluck vom heißen Kaffee. »Ja, mir auch.«

»Hey, sag mal, magst du Musik?«, fragte er völlig am Thema vorbei und überraschte mich mit der Euphorie, die er in seine Stimme legte.

»Ähm, ja, na klar«, gab ich ehrlich zu.

»Perfekt. Was hältst du davon ... Also, ich kenne da eine Bar. Die machen ausgezeichnete Cocktails und auf der kleinen Bühne gibt es immer ein paar Mutige, die sich beim Karaoke blamieren.« Er lächelte.

Fragend schaute ich ihn von der Seite an und hätte mich in seinem Anblick verlieren können. »Du meinst also eine Karaoke-Bar?«

»Genau. Lia und ich waren oft da und haben ... Oh, entschuldige. Ich möchte nicht, dass du denkst ...«

»Schon okay. Natürlich fühlst du dich gut an den Orten, an denen du mit Lia zusammen warst. Das verstehe ich«, erklärte ich und presste die Lippen zusammen.

»Aber jetzt möchte ich mit dir dahin. Nur, wenn du nicht so gern …«

»Nein«, unterbrach ich ihn erneut. »Ich kann zwar nicht gut singen, aber dafür sehr gut Cocktails trinken.«

Bevor ich mich unliebsamen Fragen aussetzte, schrieb ich Jake eine Nachricht, dass ich nach der Uni noch mit Eve unterwegs sein würde. Noch einmal mit meinen Kommilitonen zu lernen, das wäre selbst für mich zu viel, das hätte er mir nie geglaubt. Vermutlich wäre er dann skeptisch geworden. Also machte ich mich erneut in meiner eigenen Wohnung fertig und war dankbar dafür, dass ich meine Tasche von gestern noch bei mir hatte. Dennoch war ich sauer auf mich selbst. Wieso nur ging ich Jake so aus dem Weg? Er hatte mir nichts getan und machte sich einfach nur Sorgen um mich. Aber diese Blicke, die er mir zuwarf, als wäre es meine Schuld, dass ich mich an nichts erinnern könnte und dann wiederum die Samthandschuhe, mit denen er mich anfasste. Es war einfach zu viel für mich. Ich wusste weder, wie ich es ihm recht machen sollte, noch wie ich mit ihm umgehen konnte. Und genau davor wollte ich mich heute drücken. Seit dem Unfall war immer jemand da gewesen. Jeder machte sich Sorgen und bekam jeden Schritt mit, den ich machte. Jetzt wollte ich auch mal wieder mein eigenes Leben führen. Für mich sein. Mein eigenes, kleines Geheimnis haben. Davon abgesehen war mein Geheimnis so absurd, dass es mir sowieso keiner glauben und man mich zum Arzt schicken würde. Selbst der würde mich sicherlich in eine psychiatrische Einrichtung stecken wollen. Deswegen ging ich erst gar nicht hin, um ihm von meinen ›fremden Erinnerungen‹ zu erzählen. Nein! Das saß ich allein aus. Immerhin hatte ich noch die Hoffnung, dass diese Visionen sich verflüchtigen würden, sobald ich meine eigenen Erinnerungen mit Daniel schaffte. Doch was, wenn dem nicht so war? Dann würde ich es ihm erzählen müssen.

Eine Weile betrachtete ich mich im Spiegel und verlor mich in meinem eigenen Anblick. Inzwischen erkannte ich mich kaum wieder. Diese Lügen setzten mir zu und dieses Versteckspiel erst recht. Ein paar Mal atmete ich tief ein und wieder aus und rief mir vor Augen, dass ich mit Daniels und meinen Treffen vielleicht alles geraderücken und Lia aus meinem Kopf streichen konnte. Zudem merkte ich die Vorfreude auf den Abend anhand des Kribbelns in meinem Bauch.

Ich band mir einen lockigen Pferdeschwanz und schminkte mich dezent. Dazu zog ich mir meine rote Bluse über und zwängte mich in eine enge, blaue Jeans, die ich schon lange nicht mehr angezogen hatte. Perfekt.

Die Karaoke-Bar war so, wie ich es bereits im Vorfeld gewusst hatte: urig, aber gemütlich. Eine kleine Bühne aus altem Holz, inmitten der Bar, war von theaterreifen roten Vorhängen umsäumt. Auch der Rest der Einrichtung war überwiegend aus Holz und verlieh der Bar so einen alten Touch.

Wir setzten uns an einen Tisch für zwei und hatten von dort einen perfekten Blick auf die Bühne. Ein völlig betrunkener Mann gab gerade einen für seine Frau, die eher peinlich berührt als freudig erregt war, zum Besten und packte so viel Gefühl in den Song, dass man auf der Schleimspur beinahe ausrutschen konnte. Daniel und ich bekamen uns vor Lachen kaum ein. Er bestellte uns zwei der, seiner Meinung nach, besten Cocktails auf der Karte und stieß schon wenig später mit mir auf einen schönen Abend an. Wieder einmal sah Daniel, wie zu erwarten, umwerfend aus. Sein Jeanshemd mit dem roten Shirt darunter unterstrich seinen muskulösen Körper und ich schmolz dahin.

»Mensch, ist der nicht süß?«, fragte er und wies mit einem Kopfnicken auf die Bühne. »Der gibt sich so viel Mühe.« Er konnte sich ein hämisches Lachen kaum verkneifen.

»Ja«, antwortete ich, »geradezu himmlisch.« Doch mein Kichern verebbte im selben Moment. Der Abend hätte super werden können, hätte ich nicht ständig diese Bilder von Daniel und Lia vor Augen gehabt. Es musste schon eine Weile her gewesen sein, dass sie hier gewesen waren, denn er trug die Haare etwas länger, beobachtete die Bühne und trank den gleichen Cocktail wie heute Abend. Dunkelblau mit Eis und einer Zitrone am Rand des Glases. Ab und zu zwinkerte er mir, oder besser gesagt Lia, zu. Ich schüttelte hastig den Kopf und sah ihn wieder in der Realität vor mir. Nur, dass er mir eher nicht zuzwinkern würde. Ich betete, den Abend über von weiteren Visionen verschont zu bleiben.

»Wie würdest du das finden?«, fragte er.

»Was?«

»Na, wenn dein Freund da oben stehen würde und für dich singt?«

Ich schüttelte lachend den Kopf. »Vermutlich ein bisschen unangenehm. Bei so einem Auftritt jedenfalls. Da müsste mein Freund schon ein besserer Sänger sein als er da.«

Daniel grinste und trank erneut einen Schluck. Dann beobachteten wir, wie zwei junge Frauen die Bühne betraten. Durch ihr selbstsicheres Auftreten erwarteten wir, nur Gutes zu hören. Doch sobald sie den Mund aufmachten, prustete das Publikum los. Erst jetzt fiel mir auf, wie viel hier eigentlich los war. Die beiden Frauen trällerten um die Wette und merkten nicht, wie sehr sie mit ihrem Gejaule für Belustigung sorgten. Immerhin lachten sie selbst lautstark über ihren eigenen Gesang.

»Ich gehe mal eben für hübsche Herren«, sagte Daniel, als der Auftritt beendet wurde, stand auf und verschwand in der Menge der Menschen. Einen Moment lang sah ich ihm noch hinterher, nicht wissend, ob ich ihn eigentlich wirklich sah, oder ob es aus Lias Augen war. Kopfschüttelnd trank ich einen Schluck. Ich durfte einfach nicht so viel nachdenken und richtete meine Aufmerksamkeit lieber auf den nächsten Kandidaten, der sich sicherlich ebenfalls bis auf die Knochen blamieren würde.

Die Bühne war ständig besetzt, die Leute jubelten und hatten so viel Spaß, dass deren Lachen mich ebenso ansteckte. Ich wartete jetzt schon eine ganze Weile auf Daniel und fragte mich, wo er wohl so lange blieb, als jemand Neues für den nächsten Song aufgerufen wurde. *Und wieder einer, der sich blamieren will*, dachte ich und fragte mich, wann Daniel zurück sein würde. Wartend stützte ich meinen Kopf auf meine Hände und seufzte. Vielleicht hatte er sich ja mehr von dem Abend versprochen und gehofft, dass es so sein könnte wie mit Lia. Plötzlich jubelte das Publikum wieder, ich folgte ihren Rufen mit meiner Aufmerksamkeit und sah zur Bühne. *Let's Marvin Gaye and get it on*. Ich lächelte, denn ich kannte den Song und er befand sich ganz oben auf meiner Favoritenliste. Doch mein Lächeln erstarb augenblicklich, als ich erkannte, wer dort oben auf der Bühne stand. Ich schluckte schwer und schlug die Hand vor den Mund. Daniel!

Er sang mit einer traumhaften Stimme und sah mich mit einem triumphierenden Lächeln an.

Schließlich lachte ich und stand auf, um ihn besser erkennen zu können. Doch kaum war ich aufgestanden, drückte mir einer der Kellner augenzwinkernd ein Mikrofon in die Hand, ohne auch nur einen weiteren Kommentar abzugeben. Verwirrt sah ich auf das Ding in meiner Hand und blickte zur Bühne, wo ich schon grinsend erwartet wurde. Alles schien sich auf einmal zu drehen. Blicke hafteten erwartungsvoll auf mir. Gott, hätte ich nicht einfach im Erdboden versinken können?

Daniel sang fröhlich weiter und lieferte eine Show, die das Publikum toben ließ. Schließlich atmete ich tief durch und hielt mir das Mikro an den Mund. Wenn auch zittrig. Ich ging durch das Publikum. Den Blick stets auf Daniel gerichtet, da er der Einzige war, der mir gerade ein bisschen Sicherheit vermittelte. Schließlich öffnete ich den Mund und begann leise zu singen. »Let's Marvin Gaye and get it on.«

Das Publikum jubelte und Daniel schaute mir überrascht entgegen. Singend trat ich zu ihm hinauf auf die Bühne und lächelte mit derselben Arroganz, die er vor ein paar Sekunden noch an den Tag gelegt hatte. Dann lachte er erstaunt und stimmte mit ein. Als mein Solo einsetzte, stand er da und feuerte mich mit dem Publikum an. Äußerlich gab ich die Gelassene, innerlich befand sich mein Herz schon unterhalb meines Hosenbundes und meine Knie zitterten so stark, dass ich nicht sicher war, ob sie mich noch lange tragen würden. Aber wenn Daniel mich so ansah und ebenfalls ins Mikro sang, war es, als wären wir allein. Als gäbe es nur uns beide hier in dieser Bar. Er hatte eine so traumhafte Stimme, die mich sehr überraschte. Irgendwann nahm er meine Hand und hielt sie fest, als wir zum großen Finale übergingen. Die Schmetterlinge in meinem Bauch wirbelten wie verrückt umher. Wir standen voreinander. Sahen uns in die Augen. Lächelten und sangen.

Erst, als das Lied vorbei war und das Publikum jubelte, kehrte ich in die Realität zurück. Meine Wangen waren heiß und ich bekam das Grinsen nicht mehr aus meinem Gesicht. Daniel hielt noch immer meine Hand, sah zum Publikum und wir verbeugten uns knapp. Ich schloss einen Moment die Augen, schlug die Hand vors Gesicht und lachte befreit. Auch Daniel hatte sichtlich Spaß und das Publikum wollte uns kaum gehen lassen. Doch noch länger hätte ich es vor Aufregung hier oben nicht ausgehalten und ich formte nur ein *Auf gar keinen Fall* mit dem Mund. Schnell huschten wir von der Bühne. Noch immer hielt er mich fest und wir verschwanden, nachdem wir unsere Sachen gepackt und unsere Getränke bezahlt hatten, nach draußen. Hier bekam ich erst wieder richtig Luft.

»Das war der Wahnsinn! Ich wusste nicht, dass du für solche Überraschungen gut bist«, staunte ich und konnte noch immer kaum fassen, dass ich wirklich vor Publikum gesungen hatte.

»Ich? Ich dachte, du bist diejenige, die nicht singen kann.«

»Hattest du gedacht, nicht wahr? Du wolltest mich dort oben auflaufen lassen, habe ich recht?« Ich kicherte verstohlen.

»Ich wollte dich nur aus der Reserve locken.« Daniel schüttelte noch immer überrascht den Kopf. »Nein, im Ernst. Du hast eine tolle Stimme. Singst du in einer Band?«

Ich schüttelte den Kopf. »Wenn man meine Duschkabine als Proberaum bezeichnen kann, dann ja, in einer Ein-Frauen-Band.«

»Das ist schade. Das war echt fantastisch.« Daniel kam aus dem Staunen nicht heraus.

Mir ging es ähnlich. Die Gefühle, die auf so einer Bühne freigesetzt werden, waren unbeschreiblich. Es war, als wären wir in einer anderen Welt gewesen, und der Zuspruch des Publikums hatte das Ganze noch einmal untermauert. »Du hast auch eine tolle Stimme. Ich bin total begeistert.«

»Danke. Hat mir sehr viel Spaß gemacht oder besser gesagt: Es war mir eine Ehre.« Er verbeugte sich anmutig vor mir.

Ich lachte laut und fühlte mich noch immer leicht berauscht. »Es ist unglaublich, wie viel Spaß ich mit dir habe«, gab ich ehrlich zu und Daniel lächelte mich an, als wollte er genau das Gleiche sagen.

Leider war der Abend wieder viel zu schnell vorbei und ich wünschte mir jetzt schon unsere nächste Begegnung herbei. Lange hatte ich mit einem Mann nicht mehr so viel Spaß gehabt. Und noch nie hatte es einer geschafft, mich täglich aufs Neue so dermaßen zu überraschen wie Daniel.

Nachdem wir uns voneinander verabschiedet hatten, musste ich mir eingestehen, dass ich mir zum Abschied etwas mehr gewünscht hätte. Einen Kuss eventuell. Doch die feste Umarmung war auch schön gewesen, sodass ich mit einem guten Gefühl den Abend beenden konnte. Im Bett lag ich noch lange wach und überlegte. Ich hatte den ganzen Abend über mehrere Visionen gehabt, aber keine von einem singenden Daniel. Hätte ich nicht wissen müssen, dass er auf der Bühne stehen würde? Je länger ich darüber nachdachte, desto klarer wurde mir, dass er anscheinend mit Lia nie auf dieser Bühne gestanden hatte.

Dreizehn

»Hey, na wo hast du dich denn gestern herumgetrieben?«

Erschrocken fuhr ich zusammen. Ich hatte gedankenverloren am Küchentresen gesessen und verträumt mit einer Kaffeetasse in der Hand aus dem Fenster gesehen. Dass Jake plötzlich in die Küche gekommen war, hatte ich gar nicht mitbekommen. »Bitte was?«

Jake marschierte zur Kaffeemaschine, nahm sich einen Becher aus dem Hängeschrank, der sich direkt darüber befand, und wandte mir dabei den Rücken zu. »Du bist gestern Abend nicht da gewesen, da hatte ich mich nur gewundert.«

»Ach so, das meinst du. Ja, ich ... ähm ... war am Nachmittag noch in der Bibliothek und dann bin ich noch mit Eve was trinken gegangen. Ich habe völlig die Zeit vergessen. Entschuldige, dass ich mich nicht gemeldet habe.« Mir wurde heiß, als ich daran dachte, dass Jake die fette Lüge in meinem Gesicht hätte ablesen können, aber er nickte lediglich, während er sich zu mir umwandte. Heute Morgen trug er bereits seine Uniform und musste anscheinend bald zum Dienst. Mich übermannte mein schlechtes Gewissen. Es tat mir höllisch leid, so ins Lügen zu verfallen und somit meinen besten Freund gewissermaßen zu hintergehen. Ich kaute auf meiner Lippe herum, bis ich ihn schließlich ansah. »Was hältst du davon, wenn wir heute unseren gemeinsamen Abend nachholen? Wir könnten einen Film sehen und uns mit Pizza vollstopfen. Was meinst du?«

Jake erwiderte meine Euphorie mit einem gequälten Gesicht und Schulterzucken. »Tut mir leid, aber ich bin heute schon zu einem Spieleabend eingeladen. Larry hatte mich gefragt, ob ich nicht vorbeischauen möchte. Dieses Mal schwört er, dass es wirklich nur ein Spieleabend ist.« Er trank einen Schluck aus seinem Becher und setzte sich auf einen der Hocker.

»Oh, schade. Dann vielleicht morgen.« Ich schaute ihn erwartungsvoll an. *Bitte sag Ja.* Ich hoffte so sehr, dass wir bald wieder etwas unternehmen würden, denn ich wollte einfach nur, dass es zwischen uns wieder normal wurde und diese Spannungen endlich nachließen.

»Aber du könntest auch einfach mitkommen«, sagte er schließlich ganz unbefangen und ich fragte mich, ob es in Zukunft womöglich immer so distanziert zwischen uns sein würde.

»Ich meine«, sprach er weiter, »Larry hat sicherlich nichts dagegen.«

»Na ja, wäre vielleicht ganz nett.« Ich setzte ein neutrales Lächeln auf und sah wieder aus dem Fenster. Die Sonne tobte sich bereits aus und schien in die Küche. Dennoch nickte ich schließlich. »Also schön. Ich bin dabei.«

»Sehr gut.« Er griff nach einem der Bagel, die in einem Korb auf dem Tresen standen und schnitt ihn entzwei. »Sag mal, wir hatten länger nicht mehr die Möglichkeit, uns mal in Ruhe zu unterhalten. Wie geht's dir eigentlich? Ich meine, deinem Kopf. Kannst du dich langsam wieder an irgendwas erinnern?«

»Nein.« *Jedenfalls nicht an das, was mich betrifft*, dachte ich insgeheim. »Nein, da ist nichts. Ich zweifle auch dran, dass überhaupt was wiederkommt, aber mal abwarten. Ansonsten geht es mir ganz gut. Meine Wunde am Kopf ist fast nicht mehr zu sehen und die Kopfschmerzen halten sich in Grenzen.« *Spreche ich jetzt meine Auszugspläne in den nächsten Tagen an?* Ich fragte mich, ob das die richtige Situation war, hatte aber Angst, die gerade geschaffene Harmonie zwischen uns zu zerstören. Unsere Freundschaft hatte in den letzten Tagen oft gelitten, und da wollte ich tunlichst vermeiden, es noch schlimmer zu machen. Wobei ich glaubte, dass mein Auszug die Situation zwischen uns vielleicht wieder bessern könnte. Dennoch beschloss ich, das Thema noch zu verschieben und mich an einem anderen Tag damit auseinanderzusetzen. Auf den Spieleabend hatte ich zwar eigentlich keine große Lust, dachte aber daran, dass ich so Zeit mit Jake verbringen konnte. *Und so mein schlechtes Gewissen wenigstens ein bisschen beruhigen …*

»Wie läuft es eigentlich mit deiner blonden Freundin?«, fragte ich schließlich und schenkte mir heißen Kaffee nach.

»Als Freundin würde ich sie nicht bezeichnen.« Er erhob sich vom Hocker und wickelte seinen Bagel in Folie. »Na ja, wie auch immer, ich muss erst mal zur Arbeit. Ich hole dich dann heute Abend nach meinem Dienst ab, okay?«

Ich nickte und beobachtete, wie er nach seinen Schlüsseln griff und aus dem Haus verschwand.

Da keine Vorlesung an diesem Tag stattfand, wollte ich mich hier im Haus etwas nützlich machen. Nachdem ich alles auf Vordermann gebracht hatte, erlaubte ich es mir schließlich, mich eine Weile auf der Couch im Wohnzimmer auszuruhen. Allerdings dauerte es nicht lange, ehe meine Augen schwer wurden, ich sie einen Augenblick schloss und in einen merkwürdigen Traum verfiel.

Es war ein kuscheliger Abend gewesen. Der Fernseher flimmerte leicht vor sich hin. Zwei fast leere Gläser Rotwein und eine dazugehörige leere Flasche standen auf dem Couchtisch. Draußen war es bereits dunkel. Eine Decke wärmte meine Beine, die ich mit auf die Couch gezogen hatte. Lediglich die kleine Stehlampe neben uns schenkte uns ein bisschen Licht. Mit einem Arm auf der Couchlehne abgestützt, saß ich ihm zugewandt und hörte ihm gespannt zu. Auch er hatte seinen Blick auf mich gerichtet und lächelte. Es war ein humorvolles Gespräch. Wir lachten viel und tranken genüsslich unseren Wein. Den Fernseher beachteten wir nicht. Der Film, den wir uns ausgesucht hatten, war an diesem Abend sowieso nicht wichtig gewesen. Wichtig waren nur wir. Und seine Augen, die im warmen Licht funkelten. Die Ausgelassenheit war im ganzen Raum zu spüren.

Einen Kamin zum Wärmen hätten wir nicht benötigt. Die Stimmung war aufgeheizt und romantisch genug. Mein Herz schlug mir bis zum Hals. Mein Bauch kribbelte. Und als seine vollen Lippen den Weg zu meinen fanden und wir uns zärtlich küssten, dachte ich, innerlich zu explodieren. Ich zerfloss unter seiner Berührung. Unter seinen Lippen. Egal, was er machte, er brachte mich zum Dahinschmelzen. Es war wunderschön. Ich genoss die Sekunden, Minuten oder Stunden, die unbeachtet verrannen, in seinen Armen. Vergaß nicht nur die Zeit, sondern auch alles andere um uns herum.

Seine Hand grub sich in meine Haare und er zog mich immer näher zu sich heran. Dann fuhr er mir über meinen Arm. Auf mir bereitete sich eine Gänsehaut aus und ich rückte noch näher an ihn heran. Seine Lippen waren warm und sanft. Weich. Er duftete so gut. Dieser Geruch war mir so sehr vertraut, ich hätte ihn unter Tausenden erkannt. Irgendwann öffnete ich meine Augen und unsere Lippen lösten sich nur langsam voneinander. Dann saßen wir Stirn an Stirn da und ließen die herzliche Stille und die romantische Atmosphäre auf uns wirken.

»Ich liebe dich!«

Ich lächelte nur, sah Jake tief in die Augen und wollte antworten ...

Japsend riss ich meine Augen auf. Ich fand mich auf der Couch im Wohnzimmer wieder und fiel vor Schock fast herunter. Schweißgebadet saß ich da und schaute mich hektisch um. Mein Brustkorb hob und senkte sich rasend schnell. »O mein Gott«, flüsterte ich und atmete tief aus, als ich bemerkte, dass ich in der Realität angekommen war. »Es war nur ein Traum!« Regungslos starrte ich eine Weile ins Leere und rekonstruierte im Kopf, was da gerade vor sich gegangen war. »Bitte nicht schon wieder«, schimpfte ich leise und wischte mir über mein verschlafenes Gesicht.

Als ich zum Fenster blickte, sah ich, dass es bereits auf den Abend zuging, denn die Straßenleuchten waren inzwischen angesprungen und schienen in sanftem Licht durch das Fenster.

»Mist«, fluchte ich. Ich hatte den halben Nachmittag verschlafen und nun würde Jake bald da sein, um mich direkt nach seinem Feierabend abzuholen. Jake. »Verdammt noch mal!« Wieso träumte ich denn von ihm? Und dann auch noch so was!

Ich kam aus dem Seufzen überhaupt nicht mehr heraus, stand schließlich benommen von der Couch auf und schleppte mich unter die vermutlich kälteste Dusche, die ich jemals genommen hatte. Und das war auch gut so. Sie ließ mich ein bisschen klarer denken und den Traum langsam verblassen. »Das muss unbedingt aufhören«, murmelte ich, als ich mich in meine Unterwäsche und in meine Jeans zwängte, nachdem ich mit einem Handtuch umwickelt aus dem Bad wieder in mein Zimmer gehuscht war.

»Mary? Bist du so weit?« Jake trat in mein Zimmer, dessen Tür ich selbstverständlich vergessen hatte zu schließen.

Erschrocken fuhr ich herum und bemerkte erst dann, dass ich lediglich einen BH und eine offene Jeans trug. Jake stockte einen Moment, seine warmen Augen auf meinen Körper gerichtet, und wandte sein Gesicht hastig ab. Hektisch griff ich zu meinem Shirt, hielt es vor mich und spürte, wie mir eine Hitze in die Wangen schoss.

Jake räusperte sich und schüttelte entschuldigend den Kopf. »Es tut mir leid. Sorry, ich wusste nicht …«

»Jake!«

Als er sich schließlich ganz umdrehte, zog ich mir eilig mein Shirt über den Kopf. »Wo kommst du denn plötzlich her?«, fragte ich.

»Es tut mir leid. Ich hatte unten schon gerufen, aber du hast nicht geantwortet«, erklärte er abermals, drehte sich wieder zu mir, schien es sich allerdings doch anders zu überlegen und wandte sich wieder in Richtung Flur. Was passierte hier gerade?

»Entschuldige«, murmelte ich leise und schaffte es nicht schnell genug meinen Arm in das Shirt zu bekommen, da ich viel zu hektisch war. »Ich habe dich nicht gehört.«

»Ich warte dann mal besser in der Küche.« Er deutete mit dem Finger nach unten, ohne mich noch einmal anzusehen und verschwand so plötzlich, wie er gekommen war. Endlich schaffte ich es, auch meinen Arm in das Shirt zu zwängen, und ließ mich verzweifelt auf mein Bett fallen. Seufzend schlug ich mir beide Hände auf mein Gesicht. Konnte das alles noch schlimmer werden?

Die Autofahrt zu Larry erwies sich als äußerst schweigsam. Nicht nur, dass ich es noch immer nicht so gern mochte, mit dem Auto zu fahren, jetzt hatte mich Jake auch noch in Unterwäsche gesehen. Angespannt sah ich aus dem Fenster, da ich spürte, wie er immer wieder verlegen zu mir herüberblickte. Ich wusste, dass er etwas sagen wollte, doch er rückte einfach nicht mit der Sprache heraus.

»Reden wir einfach nicht mehr drüber«, half ich ihm auf die Sprünge.

Verwirrt suchte er noch nach Worten, da er anscheinend nicht wusste, dass ich sein Herumdrucksen längst bemerkt hatte. »Okay. Ich hätte nicht einfach so reinplatzen dürfen.« Er setzte den Blinker nach links und bog konzentriert ab.

»Und ich hätte dich nicht so anfahren dürfen«, gab ich leise von mir. »Es ist immerhin dein Haus und ich bin dein Gast. Ich meine, es ist ja auch nicht viel dabei, jemanden im BH zu sehen. Was ich sagen möchte ist, wie oft waren wir schließlich schon zusammen schwimmen?«

Nur war ich nach einem Sextraum mit dir noch nicht bereit dafür, dass du mich in Unterwäsche siehst. Jake nickte überzeugt und sein Finger tippte auf dem Lenkrad zur leisen Radiomusik. »Ja, da hast du wohl recht. Machen wir kein großes Ding draus.«

Wenig später erreichten wir endlich unser Ziel und ich war froh, der Spannung zwischen uns beiden entkommen zu können. Jake drückte auf die Türklingel, die in der Form einem Tigerkopf glich. Typisch für Larry. Kurze Zeit später öffnete sich auch schon die Tür und Larry hieß uns freudestrahlend willkommen. Es war immer wieder ein Vergnügen, in sein beinahe schon übertrieben großes Lachen zu blicken. Aber er hatte einfach diese Art an sich, mit der er jeden Menschen ausnahmslos unterhalten konnte.

»Mensch, Jacob, da seid ihr zwei ja. Kommt rein. Bedient euch. Nehmt euch Drinks und fühlt euch wie zu Hause.« Seine Euphorie stand ihm ins Gesicht geschrieben.

»Dafür sollten wir erst mal eintreten«, erinnerte Jake ihn lachend und drückte ihm eine Begrüßungsflasche, die wir von zu Hause mitgebracht hatten, in die Hand.

»Und Mary, wie geht es dir nach dem Unfall inzwischen? Du siehst jedenfalls jedes Mal besser aus, wenn wir uns sehen«, erkundigte sich Larry, während wir uns aus unseren leichten Jacken schälten. »Danke der Nachfrage. Ja, es geht mir auch wirklich jeden Tag besser.« Ich lächelte ihn dankbar an, als er meine Jacke entgegennahm und sie an einen der Garderobenhaken neben der Eingangstür hängte.

Das Haus kam mir jedes Mal, wenn ich es betrat, größer vor. Aber jetzt, als keine Party hier drinnen stattfand, schien es utopisch riesig zu sein. Unsere Schritte hallten im großen weißen Eingangsbereich wider. Es wunderte mich auch diesmal, wie Larry es geschafft hatte, das Haus trotz des geringen Farbanteils mit nur wenigen Akzenten wohnlich einzurichten. Das einzig Auffällige war der rote Teppich, der sich bis ins Wohnzimmer erstrecke, in dem ich schon ein paar Silhouetten wahrnahm.

Euphorischen Schrittes führte uns Larry zu den anderen. Wir erreichten die Couchecke, die aus einem großen Tisch bestand, der von drei cremeweißen Sofas umgeben war. Die Wände des Wohnzimmers bestanden aus bodentiefen Fenstern, die uns von den Sitzgelegenheiten aus einen Panoramablick in den traumhaften Garten verschafften. Es saßen bereits ein paar Leute auf den Sofas, die uns erst jetzt ihre Aufmerksamkeit zuwandten. Doch als ich meinen Blick über die sechs Gesichter schweifen ließ, verging mir schlagartig das Lächeln und ich räusperte mich schwer. Ich blinzelte eilig, um mir sicher zu sein, dass es wirklich Daniel war, der mich ansah und schief lächelte.

Es dauerte einen Moment, bis ich halbwegs die Fassung wiedererlangen konnte und versuchte so unbefangen wie nur möglich zu lächeln. Himmel, mit ihm hätte ich nun wirklich nicht gerechnet! Aber klar doch, er hatte ja schließlich erwähnt, dass Larry ihn in letzter Zeit überall mit hinschleppen würde. Warum hatte ich daran nicht gedacht? Mit klopfendem Herzen folgte ich Jake, gab jedem Einzelnen die Hand und stellte mich kurz vor. Bei Daniel angekommen streckte ich ebenfalls meine Hand aus, er ergriff sie langsam und nickte mir höflich zu, so als wären wir entfernte Bekannte. Jemand, den man manchmal morgens beim Bäcker sah oder an der Tankstelle. Mehr nicht. Vielleicht war es auch besser so, sich nicht freudestrahlend um den Hals zu fallen und über den gestrigen Abend zu lachen. Es war besser, wenn nicht jeder darüber Bescheid wusste, dass wir uns trafen.

Und erst recht nicht Jake, der noch immer dachte, Daniel wäre jemand, der in seinen Garten pinkelte. Außerdem stand mein Alibi mit Eve auf dem Spiel. Der Abend in der Karaoke-Bar sollte unser kleines, wunderschönes Geheimnis bleiben. Kaum auszumalen, was die Leute denken würden, wenn sich Daniel mit derjenigen traf, die am Unfalltod seiner Freundin beteiligt gewesen war. Die Gespräche hinter seinem Rücken wären vermutlich weniger angenehm. Deshalb schien auch er das Gleiche zu denken wie ich, sonst hätte er meine distanzierte Begrüßung nicht genauso erwidert.

Jake und ich ließen uns auf dem freistehenden Zweiersofa nieder. Außer Daniel, Jake und Larry kannte ich hier niemanden. Und außer mir war auch kein Gast weiblich, was mich tatsächlich stutzig machte und hoffen ließ, dass ich jetzt nicht den augenscheinlichen Männerabend störte und Jake mich nur aus Höflichkeit gefragt hatte in der Hoffnung, ich würde seine Einladung ablehnen. Doch es schien sich niemand an meiner Anwesenheit zu stören, denn die Gespräche waren ausgelassen und witzig. Larry hetzte scherzend von A nach B und versorgte alle mit ausreichend Getränken und kaum hatte ich meinen Wunsch nach einem Wein geäußert, drückte er mir schon ein Glas in die Hand. Doch egal, wie sehr ich mich bemühte, nicht ständig zu Daniel hinüberzusehen, der auf dem Sofa neben uns saß, spürte ich doch stets seinen Blick, der auf mir haftete.

Ich hatte ganz vergessen, wie selten ich in den letzten Wochen so richtig herzlich gelacht hatte. Bis auf gestern mit Daniel oder bei den Geburtstagsvorbereitungen mit Jake, war das schon sehr lange her gewesen. Und heute Abend forderte ich meine Lachmuskeln ordentlich heraus. Das Spielen hatten wir inzwischen völlig vergessen und lauschten vielmehr den urkomischen Geschichten von Larry. Wie er eine Praktikantin seiner Firma mit einem seiner Technikerkollegen im Kopierraum beim Fummeln erwischt hatte beispielsweise. Aber auch der Mann mit den lockigen blonden Haaren, der mir gegenübersaß, verstand es, Leute zu unterhalten, und in Kombination mit Larrys Scherzen kamen wir gar nicht mehr aus dem Lachen heraus. Es hätte so unbeschwert sein können, wären da nicht immer die verstohlenen Blicke gewesen, die Daniel und ich miteinander tauschten. Es war wie eine magische Anziehungskraft, die mich zu ihm hinzog. Und immer wieder zeichnete sich ein verstecktes Lächeln auf seinem wunderschönen Gesicht ab. Und urplötzlich war wieder eine da. Eine Erinnerung. Es war die gleiche, die ich schon einmal erlebt hatte. Daniel, wie er neben mir im Bett lag, meine Hand an seiner Brust, und mir tief in die Augen blickte. Sein Oberkörper war entblößt und der Rest nur spärlich mit einem Betttuch bedeckt. Und diese vollen Lippen, die ich am liebsten geküsst hätte ... Und dennoch wusste ich, dass er nicht mich, sondern Lia so verliebt ansah.

»Bist du noch da?«, durchbrach Jake meine Gedanken und stieß mich leicht von der Seite an.

Ich wirbelte herum und sah ihn an. Dabei schwappte der Inhalt des Glases in meiner Hand allerdings so stark, dass ein Teil davon auf seinem Hemd landete. »O mein Gott!«

Jake sah an sich herab und blickte auf einen großen, nassen Weißweinfleck.

»Jake, das tut mir leid. Ich war in Gedanken.«

»Schon in Ordnung«, gab er beschwichtigend von sich, war aber dennoch nicht gerade begeistert von meinem Malheur. Der Rest der Leute war am Lachen und irgendwann stimmte auch Jake mit ein, während ich nur mit erhitzten Wangen daneben saß und überlegte, wie ich die Situation am geschicktesten meistern sollte.

»Gott, wie dumm von mir. Moment, ich besorge eben ein Tuch.« Eilig erhob ich mich vom Sofa und verschwand mit hastigen Schritten in der Küche. *Wenn ich jetzt noch stolpere und hinfalle, bringe ich mich augenblicklich um*, dachte ich, da sich meine Füße beinahe verhedderten.

In der offenen Küche angekommen schob ich mich aus der Sichtweite der anderen, indem ich mich in der angrenzenden Hauswirtschaftskammer verzog. Dort stützte ich mich auf der Waschmaschine ab und ließ seufzend den Kopf hängen. *Wieso jetzt? Verdammte Visionen oder was auch immer ihr seid!* So sehr sie sich anfangs als äußerst interessant, spannend und nützlich erwiesen hatten, so sehr begann ich sie zu verfluchen, da sie immer dann kamen, wenn ich sie am wenigsten gebrauchen konnte. Mein rasendes Herz beruhigte sich nur langsam, aber immerhin. Als es gerade wieder ein normales Tempo erreicht hatte, erhöhte sich mein Puls jedoch wieder, als ich eine Hand auf meiner Schulter spürte. Panisch wirbelte ich herum und sah Daniel in die Augen, der besorgt dreinschaute.

»Ist alles in Ordnung?«, fragte er leise.

Ich atmete langsam aus, schob mich leicht an ihm vorbei und sah über seine Schulter hinweg zu den anderen, die noch immer auf den Sofas saßen und sich angeregt unterhielten. Auch Jake. Ich stieß einen Seufzer aus. »Ja. Alles in Ordnung, danke. Ich suche nur nach einem Lappen für Jake«, erklärte ich und begann mich umzusehen.

»Wo waren wir denn gerade mit den Gedanken?« Daniel hob eine Augenbraue, als wisse er, dass ich gedanklich immer wieder zu ihm abgedriftet war. Immerhin hatten wir uns schon den ganzen Abend über mit kurzen Blicken bedacht.

»Bei meinem nächsten Einkauf«, seufzte ich und wandte mich ab.

»Hör zu.« Er fasste mich am Arm. »Ich wollte nur klarstellen, dass das mit der Begrüßung … Also, ich wollte nicht unfreundlich wirken, oder so. Ich wollte nur …«

In mir breitete sich ein wohliges Gefühl aus. »Schon gut«, wiegelte ich ab. »Das ist okay. Ich denke, es ist besser, wenn die Leute nichts wissen. Also ich meine, es ist ja nichts zwischen uns«, ich deutete hektisch mit den Fingern zwischen mir und Daniel hin und her, »aber in Anbetracht der Tatsache mit … Also, was passiert ist, meine ich … ist es wohl besser, wenn wir unsere Freundschaft, wenn man das so sagen kann, erst einmal für uns behalten.« Ich hatte das Gefühl, mich um Kopf und Kragen zu reden, aber Daniel nickte und schien meine Worte zu verstehen.

»Kann ich irgendwie helfen?«

Meinem Mund entfuhr ein kleiner Schrei, als ich mich zu Jake umdrehte. »Verdammt, wieso erschrecken mich heute alle?«, lachte ich unsicher und begab mich endlich hastig auf die Suche nach einem Lappen. Ich presste mich an Jake, der im Türrahmen zum Hauswirtschaftsraum stand, vorbei und eilte in die Küche. Der Blick, den Jake Daniel entgegenbrachte, entging mir allerdings nicht, deshalb packte ich das Tuch, das über der Spüle gehangen hatte, und drückte es Jake in die Hand. »Sorry. Hat etwas gedauert. Daniel hat mir nur erklärt …« Ich suchte nach der passenden Ausrede.

»… wie man am besten einen Rotweinfleck aus einem Hemd bekommt«, brachte Daniel, der inzwischen auch in die Küche getreten war, meinen Satz zu Ende.

»Das ist ja super, allerdings ist das hier Weißwein.« Jake deutete auf den ausladenden Fleck auf seiner Brust.

Achselzuckend ging Daniel an ihm vorbei in Richtung Wohnzimmer. »Und genau da ist das Problem. Für Weißweinflecken habe ich leider keine Lösung.«

Einen Moment lang sah Jake ihm nach, und ich bemerkte, wie seine Kiefermuskeln zuckten. »Er hat mir tatsächlich geholfen bei der Suche nach einem Lappen und dabei, wie man den Fleck am besten entfernen kann.« Ich lächelte beschwichtigend. Die dümmste Lüge, die je über meine Lippen gekommen war. Dass Jake mir das nicht glaubte, konnte ich in seinen Augen lesen. Trotzdem nickte er nur und presste ein Lächeln hervor.

»Tut mir leid, Jake«, sagte ich und deutete auf den Fleck.

»Schon gut. Komm, wir gehen zurück zu den anderen.«

Mir stand schon wieder eine sehr schweigsame Autofahrt bevor, und ich wünschte, dass ich mit nur einem Fingerschnipp diese Fahrt hätte beenden können. An sich war der Abend dennoch sehr schön gewesen, was aber die Anspannung zwischen Jake, Daniel und mir nicht im Geringsten hatte lindern können. Ich sah stur nach draußen und war gedanklich abwesend, bis Jake irgendwann die Stille durchbrach.

»Das war ja doch ein ganz lustiger Abend, findest du nicht?«

»Stimmt«, entgegnete ich. Ich sah kurz auf mein Handy, als es vibrierte, und öffnete eine eingegangene Nachricht.

Sehen wir uns bald? D.

Ich verkniff mir ein Schmunzeln und antwortete:

Sehr gern!

Mein Smartphone hielt ich jedoch so, dass Jake davon nichts mitbekam.

Wir fuhren ein paar weitere Minuten, bis Jake wieder ansetzte. »Du und dieser Daniel, ihr scheint euch inzwischen ganz gut zu verstehen, oder?«

Ich atmete kaum merklich aus und steckte unauffällig das Handy weg, ehe ich antwortete. »Ach, das kann man so nicht sagen. Wir haben nur ein paar Sätze miteinander gewechselt, als er sein Handy nach deinem Geburtstag verloren hatte und ich ihm geholfen habe, es wiederzufinden.

Ich schluckte kurz und atmete tief durch. Jetzt wäre vielleicht der passende Moment, Jake von Daniel und mir zu erzählen. Doch konnte unsere Freundschaft das in diesem Augenblick verkraften? Immerhin bestand Streitpotenzial und ich wollte Jake einfach nicht noch weiter von mir stoßen. Also hielt ich inne und schaute ausatmend aus dem Fenster.

»Okay, ich frag ja nur, weil ich dachte, dass die Situation zwischen euch ein bisschen … schwierig wäre.«

Sein Unterton gefiel mir nicht, ich presste meine Lippen zusammen und versuchte, mir nichts weiter anmerken zu lassen. »Es ist jedenfalls nicht mehr so schlimm wie am Anfang, denke ich.«

Na, das war immerhin nicht ganz gelogen …

»Und warum hast du ihn dann den ganzen Abend über so angestarrt?«

Meine Brust schnürte sich zu. »Ich weiß ja nicht, ob du dir das vorstellen kannst, aber die Tatsache, dass jemand in meiner Nähe sitzt, an dessen Leid ich nicht unschuldig bin, macht mich doch etwas nervös, und natürlich sehe ich reflexartig mal zu ihm hinüber. Hattest du noch nie mit jemandem Streit und musstest dann die ganze Zeit hingucken, wenn du mit der Person an einem Tisch saßt oder dir etwas unangenehm war?«

Ich hielt inne, nachdem die Worte meinen Mund verlassen hatten, und ärgerte mich im selben Moment über mich selbst. Jake konnte für das ganze Theater doch gar nichts, aber warum musste er es mir so schwer machen und immer gegen Daniel schießen? Das machte alles nur noch viel komplizierter. Dabei brauchte ich Daniel einfach, um hinter das Geheimnis meiner falschen Erinnerungen zu kommen.

Jake nickte ernst. »Doch, das Gefühl kenne ich nur zu gut.« Er machte eine kleine Pause. »Entschuldige, dass ich dir was unterstellt habe. Das war keine Absicht. Ich will mich nicht streiten, du kamst mir nur heute Abend etwas komisch vor «, erklärte er nun in beschwichtigendem Ton und sah kurz zu mir. Den Rest der Fahrt schwiegen wir allerdings und ich überlegte krampfhaft, wie ich die Situation zwischen uns wieder lockern könnte. Vielleicht würden wir beide einfach eine Nacht darüber schlafen müssen und eventuell könnte ich bei einem gemeinsamen Frühstück versuchen ihm zu erklären, was mit mir los war und was zwischen mir und Daniel war.

Jake schloss die Tür auf und betätigte den Lichtschalter im Eingangsbereich, sodass der Flur mit Licht geflutet wurde.

»Dann wünsche ich dir eine gute Nacht«, sagte ich leise und wollte gerade die Treppe hinaufeilen, um die Situation nicht noch weiter auszureizen, als Jake sich hinter mir räusperte.

»Mary, was ist los? Ich merke doch, dass etwas nicht stimmt.«

Auf halber Strecke blieb ich stehen und sah zu ihm herab. Mit fragendem Blick ging ich langsam die Treppe wieder hinunter und blieb auf der letzten Stufe stehen. »Es ist ... ach, Jake. Ich weiß nicht, was im Moment los ist. Irgendwie ist alles so kompliziert geworden. Und ich weiß auch, dass du sauer auf mich bist. Und wenn es wegen deines Hemdes ist, noch mal: Es tut mir leid. Das mit dem Wein war keine Absicht.« *Bitte nicht jetzt, Jake*, dachte ich. Ich wollte ihm ja alles erklären, aber ich brauchte noch ein paar Stunden für mich, um mir die passenden Worte zurechtzulegen.

»Das Scheißhemd interessiert mich doch gar nicht! Mich würde allerdings mal interessieren, wann du endlich aufhörst, mich anzulügen.«

Erschrocken blickte ich in seine wütend aufleuchtenden Augen. Mein Mund wurde schlagartig trocken und mein Herz begann heftig zu beben. »Was ... was meinst du mit lügen?«

Jake verschränkte die Arme vor der Brust, wobei sich sein Hemd um seinen Bizeps spannte, und funkelte mich scharf an. »Wie war denn dein Abend mit Eve gestern? Erzähl mir doch mal, wie es war.«

Ich konnte mich weder bewegen noch antworten und ich fühlte mich schlichtweg ertappt. Wie ein kleines Kind, das gerade vom Lehrer beim Schwänzen erwischt worden war, und ich brachte keinen Ton hervor. Noch weiter zu lügen, machte absolut keinen Sinn mehr. Immerhin hatte ich es ohnehin schon völlig verbockt.

»Dachte ich es mir doch.« Herausfordernd wechselte Jake das Standbein und wartete geduldig, dass ich etwas sagte.

»Was soll ich denn auf diese Frage antworten? Hm? Vermutlich weißt du ja schon, dass ich nicht mit Eve zusammen war«, gestand ich leise und sah an ihm vorbei.

»Natürlich weiß ich davon. Ich hatte nur gehofft, es gäbe einen Grund, warum du mich angelogen hast, und du hättest es mir noch erzählt, aber scheinbar kann ich auf die Wahrheit noch hunderte von Jahren warten. »Sein Gesicht nahm allmählich eine rötliche Farbe an. Ich hatte ihn lange nicht so wütend erlebt. »Es ist ja völlig okay, wenn du dich mal nicht meldest, um mir Bescheid zu geben, dass du nicht nach Hause kommst. Aber es ist was anderes, wenn du mir erzählst, dass du mit Eve unterwegs warst, wenn sie doch plötzlich gestern Abend vor meiner Tür stand. Sie wollte dir ein Buch vorbeibringen, und da sie gerade in der Gegend war, hatte sie gedacht, spontan vorbeizuschauen. Und dann gebe ich dir den ganzen Tag Zeit, von selbst mit der Sprache rauszurücken, aber nichts ...« Er sah mich fassungslos an. Ihm schienen vor Wut die Worte zu fehlen.

Ich stand lediglich da und wünschte mir, mich einfach in Luft auflösen zu können. Was sollte ich da noch entgegnen? Immerhin hatte er recht.

»Involviere Eve doch das nächste Mal wenigstens in deine Pläne.«

Sein herausfordernder Blick bohrte sich tief in mich ein und ein Kloß bildete sich in meinem Hals, an dem ich zu ersticken glaubte. Irgendwann erlangte ich meine Stimme wieder und räusperte mich bedeutungsvoll.

»Okay, Jake, es tut mir leid. Ich hätte dir sagen können, dass ich mich nicht mit Eve getroffen habe. Aber ich kann es dir im Moment nicht erklären, weil ich weiß, dass du es nicht verstehen würdest ...«

»Und deshalb fängst du an, mich anzulügen?«, unterbrach er mich und erhob fragend die Stimme. »Mit wem hast du dich denn getroffen?«

»Das ist ... nicht so wichtig.«

»Da haben wir es wieder.« Er legte verzweifelt den Kopf in den Nacken.

»Verdammt, Jake, bitte, ich will mich nicht streiten. Lass es mich dir einfach in Ruhe erklären. Ich denke, wir sollten beide erst einmal zur Ruhe kommen. Vielleicht brauchen wir ein bisschen Abstand. Diese Spannungen zwischen uns ... Ich weiß nicht, was mit uns los ist.«

Kopfschüttelnd stand er da und drückte sich seine Faust gegen den Mund. »Du hast dich komplett verändert seit dem Unfall. Was ist verdammt noch mal los? Du kannst doch mit mir über alles reden, aber ich erkenne dich kaum noch wieder. Ich wollte dir nur dabei helfen, dass deine Erinnerungen wiederkommen!«

Erinnerungen ... Mittlerweile ertrug ich dieses Wort einfach nicht mehr. »Vielleicht will ich das nicht. Vielleicht will ich ja überhaupt nicht wissen, was vorher alles passiert ist. Manchmal soll das gar nicht schlecht sein, einfach mal auszuradieren und neu anzufangen!« Ich hielt inne, nachdem ich Jakes weit aufgerissene Augen bemerkt hatte. So hatte ich das eigentlich nicht ausdrücken wollen. Vielmehr wollte ich einfach alle Erinnerungen – die fremden – löschen, weil sie mich viel zu sehr irritierten, und endlich wieder mein eigenes Leben leben. Meine Lippen begangen zu beben und ich musste unbedingt weg. Weg von ihm. Weg von seinem enttäuschten

Blick. Hastig wandte ich mich ab. »Keine Sorge, du bist den Störfaktor morgen früh los.«

»Vielleicht wäre es besser, wenn du gleich abhaust!«

Abrupt blieb ich stehen. Ich sah nicht zurück. Ließ diesen Satz nur kurz auf mich wirken, damit ich mir sicher sein konnte, dass er es wirklich gesagt hatte. Lediglich ein lautes Türknallen konnte ich noch hören. Dann nickte ich nur wissend, versuchte die Tränen zu unterdrücken und verschwand in meinem Zimmer. Ich konnte mich nicht daran erinnern, jemals so schnell meine Koffer gepackt zu haben.

Bevor ich das Haus verließ, erblickte ich auf der Kommode neben der Tür etwas Goldenes aufleuchten. Ich schluckte meine Tränen hinunter, als ich die Uhr von Grandpa dort liegen sah. Traurig riss ich meinen Blick von ihr und ließ hinter mir die Tür laut ins Schloss fallen.

Vierzehn

Eves kleines Auto parkte vor meiner Wohnung. Inzwischen war es schon ziemlich spät und die Straßen waren relativ ruhig. Schweigend saßen wir nebeneinander, bis ich mich schließlich zu ein paar Worten durchrang. »Danke, Eve, dass du mich da weggeholt hast. Ich wusste einfach nicht, wen ich sonst anrufen sollte. Dass Jake so sauer wird und mich rausschmeißt, hätte ich nicht erwartet, und ich habe ja auch zurzeit kein eigenes Auto.«

»Schon okay«, gab sie knapp von sich und sah geradeaus auf die leicht beleuchtete Straße. Kater Fred zog gerade seine nächtliche Runde und suchte vermutlich nach einem kleinen Mitternachtssnack. Mir wurde etwas wärmer bei dem gewohnten Anblick dieses roten Katers. Irgendwie hatte selbst er mit seinen abschätzigen Blicken mir gefehlt.

»Es tut mir leid, dass ich dich als Alibi benutzt habe, aber …« Ich nestelte an meiner Reisetasche, die ich auf dem Schoß liegen hatte, herum. »Ich wusste nicht, was ich Jake sonst hätte sagen sollen.«

»Mary, es ist in Ordnung.« Eve drehte sich zu mir und sah mich im Schein der Straßenleuchte, die in das

Auto schien, verständnisvoll an. »Wir alle haben mal Geheimnisse. Und jeder, der dich kennt, weiß, dass du voll von Geheimnissen bist. Das ist okay, so habe ich dich kennen und lieben gelernt. Außerdem ... dass da was mit mir und Derek läuft, habe ich auch keinem erzählt. Einfach nur, um etwas für mich zu behalten und in gewisser Weise ein kleines Abenteuer draus zu machen. Klar, im Nachhinein denke ich, hätte ich dir davon erzählen sollen, du bist immerhin meine beste Freundin, doch damals konnte ich es einfach nicht und habe mich oft um Kopf und Kragen geredet. Deshalb verstehe ich das. Ich werde dich auch nicht fragen, was du gemacht hast. Ich kenne dich, du rückst früher oder später von allein mit der Sprache raus. Deshalb werde ich dich nicht drängen und einfach warten.« Sie legte ihre Hand auf meine und drückte sie. »Immerhin hast du in letzter Zeit genug durchgemacht, da darf man sich ruhig etwas schräg verhalten.« Ein Schmunzeln umspielte ihre Lippen und ich schluckte schwer.

Tränen sammelten sich in meinen Augen vor lauter Dankbarkeit. Eve war einfach die Beste. Ich war zutiefst gerührt von ihren tollen Worten. Von ihrer verständnisvollen Art. Von ihrem Talent, einfach die beste Freundin zu sein. Anfangs hatte ich gedacht, sie würde mir den Kopf abreißen, weil ich sie für mein Lügengeflecht, das ich wegen Jake zu spinnen angefangen hatte, benutzt hatte, aber jetzt war ich von so viel Mitgefühl einfach geplättet. Zumal ich es nicht verdient hatte, nach all meinen Lügen-Aktionen. »Danke dir«, flüsterte ich und wischte mir eine Träne beiseite, die sich gerade den Weg über mein Gesicht bahnte.

»Aber das nächste Mal«, sie erhob plötzlich ihre Stimme und zeigte auf mich, »sagst du mir gefälligst Bescheid, wenn ich als dein Alibi herhalten muss. Dann weiß ich wenigstens, was zu tun ist!«

Ich presste die Lippen zusammen und verkniff mir ein Lachen. Schließlich nickte ich. »Abgemacht. Wird aber hoffentlich nie wieder vorkommen.«

Als ich die Tür zu meiner Wohnung aufschloss und eintrat, dachte ich, in ein Loch zu fallen. Die Einsamkeit, die hier herrschte, schien mich zu übermannen. Am liebsten wäre ich wieder umgedreht, aber das ging nicht. Jake wollte mich nicht mehr sehen, und dieser Streit schien der größte in der Geschichte von Jake und Mary zu werden.

Meine Reisetasche ließ ich im Flur achtlos auf den Boden fallen, und stürzte mich erschöpft auf die Couch. Wie lange ich nicht mehr hier gelegen hatte. Die letzten Tage war es das gewesen, was ich mir gewünscht hatte: Ruhe und mein eigenes kleines Reich. Doch jetzt, da ich gezwungen war, hier zu sein, war der Gedanke alles andere als erträglich. Mein Gesicht in einem Kissen vergraben, spürte ich, wie sich ein Kloß in meinem Hals bildete und drehte mich auf den Rücken. Heiße Tränen rannen über mein Gesicht und ich schluchzte bitterlich. Jake. Was hatte ich nur getan? Ihn so wütend und enttäuscht gesehen zu haben, versetzte mir einen Stich im Herzen, und erst jetzt wurde mir klar, dass ich ihn vielleicht verloren hatte. Für immer. In mir und meinem Kopf herrschte das pure Chaos. Und je länger ich allein hier würde sein müssen, desto verrückter würde ich vermutlich werden. Rasch zückte ich mein Smartphone und tippte eine Nachricht.

Wann ist bald? M.

Eine Weile verging, und ich brachte meine Tränen wieder unter Kontrolle. Nachdenklich tippte ich mit meinem Handy auf meine Lippe und starrte traurig an die Decke. Dann spürte ich ein Vibrieren, das eine neue Nachricht ankündigte.

Sobald du willst.

Obwohl mir noch nicht zum Lachen zumute war, zuckte mein Mundwinkel und ich beruhigte mich etwas, da ich wusste, dass gleich jemand da sein würde, mit dem ich reden konnte und der mir die Einsamkeit nahm.

Nachdem ich Daniel geschrieben hatte, dass ich wieder zurück in meiner eigenen Wohnung war, und ihm die Adresse gesendet hatte, klopfte es etwa eine halbe Stunde später endlich an der Tür. Eilig sprang ich vom Sofa auf und ließ ihn herein. Als Daniel mich erblickte, wirkte er nicht mehr so heiter wie noch vor ein paar Stunden, denn jetzt stand ihm Besorgnis ins Gesicht geschrieben.

»Verdammt, Mary, was ist los? Hast du geweint? Du siehst ja schrecklich aus.«

»Danke sehr.« Ich ließ ihn eintreten und zuckte mit den Schultern. »Weißt du, ich habe mich ganz fürchterlich mit Jake gestritten ... aber, egal ... Ich wollte nur nicht allein sein und könnte ein bisschen Abwechslung vertragen. Irgendwie fällt mir die Decke auf den Kopf, und da habe ich an dich denken müssen.« Meine Stimme war noch ganz zittrig und plötzlich war mir mein Auftritt furchtbar peinlich.

Daniel ließ mich jedoch nicht mehr aus den Augen. »Okay, du erzählst mir jetzt trotzdem genau, was passiert ist«, befahl er in einem fürsorglichen Ton. »Und warum bist du eigentlich hier und nicht bei ihm?«

Ich bedeutete Daniel, sich auf der Couch niederzulassen und verschwand kurz in meiner kleinen Küche. »Möchtest du auch was trinken? Bier? Wein? Tee?«

»Was trinkst du?«

»Hm, ich denke, ich brauche einen Tee«, überlegte ich und wartete auf seine Antwort, während ich mich schon am Küchenschrank zu schaffen machte.

»Dann nehme ich auch einen.« Kurz darauf marschierte ich bewaffnet mit zwei Bechern Pfefferminztee zurück ins Wohnzimmer und ließ mich erschöpft neben ihm aufs Sofa fallen.

Gerade, als ich dabei war, mir die Augen zu reiben, spürte ich seine Hand auf meinem Knie. Mich durchfuhr es wie ein Blitz und ich blickte ihn erschrocken an.

»Erzähl mir, was passiert ist«, bat er mich ruhig, zog seine Hand jedoch wieder zurück, als hätte er gemerkt, dass diese Geste zu intim für uns war.

Ausatmend reichte ich ihm seinen Becher und lehnte mich schließlich ebenfalls nach hinten. Meine Beine angewinkelt, pustete ich in meinen Tee und spürte den heißen Dampf, der sich auf meinem Gesicht ablegte. Betreten suchte ich nach einem Anfang. Wie war der Streit eigentlich zustande gekommen? Ich brauchte einen Moment, um alles Geschehene wieder zu rekapitulieren. »Eigentlich dachte ich, es wird ein guter Abend, aber ich hätte wissen müssen, dass noch irgendwas passiert«, begann ich leise und spürte Daniels besorgten Blick auf mir haften. »Immerhin habe ich echt Mist gebaut.«

Ich erzählte von der Rückfahrt und von dem Streit im Flur. Davon, dass ich Jake so mies angelogen und Eve ebenfalls mit hineingezogen hatte. Dass ich Jakes Vertrauen missbraucht hatte und ich mich, je mehr Zeit vergangen war, immer schuldiger gefühlt hatte. Daniel hörte die ganze Zeit über gespannt zu und nickte hin und wieder. Nachdem ich fertig gesprochen und gegen meine Tränen angekämpft hatte, machte sich erst einmal betretenes Schweigen im Raum breit und ich schaute ihn abwartend an.

Irgendwann lächelte Daniel plötzlich feixend. »Du hast meinetwegen gelogen?«

Jetzt lächelte auch ich schließlich und nickte fahrig. »Na ja, was soll ich sagen? Ich wollte einfach nur nicht, dass schlecht über uns gesprochen wird. Und ich kenne Jake, er kann mir vieles madig machen, wenn ihm etwas nicht gefällt, und seit dem Auftritt auf Larrys Party, bei dem du mir lautstark zu verstehen gegeben hast, dass ich dich nicht belästigen soll ...«, ich zuckte unschuldig mit den Schultern, »... kann er dich vermutlich nicht sonderlich gut leiden. Es hätte wieder nur eine riesige Diskussion gegeben. Und außerdem denkt er, du verschandelst seinen Garten«, fügte ich leise hinzu und sah angestrengt in meinen Becher.

»Ich tue bitte was?«, fragte er ungläubig.

»Ach nichts, das ist eine andere Geschichte«, lenkte ich schnell ein und rutschte etwas auf meinem Platz hin und her. »Jedenfalls weiß ich nicht, was ich tun soll. Ich meine, wenn ich mich nicht melde, tut er es vielleicht auch nicht und wenn ich mich melde, könnte es vielleicht nur noch mehr ausarten. Verstehst du? Ich bin total verzweifelt.« Ich drückte meinen Kopf an die Rückenlehne meines Sofas.

»Nun bleib mal ganz ruhig. Es wird schon eine Lösung geben.« Er nahm ebenfalls einen tiefen Schluck und stellte seinen restlichen Tee auf meinen Couchtisch. »Ich meine, ihr seid in einer festgefahrenen Situation. Aber mal ehrlich: So eine Freundschaft, wie ihr sie habt, wird nicht gleich wegen so etwas kaputtgehen. Ich kenne Jake nicht gut, aber ich habe bemerkt, wie er dich ansieht. Das habe ich schon im Krankenhaus gesehen. Auch wenn du geschlafen hast, er war immer da. Er hat deine Hand gehalten und sich echt Sorgen gemacht. Und ja, durch deine Lügen hast du ihn enttäuscht, und deshalb braucht er vielleicht ein bisschen Zeit. Aber er wird sich melden, das kannst du mir glauben. So etwas, wie ihr habt, das geht nicht so schnell in die Brüche.«

Mir entwich eine einzelne Träne und ich schluchzte leicht.

»Ich habe eine Idee.« Er richtete sich auf. »Warte einfach ein paar Tage ab. Entweder wird er sich melden, oder nicht. Dann kannst du es tun. Aber nehmt ein bisschen Abstand, setzt euch in ein paar Tagen zusammen und redet über alles. Die Auszeit wird euch sicherlich guttun. Ihr habt immerhin ein paar Wochen ständig aufeinandergesessen.«

»Meinst du?«, fragte ich ungläubig.

»Ich bin mir sicher. Die Zeit heilt alle Wunden, oder?« Er hielt einen Moment inne, als würde er über die Richtigkeit seines Satzes nachdenken müssen. Immerhin hatte er ebenfalls mehr als genug Wunden, die ganz sicher noch nicht verheilt waren. Doch dann fing er sich wieder und schaute mich an. »Und solange du auf einen Anruf oder eine Nachricht wartest und hier allein abhängen musst, helfe ich dir über die Zeit hinweg und lenke dich ab. Na, was hältst du davon? »Seiner Stimme entnahm ich eine Euphorie, die ich noch nicht teilen konnte.

Nachdenklich starrte ich auf meine Finger und zuckte mit den Schultern. »Ich weiß nicht, ob ich es schaffe, mich nicht bei ihm zu melden. Ich weiß, dass ich ihm das schuldig bin.«

»Manchmal braucht man ein bisschen Zeit, um nachzudenken. Die Entscheidung liegt bei dir. Ich kann dir lediglich Tipps geben und für dich da sein. Aber ein oder zwei Tage würde ich auf jeden Fall warten und ein bisschen Ruhe einkehren lassen.«

Außer dem Ticken der Wanduhr war es für einen Moment still. Beinahe dachte ich, Daniel könnte das Rattern in meinem Kopf hören und so sah ich ihm schließlich in die Augen und nickte knapp. »Okay, ich warte ein paar Tage und hoffe, dass er sich meldet. Aber wenn nicht, rufe ich ihn an. Hoffen wir mal, dass Jake und ich bis dahin unsere Köpfe ein bisschen abkühlen können.«

Fünfzehn

Irgendwann schlug ich die Augen auf und wurde vom hellen Licht der Sonne geblendet, die sich ihren Weg durch meine Fenster bahnte. Deswegen brauchte ich eine Weile, um mich zurechtzufinden, denn ich befand mich nicht wie in den Wochen zuvor in Jakes Gästezimmer, sondern in meinem Zuhause. Mir entfuhr ein trauriges Seufzen und ich schüttelte den Kopf. Ich wollte nicht direkt jetzt schon an ihn und unseren Streit denken, das würde ich sicherlich noch den restlichen Tag tun. Mein Rücken schmerzte und ich versuchte, mich etwas aufzuraffen. Anscheinend war ich auf meiner Couch eingeschlafen. Über mir lag meine rote Kuscheldecke ausgebreitet, die ich sonst immer sorgfältig über die Couchlehne legte. Wie war die nur dahin gekommen? Ich schirmte verschlafen meine Augen vor der Sonne ab und beschloss gedanklich, mir abends anzugewöhnen, die Vorhänge zuzuziehen.

Ein plötzliches Klappern in der Küche ließ mich zusammenfahren. Daniel? Wo war Daniel eigentlich hin? Ich erinnerte mich daran, dass wir den restlichen Abend noch lange geredet hatten. Damit erklärten sich auch meine müden Augen.

Jake. Erneut schweiften meine Gedanken zu ihm ab. Sofort legte sich ein ungutes Gefühl wie ein unsichtbarer Umhang um mich. *Nein, jetzt musst du erst mal wach werden*, befahl ich mir, um nicht gleich wieder an ihn zu denken. Ich schob die Decke beiseite, erhob mich vom Sofa und schlich in die Küche. Dort sah ich Daniel mit einer Leichtigkeit in seiner Haltung durch meine Küche fegen. Daniel. Ein warmer Hauch bekämpfte den beklemmenden unsichtbaren Umhang und ich fühlte mich schlagartig besser.

»Daniel?«, fragte ich vorsichtig.

Überrascht wirbelte er herum und sah mich entgeistert an. »Himmel, hast du mich erschreckt. Du hast noch geschlafen, ich wollte dich nicht wecken«, erklärte er und verzog seinen Mund zu einem Lächeln.

Ich stutzte und deutete mit dem Daumen hinter mich. »Und wo hast du geschlafen?«

»Auch auf der Couch.« Er griff nach der Kaffeekanne und füllte frischen Kaffee hinein. »Keine Sorge, im Sitzen natürlich. Du warst so *nett* und hast deine Beine auf mich gelegt, da hatte ich nicht viel Bewegungsfreiheit.« Er lachte und suchte anscheinend nach Tassen.

»Im Schrank oben rechts«, erklärte ich knapp und deutete mit einem Nicken in die Ecke. »Entschuldige, ich wollte mich nicht so breitmachen. Ist eine dumme Angewohnheit von mir.«

»Macht ja nichts. Ich kenne das noch von ... ähm. Nicht so wichtig«, murmelte er leise und machte sich weiter daran, meinen kleinen Küchentisch zu decken.

Mir zog sich mein Herz zusammen. Der Ärmste hatte noch immer mit seiner eigenen Trauer zu tun und doch war er hier bei mir, um für mich da zu sein.

»Frühstück ist jedenfalls gleich fertig.« Er griff nach

zwei Tassen und hielt kurz inne. »Oh, tut mir leid. Ist das zu aufdringlich oder unhöflich, was ich hier mache?«

»Ach was. Fühl dich wie zu Hause. Wenn es dir nichts ausmacht, würde ich eben kurz unter die Dusche hüpfen?«

»Klar doch«, entgegnete er, und ich stahl mich eilig ins Badezimmer. Ob es mir etwas ausmachte, wenn er hier war? Nein, im Gegenteil! Es gefiel mir viel zu gut.

So ein liebevolles Frühstück hatte mir lange niemand mehr bereitet. Zwar gab mein Kühlschrank kaum noch was her, aber ein paar tiefgefrorene Waffeln für den Toaster und irgendwelche Marmeladen fanden sich bei mir immer. Eigentlich war es nichts Großes, aber die Tatsache, wie er sich bemüht hatte, bereitete mir extreme Freude. Während des Frühstücks konnte ich kaum den Blick von ihm lassen. Auch wenn ich ihn zwischendurch nicht durch meine, sondern durch fremde Augen sah. Gott sei Dank waren die Visionen nicht von Dauer, sodass sie mir manchmal kaum auffielen, aber ich spürte sie. Wie ein kleiner Blitz, der durch mich hindurch schoss und einen leichten Schmerz in den Schläfen verursachte. Dann war es ein paar Sekunden so, als wäre ich woanders. Sobald ich mir dessen bewusst wurde, was gerade los war, blinzelte ich ein paarmal und befand mich anschließend wieder an Ort und Stelle. Es war mehr als beängstigend, aber mittlerweile gehörte das irgendwie für mich zum Leben dazu. Trotzdem fragte ich mich, ob ich diese Visionen jemals wieder würde loswerden können.

Obwohl ich tieftraurig über Jake grübeln sollte, dachte ich zugegebenermaßen nicht so stark an ihn, wie ich es am Morgen befürchtet hatte. Aber nur, weil Daniel wusste, wie man mich ablenken konnte. Seine humorvolle Art, untermauert mit seinem wundervollen Lachen, verhalfen mir in eine ganz andere Welt. Eine bessere. Allerdings wusste ich, sobald ich allein sein würde, würden auch die großen Tränen, die innere Leere und die Angst um Jake wiederkommen und mich umreißen.

»Also, was hast du dir für heute vorgestellt?«, durchbrach Daniel meine Gedanken.

Fragend blickte ich ihn an »Keine Ahnung, ehrlich gesagt.«

»Hm. Das ist schlecht. Dich hier allein sitzen lassen, damit du Trübsal bläst, möchte ich nur ungern.«

»Musst du nicht arbeiten?«, fragte ich skeptisch und nahm einen Schluck Kaffee.

»Nein. Ich habe mich heute abgemeldet. Es sind genug Leute da. Die können auch mal auf mich verzichten im Büro. Immerhin habe ich einen viel schwierigeren Auftrag: dich ablenken. Ich glaube, das wird anstrengend genug.« Er lachte laut und warf mit einem Krümel seiner Waffel nach mir.

Entsetzt stand ich auf und verschränkte die Arme. »Falsch! Dein Auftrag ist dann wohl erst einmal, hier zu staubsaugen.«

Einen Moment herrschte Schweigen, ehe wir in ein lautes Gelächter verfielen.

Ich konnte gar nicht genau sagen, wo die Zeit geblieben war. Mit Daniel schien sie wie im Flug zu vergehen. Er ließ mich vergessen, lachen, strahlen, und vor allem konnte ich bei ihm ich selbst sein. Unbeschwert und glücklich. Allerdings mit einem dunklen Schatten, der mich auf Schritt und Tritt verfolgte. Der Streit mit Jake. Schon zwei Tage waren vergangen und weder er noch ich hatten den Griff zum Telefon gewagt und den anderen versucht zu kontaktieren, was meine Hoffnung, die irgendwo im hintersten Teil meines Herzens noch gesteckt hatte, immer mehr schwinden ließ.

Auch jetzt fühlte ich mich nicht völlig unbeschwert, obwohl es ein schöner Tag war, den ich gemeinsam mit Daniel verbrachte. Ich reckte mein Gesicht in die pralle Sonne, ließ die Strahlen auf mich wirken und genoss die Hitze, die sich auf meiner Haut ausbreitete. Die Vögel zwitscherten um die Wette und der Duft nach wilden Blumen umhüllte mich. Daniel saß dicht neben mir, was die Hitze in meinem Gesicht noch mehr bekräftigte. Wir waren eine Weile mit dem Auto unterwegs gewesen, nachdem ich mir eingestehen hatte müssen, dass ich nicht ewig auf Kriegsfuß mit dem Autofahren stehen konnte. Immerhin wollten wir raus aus der Stadt, und waren in meine liebste Gegend gefahren, den *Rock Creek Park,* was zu Fuß nicht möglich gewesen wäre. Und allmählich meisterte ich die Fahrten auch immer besser. Allerdings war die Tatsache, dass ich so oft schon mit Jake hier in diesem herrlichen Park gewesen war, nicht sehr tröstlich für mich. Obwohl Daniel neben mir auf einer Holzbank am Rande einer Lichtung des Waldes saß, während wir auf einen kleinen Bach blickten, und ich mich neben ihm eigentlich rundum wohlfühlte, spürte ich dennoch diese Leere, die mit jeder Minute, in der sich Jake nicht meldete, stetig wuchs.

»Was ist los?«, fragte Daniel und sah mich eindringlich von der Seite an.

Vor uns plätscherte leise das Wasser, und das Rauschen und die sorglose Ruhe, die der Bach ausstrahlte, wirkten auf mich wie eine Beruhigungstablette. Könnte ich doch manchmal einfach so dahinfließen und alles vergessen. Ich seufzte.

»Du denkst an Jake, richtig?«

Ich nickte und hielt die Augen weiterhin geradeaus gerichtet. »Daniel, es macht unglaublich viel Spaß mit dir.« Ich warf einen Blick zu ihm hinüber, während er anscheinend noch immer versuchte, mich wie ein offenes Buch zu lesen. »Versteh mich bitte nicht falsch, aber ich vermisse Jake, und ich mache mir allmählich echt Sorgen, dass er sich nicht melden wird. Je mehr Zeit vergeht ...« Ich schlug eine kleine Fliege beiseite, die ihre Kreise vor meiner Nase gezogen hatte.

»Hm«, machte Daniel lediglich und dachte nach. »Vielleicht musst du tun, was dein Herz dir sagt. Ruf ihn an, wenn du willst. Oder warte noch. Doch wenn du ihn anrufen möchtest, kann ich dir irgendwie versuchen zu helfen. Ich kann Schilder hochhalten mit Sätzen, die du sagen kannst, wenn ihr telefoniert«, neckte er mich und stieß mich leicht in die Seite.

Ich lächelte bei dem Gedanken daran, wie chaotisch das Gespräch mit Daniels Hilfsschildern wohl laufen würde. »Das ist echt lieb von dir. Aber ich denke, das sollten wir lieber lassen. Sonst merkt Jake womöglich noch, dass ich meine Entschuldigung ablese. Aber wer weiß, vielleicht genießt er es ja, dass ich weg bin und will gar nicht, dass ich ihn anrufe.« Ich seufzte und ließ den Kopf hängen.

»Das ist Schwachsinn! Der wird sich mit Sicherheit genau solche Gedanken machen wie du gerade. Trotzdem wird sein Stolz ihm im Weg stehen, immerhin ist er auch ganz schön gekränkt. Vermissen tut er dich aber ganz sicher.«

Ich ließ seine Worte einen Moment auf mich wirken und kaute sie durch wie ein Kaugummi. Vielleicht hatte Daniel recht. Er war ein Mann, und die waren manchmal nicht so leicht zu verstehen. Und er als Außenstehender konnte das eventuell sogar am besten beurteilen. »Weißt du was? Vielleicht hast du recht. Ich warte noch einen Tag. Aber dann melde ich mich bei ihm, wenn er es bis dahin nicht getan haben sollte«, gab ich schließlich nach und schlug die kleine Fliege erneut in die Flucht.

»Na also. Und jetzt will ich deine Mundwinkel oben sehen und nicht da unten im Bach!« Er deutete mit einem Nicken in Richtung des Gewässers.

»In Ordnung.« Ich lächelte.

»Verrate mir lieber, was wir heute Abend machen sollen. Ich habe Lust auf einen Film, und du?«

»Film hört sich sehr gut an, aber nur, wenn er gruselig ist. Fröhliche Liebesfilme passen derzeit nicht in meine Gemütslage.«

Der Couchtisch war gedeckt mit Chips, Erdnüssen und Fruchtgummi. Auf dem Sofa lagen zwei Decken ausgebreitet, unter denen ich mich bestens verstecken konnte, sobald etwas Gruseliges im Film geschehen würde. Es war ein Filmabend, wie ich ihn liebte. Am liebsten verbrachte ich solche Abende eigentlich mit Jake. Jake. *Nein! Nicht an Jake denken*, schalt ich mich innerlich und konzentrierte mich darauf, einen schönen Abend mit Daniel zu verbringen, dem unsere gemeinsame Zeit ebenfalls gutzutun schien. Immerhin fielen mir häufiger die Momente auf, in denen er ruhig in sich kehrte, nur um Sekunden später wieder ein unbeschwertes Gesicht zu machen. Seine Trauer ließ ihn augenscheinlich noch nicht ganz mit dem Geschehenen abschließen. Doch sein Lachen war ein Beweis für mich, dass er auf dem Weg der Besserung sein musste, und das erleichterte mich. Trotzdem mied ich das Thema, denn ich wollte ihn zu nichts drängen und dadurch womöglich Wunden aufreißen, die gerade am Heilen waren.

»Und du bist dir sicher?«, fragte Daniel zum dritten Mal an diesem Abend, als er die Fernbedienung hochhielt und mir damit vor der Nase herumwedelte.

Ich pustete angespannt aus. »Ja, bin ich. Und wenn du noch einmal fragst, mache ich *Peter Hase* an«, drohte ich mit einem Lachen und vergrub mich unter einer der Decken.

»Na gut. Deine Entscheidung. Mich kann nichts schocken.« Achselzuckend startete er den Film und setzte sich zu mir auf die Couch.

Ich liebte Horrorfilme, sah allerdings immer dann, wenn es gruselig wurde, nicht hin. Es reichte mir der Nervenkitzel durch die dramatische Musikuntermalung, den ich zu meinem Leid trotzdem kaum ertrug. Aber mit Daniel an meiner Seite fühlte ich mich sicher. Er schob sich neben mich und lachte laut, als er mich unter der Decke kauern sah.

Ich grinste ihn an. »Willst du mich angucken oder den Fernseher?«

»Hm, willst du die Antwort wirklich wissen?«, fragte er mit hochgezogenen Augenbrauen.

Die Schmetterlinge in meinem Bauch stoben fleißig umher, doch ich antwortete nichts und richtete meinen Blick schweren Herzens auf den Bildschirm. Der Film fing schon gruselig an, und überhaupt hatte ich das Gefühl, als würde es dort immer nur Nacht oder dunkel sein. Die erste halbe Stunde verging, und ich war schon völlig unter der Decke verschwunden. Dann spürte ich, dass Daniel dichter an mich heranrutschte und mir meinen Sichtschutz wegzog. »Du kannst dich auch bei mir verstecken, wenn es so schlimm ist.« Er lachte.

Fragend sah ich ihn an. *Oh, ja!* »Ich denke, ich komme klar«, antwortete ich stattdessen mutig.

»Okay.«

Gleichgültig sah er wieder nach vorn. Plötzlich schrie ein kleiner Junge in dem Film laut auf und ich ebenfalls. Gänsehaut bereitete sich auf meinem ganzen Körper aus und ich hielt mich vor Schreck an Daniels Arm fest. Ließ allerdings schnell los, als ich spürte, wie mir die Hitze ins Gesicht schoss. »Oh, entschuldige«, murmelte ich schüchtern.

»Macht doch nichts. Na los, komm her. Es ist nur ein Film.« Bestimmend legte er den Arm um mich und zog mich an sich.

Mir blieb beinahe die Luft weg, so sehr spannte ich mich unter seiner Berührung an. Aber es tat gut. Es tat so unendlich gut, in seinem Arm zu liegen. Vorsichtig schmiegte ich mich an ihn. Sein Brustkorb hob und senkte sich langsam. Meiner hingegen vibrierte wie ein Kompressor. Irgendwann konzentrierte ich mich nicht mehr auf den Film, sondern nur auf seine Nähe. Spürte, wie ich lächelte, und versteckte mein Lächeln schnell unter der Decke.

»Und? Besser?«, fragte er und sah mich an.

Ich nickte leicht. »Hm.«

Den Rest des Filmes verbrachte ich damit, mich bei Daniel wohlzufühlen, versteckte mich zwischendurch immer wieder unter der Decke und konnte kaum glauben, dass der Abspann schon bald einsetzte. Daniel räusperte sich, um mir zu sagen, dass es vorbei war, regte sich jedoch selbst kein Stück.

»Entschuldige«, entfuhr es mir knapp, als ich merkte, wie sehr ich ihn mittlerweile belagert hatte. Die Zeit mit ihm war einfach zu schön gewesen und ich richtete mich nur langsam auf.

»War doch ein netter Film«, erklärte er mit einem amüsierten Blick.

»Ja, unglaublich schön«, erwiderte ich, während ich meine Haare zurechtrückte.

Plötzlich umfasste er mein Gesicht. Fast schon stürmisch zog er mich an sich. Es war ein Gefühl wie in Zeitlupe, als er seine Lippen heftig auf meine presste. Ein leises Quieken entfuhr mir. Mein Herz raste und sprang mir beinahe aus der Brust. Mein Körper kribbelte und mir wurde ganz heiß. Seine Lippen, sie fühlten sich so weich und sanft an. Einfach wundervoll. Sie auf meinen zu spüren ... Mit einer Leidenschaft. Mit fast schon herrischem Verlangen. Ich verlor mich unter ihm. Seine Zunge suchte nach meiner, bis sie sich berührten und die Welt sich um mich herum zu drehen begann. Er zog mich näher an sich und ich landete auf seinem Schoß. Seine Hände hielten mich ganz fest. Ich atmete seinen Duft ein. Sandelholz. Einfach unglaublich. Unwirklich. Zu unwirklich. *Nein! Bitte nicht! Keine Vision. Bitte,* flehte ich innerlich und ließ kurz von ihm ab. Fragend sah er mit seinen wunderschönen Augen in meine. Ja! Es war echt. Keine Vision. Echt. Nur er und ich. Ich. Nicht Lia! Sondern nur wir zwei.

Um uns herum bildete sich eine Kapsel, in der lediglich wir beide existierten. Nichts hätte uns den Moment verderben können. Hastig kam ich ihm näher und erneut küssten wir uns voller Leidenschaft. Seine Hände wanderten zu meinen Hüften und schlichen sich unter mein Shirt. Sie waren warm und hinterließen ein sanftes Prickeln auf meiner Haut. Ich konnte kaum Luft holen. Es wäre verschenkte Zeit gewesen. Ich tastete nach seinen starken Armen und fühlte ihn endlich so, wie ich es mir schon lange gewünscht hatte.

Irgendwann ließen wir voneinander ab und sahen uns hastig atmend in die Augen. Keiner sagte was, denn wir ließen den Moment auf uns wirken. Eine Ewigkeit.

Das Kribbeln in meinem Bauch verebbte nur langsam. Widerwillig. Allmählich spürte ich, wie sich die Kapsel aufzulösen drohte und da waren wir: wieder zurück in der Realität. Daniel nahm vorsichtig seine Hände von mir.

»Tut mir leid, wenn …«, begann er leise.

»Nein! Das muss es nicht. Es ist okay«, flüsterte ich.

»Gut, dann ist es das für mich auch.« Seine Lippen, die eben noch auf meinen gelegen hatten, bildeten ein sanftes Lächeln. Mein Herz beruhigte sich und auch meinen Atem fand ich langsam wieder.

»Vielleicht sollten wir das Ganze ein bisschen langsamer angehen, oder? Ich meine …«, begann er wieder und ließ mich nicht aus den Augen.

»Ich weiß genau, was du meinst. Es ist einfach so viel passiert und das braucht alles seine Zeit«, erwiderte ich und schenkte ihm ebenfalls ein Lächeln. Nur langsam rutschte ich von ihm herunter. Es lag noch immer diese Hitze in der Luft. Ein traumhaft schönes Gefühl und endlich konnte ich eine solche Erinnerung mein Eigen nennen.

Sechzehn

Der Regen prasselte gegen die Fenster und ein heftiger Wind hatte sich zudem angekündigt. Von der prallen Sonne wie an den Tagen zuvor war heute nicht die Spur zu sehen. Vorn am Pult stand unser Professor. Mit seinem engen Hemd, in dem er noch schmaler wirkte, und der spießigen Fliege um den Hals, schien er zu versuchen, die Horde an Studenten zu unterhalten, zu beschäftigen und sie zu allwissenden Menschen zu machen. Was sich, wenn ich in die müden Gesichter meiner Mitstudenten schaute, als ausweglos herauskristallisierte.

Den Kopf auf meinen Händen abgestützt, hatte ich meinen Blick nachdenklich aus dem Fenster zu meiner Rechten gerichtet und beobachtete das Wetterspektakel, das sich draußen abspielte. Ich dachte an den Kuss mit Daniel. Wie er mich berührt hatte. Wie er mich angesehen hatte. Wie er geduftet hatte. Noch immer hatte ich das Gefühl, dass seine Hände meine Haut berührten. Als hätten sie einen bleibenden Abdruck hinterlassen, der sich hin und wieder bemerkbar machte. Ich konnte nicht in Worte fassen, wie sehr ich diesen Moment mit Daniel genossen hatte. Deshalb war die Vorfreude auf den heutigen Abend mit ihm umso prickelnder. Allerdings war da immer noch ein düsterer Teil in meinem Kopf, der meine Freude von Zeit zu Zeit abmilderte.

Jake. Egal, was ich tat, ständig musste ich an ihn denken. Ob vor dem Schlafengehen oder beim Aufstehen. Beim Abwasch, beim Bügeln, beim Putzen. Immer nur Jake. Jake. Jake. In meinem ganzen Leben hatte ich noch nie so oft voller Hoffnung auf mein Smartphone gesehen. Doch nach wie vor hatte er sich noch nicht gemeldet. Mit jedem Tag, der verstrich, zweifelte ich an unserer Freundschaft und an unserer eventuellen Versöhnung. Auch wenn wir uns hin und wieder schon mal gestritten hatten, war es dieses Mal anders. Der Streit war anders. Jake war anders. Ich war anders. Wie sollte ich dann erwarten, dass alles so laufen würde wie immer? Das einzig Gute war immer noch der Gedanke an Daniel, aber selbst diesen konnte ich nicht genießen. Ich würde erst mit Jake sprechen müssen. Dringend. Das Loch in mir wurde immer größer, je mehr Zeit verging, denn ich glaubte jetzt erst zu merken, welchen großen Platz Jake eigentlich in meinem Leben eingenommen hatte. Welche wichtige Rolle er für mich spielte. Er war immer da gewesen und ich hatte es als selbstverständlich erachtet. Dabei würde ich doch genau jetzt mit ihm meine schönen Momente teilen wollen. Ihm von Daniel erzählen und seine Meinung dazu hören wollen. Ganz ohne Streit. So leicht war es leider nicht. Nichts war mehr einfach. Seit dem Unfall war so viel durcheinandergeraten. Alles stand Kopf und ich traute meinen eigenen Gedanken nicht mehr. Ich erkannte mich ja selbst kaum wieder. Wer war ich eigentlich? Eine dreiste Lügnerin, schalt mich eine fiese kleine Stimme in meinem Kopf und ich seufzte traurig.

Ohne Jake hatte ich das Gefühl, dass ich mich jeden Tag ein Stückchen mehr verlor. Mir war klar, wie sehr ich ihn brauchte und wie sehr ich meinen besten Freund zurückhaben wollte und ich hoffte, dass er in Bezug auf mich ebenso empfand. Gleich morgen würde ich zu ihm gehen. Ihm alles erzählen. Von mir und Daniel. Ich würde ihn aussprechen lassen, mich hinterher erklären und entschuldigen und ihn danach in den Arm nehmen. So wie wir es immer taten. Ich würde meinen Lügen endlich ein Ende bereiten und ihm von allem erzählen. Na ja, bis auf das Chaos mit den falschen Erinnerungen, die in mir wüteten wie der Wind draußen. Es war vermutlich besser, wenn ich das einfach für mich behalten würde. Das Risiko, dass er mich für verrückt erklärte, wäre zu groß. Ich sah es beinahe bildlich vor mir: Wie er mich von Arzt zu Arzt schleppen und komplett überwachen würde, bis man eine rationale Erklärung für meine falschen Erinnerungen hatte. Oder eben für meinen verrückten Zustand ... Doch von Daniel würde ich ihm erzählen. Warum alles so gekommen war, und warum ich mich vor allem in diese Lügereien verstrickt hatte. Am Ende würde Jake das alles verstehen. Ganz bestimmt!

Die Dusche war so ausgiebig und wichtig für einen klaren Kopf gewesen, dass ich mich fast auflöste. Krebsrot trocknete ich mich ab, cremte mich ein, schminkte mich und föhnte mir die Haare, die ich anschließend mit dem Lockenstab bearbeitete. Eben das volle Programm. Daniel würde bald hier sein und ich konnte es kaum erwarten. Mein Herz schlug höher, je näher unser Date rückte. Date. Ich schmunzelte. Wie schön sich das Wort »Date« doch anhören konnte, und dann ausgerechnet mit ihm.

Ich geriet schon wieder ins Schwärmen, aber ein Blick auf die Uhr verriet mir, dass ich dafür keine Zeit mehr hatte, sondern mich schleunigst umziehen sollte. Ich entschied mich für eine schwarze Strumpfhose, einen grauen Rock und eine schwarze Kurzarmbluse. Noch ein Blick in den Spiegel, und ich war zufrieden. Draußen hatte sich der Regen mittlerweile beruhigt und die Wolkendecke brach etwas auf. Die letzten Strahlen für den heutigen Tag mogelten sich hindurch.

Es klingelte. In meinem Bauch machte sich ein angenehmes Kribbeln bemerkbar und ich stürmte in den Flur. Noch einmal zupfte ich meinen Rock und meine Haare zurecht und öffnete gelassen die Tür. Mit einem kleinen Blumenstrauß in der Hand lächelte mir Daniel entgegen und trat mit einem »Hey« ein. Etwas schüchtern drückte er mir den Strauß mit den wohl schönsten Lilien, die ich jemals gesehen hatte, in die Hände.

»Danke. Wie lieb von dir«, stammelte ich überrascht und atmete den süßen Duft der Lilien tief ein. Es war nicht nur die Tatsache, dass er mir Blumen mitgebracht hatte, die mich erfreute, sondern vielmehr, dass ich es nicht hatte kommen sehen. Es war also unser ganz eigenes Date. Keins von denen, die er damals mit Lia gehabt hatte. Lächelnd blickte ich die Blumen an.

»Du siehst toll aus.« Daniel grinste verlegen und rieb sich den Nacken.

Ich hingegen lief rot an. »Danke, du aber auch. Das war wirklich nicht nötig. Ich suche schnell eine Vase«, erklärte ich. *Kühl dich ab,* befahl ich mir. Auf einmal war die Situation zwischen uns so verhalten. Schüchtern. Als würde niemand etwas falsch machen wollen. Als wären wir noch einmal fünfzehn Jahre alt. Rasch wandte ich mich ab und bedeutete Daniel mit einem Handzeichen, dass er eintreten solle. »Setz dich und fühl dich wie zu

Hause. Ich bin sofort wieder da«, rief ich eilig auf dem Weg in die Küche.

Verdammt, wo hatte ich bloß meine Vase versteckt? Ich hatte mein Leben lang so selten Blumen bekommen und ohnehin ein schlechtes Händchen dafür, dass ich gerade mal ein kleines, selten genutztes Exemplar im Haushalt besaß. Suchend öffnete ich die einzelnen Schränke meiner Küche und entschied mich irgendwann einfach für ein schlichtes, großes Trinkglas. Als ich mich wieder in das Wohnzimmer begeben wollte, sah ich, wie Daniel bereits im Türrahmen lehnte und mich musterte. Überrascht stellte ich das Glas ab und sah ihn fragend an. In seinen Augen blitzte etwas auf und ich wusste erst nicht, was es war. Und nur einen Wimpernschlag später kam er mit zwei Schritten auf mich zu und presste seine Lippen auf meine. Jetzt wurde mir klar, was ich gerade in seinen Augen gelesen hatte: Lust. Mit beiden Händen umfasste er mein Gesicht. Stürmisch drückte er mich mit dem Rücken an den Küchentresen. Vollkommen überrumpelt stieg ich mit in den wundervollen Kuss ein. Mein Herz klopfte wild. Seine Hände wanderten zu meinen Hüften und drückten fest zu, wanderten kurz darauf noch ein Stück tiefer. Ich spürte seine Muskeln durch sein Hemd und tauchte ebenfalls mit meinen Händen abwärts. Ich tastete nach seinem Rücken, seinen Hüften, seinem Po. Er stöhnte leicht und drückte mit seinen Händen noch fester zu. Keuchend ließ er von mir ab und sah mich an, so als wollte er wissen, ob alles in Ordnung war. Kaum merklich nickte ich und spürte meinen bebenden Brustkorb. Niemand sagte etwas. Nur unser lautes Atmen und das Pochen meines Herzens hallten durch meine Ohren. Schwungvoll legte er seine Hände unter meinen Po und hob mich auf seine Hüften.

»Was hast du vor?«

»Abwarten«, raunte er und trug mich mit lustverhangenem Blick in Richtung Schlafzimmer.

O mein Gott, rief ich in Gedanken. Kaum in der Lage, zu glauben, was gleich passieren würde, grub ich meine Finger fester in seinen Arm. Vor meinem Bett angekommen ließ er mich sorgsam darauf nieder, sodass ich nun vor ihm saß.

Seinen Blick auf mich geheftet, öffnete er langsam sein Hemd und ließ es zu Boden gleiten. Gern hätte ich mir die Hand vor den Mund geschlagen, da ich mich kaum zügeln konnte. Sein Anblick und seine muskulöse Brust brachten mich dazu, merkwürdige Geräusche von mir zu geben. Dann kam er zu mir, drückte mich mit seinem Oberkörper leicht nach hinten und legte sich über mich. Wir sahen uns tief in die Augen. Und kurz darauf berührten mich seine Lippen. Er küsste sich meinen Hals entlang, während seine Hände unter meiner Bluse verschwanden. Mir wurde heiß und kalt. Mein ganzer Körper spielte verrückt. Lustvoll stöhnte ich, während er küssend eine Spur zu meinem Dekolleté hinterließ. Sein Atem löste ein wunderschönes Gefühl auf meiner Haut aus. Dann raffte er sich auf und öffnete vorsichtig jeden einzelnen Knopf meiner Bluse, als würde er ein kostbares Geschenk auspacken. Seine verführerischen Augen waren dabei stets auf meinen Körper gerichtet. Ich zog ihn an seiner Hand zu mir hinunter und küsste ihn gierig. Einen Moment lang schloss ich die Augen und genoss den Augenblick. Doch als ich sie wenig später wieder öffnete, war es wie ein kleiner Stromschlag, der meinen Körper durchströmte. Es dauerte eine Weile, ehe ich begriff und Daniel erschrocken ansah. Aber nicht durch meine eigenen Augen. Sondern durch ihre. Durch Lias. Und als ich wieder zu mir kam, war nichts wie vor ein paar Sekunden. Plötzlich war alles anders.

»Nein«, rief ich und stieß ihn von mir.

Mit einem Mal war mir klar gewesen, was ich nicht wollte: Eine Vision zu haben, während er auf mir lag. Blitzschnell hatte sich Lias Erinnerung in mir breit gemacht. Mit jeder Millisekunde war ich mir unsicherer gewesen, wen er eigentlich ansah. Dieses Gefühl zu haben, dass ich ihn vor Augen hatte, während er eine andere ansah, hatte bei mir einen Hebel umgelegt. Ich wollte das so nicht. Immer von irgendwelchen Bildern geplagt sein, die eigentlich nicht in mein Leben gehörten. Erinnerungen an etwas zu haben, das ich niemals erlebt hatte. Schon gar nicht wollte ich sehen, wie er mit Lia Sex hatte. Wie sollte ich mit ihm je meine eigenen Erinnerungen sammeln können, wenn diese immer wieder mit Lias vermischt wurden? Was am Anfang noch spannend, aufregend und verrückt zugleich gewesen war, war plötzlich nur noch eine lästige Tatsache, die sich in meinen Körper geschlichen hatte. Wie eine Schlange. Leise und kriechend.

In seinem Blick lauerten mindestens ein Dutzend Fragen. Wir saßen auf meinem Bett mit einer sicheren Distanz zueinander. Mein Blick war schüchtern auf meine Hände gesenkt, während sich meine Brust noch immer so schnell hob und senkte, als wäre ich gerade eben einen Marathon gelaufen. »Daniel, es tut mir leid. Ich weiß nicht, was gerade los war. Ich kann es auch nicht erklären ...«, stammelte ich leise und schüttelte verzweifelt den Kopf. Wie sollte ich auch? Ich kannte die richtigen Worte dafür ja selbst nicht einmal. »Irgendwie geht es einfach gerade nicht. Ich weiß nicht warum. Versteh es bitte nicht falsch.« Ich sah ihm in die Augen. »Du bist toll, Daniel. Wirklich!«

»Das ist schon okay«, antwortete er schließlich mit einer erstaunlichen Ruhe in der Stimme.

Verwirrt legte ich meinen Kopf schief, um zu sehen, ob er die Zurückweisung auch nicht falsch verstanden hatte.

»Echt jetzt. Das ist okay. Das kann passieren. Wir waren einfach zu schnell. Ich war zu schnell. Vermutlich habe ich dich bedrängt. Tauche hier mit Blumen auf und falle über dich her. Vielleicht sind wir noch nicht so weit. Zumal wir gestern darüber gesprochen haben, es langsam angehen zu lassen«, gestand er gefasst.

»Du bist jetzt nicht sauer, oder so was?«, hakte ich noch einmal nach. »Ich meine, ich habe dir gerade einen Korb gegeben. Und alles, was du sagst, ist: *Das ist schon okay.*«

Er schüttelte den Kopf »Nein, ich bin nicht sauer. Aber vielleicht gehe ich erst mal besser nach Hause. Es tut mir leid, wenn ich mich vergessen habe. Immerhin ist Lias Tod noch gar nicht so lange her und ... ach, ich weiß auch nicht, was da gerade in mich gefahren ist.« Er seufzte leise und wieder erkannte ich diese Trauer in seinem Blick. Vorsichtig legte ich meine Hand auf seine und drückte sie kurz.

»Das ist normal, schätze ich. Dass man manchmal eine Kurzschlussreaktion oder so was hat. Aber sei bitte nicht so hart zu dir. Und mir tut es leid, dass ich dich so von mir gestoßen habe. Das wollte ich wirklich nicht.«

Er nickte verstehend, während er sich von meinem Bett erhob und ich seinem Beispiel folgte. Daniel sammelte sein Hemd auf und zog es sich rasch über. Ich nutzte die Zeit, um meine Bluse unauffällig zuzuknöpfen. Konnte es einen peinlicheren Moment geben?

An der Tür angekommen, drehte sich Daniel noch einmal zu mir und nahm mich in den Arm. »Zermartern wir uns nicht die hübschen Köpfe. Es ist nun mal passiert. Vielleicht war es einfach zu früh.«

Ich nickte, mein Gesicht an seine Brust geschmiegt. Anders als die anderen Male fühlte es sich auf einmal nicht mehr schön an. Mein Bauch kribbelte auch nicht. Ich spürte einfach ... nichts. Außer Leere und einem unwohlen Gefühl. Auf einmal wirkte auch er nicht mehr so locker. Eher so, als wollte er endlich weg. Daniel gab mir noch einen Kuss auf die Stirn, zwinkerte mir zu und verschwand wortlos aus der Tür.

Verloren blickte ich ihm nach.

Kurze Zeit später stand ich regungslos vor meinem Bett, das eben noch für ein prickelndes Erlebnis herhalten hatte sollen. Doch je länger ich darauf schaute, desto merkwürdiger fühlte ich mich. Ich hätte die glücklichste Person sein sollen. Und mit einem Mal waren diese Gefühle weg. Was war bloß los mit mir? Ich hatte mich doch in Daniel verliebt! Oder nicht? Ich hatte mich doch mit meinen falschen Erinnerungen abgefunden gehabt und die Idee, dass ich meine eigenen Erinnerungen mit ihm schaffen musste, um Lias zu verdrängen, war gut gewesen! Oder doch nicht? Wie fühlte er sich jetzt bloß? Hatte ich jetzt auch ihn vertrieben? Mein Kopf schwirrte bei all diesen Fragen. Wie sollte ich jemals logische Antworten auf sie finden, wenn es einfach keine gab? Konnte dieses Chaos nicht endlich ein Ende nehmen? Konnte ich mich nicht einfach mit Jake versöhnen? Meine eigenen Erinnerungen für mich haben und mich nicht mit fremden abfinden müssen? Mit Daniel zusammen sein? Aber plötzlich war ich mir nicht mehr sicher, ob ich das mit Daniel wirklich so wollte, wie ich es die letzten Wochen geglaubt hatte. Wie ein verliebter Teenager hätte ich durch die Straßen tanzen sollen. Stattdessen zweifelte ich. Und mir war es jetzt wichtiger, erst einmal Jake zurückzugewinnen. Seinen Rat zu hören. Ihn in den Arm zu nehmen. Kurz gesagt: Ich brauchte ihn so dringend, dass ich es nicht länger aushielt auf einen eventuellen Anruf von ihm zu warten.

Hastig ging ich aus meinem Schlafzimmer, zog meine Jeansjacke über, griff nach meinem Haustürschlüssel, meiner Handtasche und ließ die Wohnungstür hinter mir zuknallen.

Wenig später stand ich mit pochendem Herzen und völlig außer Atem vor Jakes Tür, nachdem ich von der Bushaltestelle zu seinem Haus gelaufen war. Schon so oft war ich einfach wie selbstverständlich durch diese Tür hindurchgegangen. Heute lag mir nichts ferner. Das Licht im Wohnzimmer brannte und der Fernseher warf wild zuckende Farben nach draußen. Er war also da. Was, wenn er mich wieder vom Hof jagte? Oder mich anschrie? Ich malte mir die wildesten Szenarien aus. Mit geschlossenen Augen atmete ich einmal tief durch. Jetzt lag es an mir, wieder alles geradezubiegen. Meine Lügen zuzugeben und mich zu entschuldigen. Und vor allem, Jake die Wahrheit über mich und Daniel zu verraten. Aber am wichtigsten war mir, ihm zu sagen, wie sehr er mir fehlte. Es dauerte eine Weile, bis ich mich dazu durchgerungen hatte, endlich die Klingel zu betätigen.

Mein Herz rutschte eine Etage tiefer, als das vertraute Läuten in meinen Ohren dröhnte und ich dachte an die Zeit zurück, in der ich das erste Mal hergekommen war, nachdem Jake hier wieder eingezogen war. Mit Pizzakartons und Bier in den Händen, da er nach dem Umzug keine Zeit gehabt hatte, abends noch einkaufen zu gehen.

So tief in meine Gedanken versunken, bekam ich kaum mit, wie sich kurzerhand die Tür vor mir öffnete und Jake mich anblickte. Er wirkte überrascht, als er mich verschämt vor sich stehen sah. Als Reaktion zuckten lediglich kurz seine Mundwinkel, doch er sagte nichts. Anscheinend hatte er sich einen gemütlichen Abend machen wollen. Sein weißes T-Shirt und seine graue Jogginghose wiesen zumindest darauf hin. Seine Haare lagen etwas wirr auf seinem Kopf, was ihn sexyer als alles andere wirken ließ. Er sah so gut aus und gleichzeitig so bedrückt. Schnell schüttelte ich diese Gedanken ab.

»Hey«, brachte ich in versöhnlichem Ton heraus.

Normalerweise wären wir uns gegenseitig um den Hals gefallen, aber normal war schon lange nichts mehr.

Er antwortete nicht, sondern wich still zur Seite, um mir zu zeigen, dass ich eintreten sollte. Mit gesenktem Kopf schlich ich an ihm vorbei und wandte mich, im Flur angekommen, zu ihm um. Das Wissen, dass unsere Freundschaft erst vor ein paar Tagen genau hier einen Bruch erlitten hatte, schmerzte.

Jake deutete mit einem Kopfnicken in Richtung Küche und ging voraus. Er ließ sich auf einem der Stühle an der Theke nieder und ich zog mir ebenfalls einen Stuhl hervor, über dessen Lehne ich meine Handtasche hängte.

In meinem Kopf kramte ich wie verrückt nach den richtigen Worten und versuchte es ganz ruhig angehen zu lassen. »Und? Wie geht es dir?«

Er nickte. »Ganz gut.« Es waren die ersten Worte, die er gesprochen hatte, und seine Stimme hinterließ einen stechenden Schmerz in meinem Herzen. Wie sehr ich den Klang seiner Stimme vermisst hatte.

»Jake, es tut mir leid. Ich musste dich sehen und

wollte mit dir reden. Dieses Mal ein bisschen ruhiger«, erklärte ich vorsichtig.

»Okay, dann schieß los. Ich hör dir zu.« Abwartend lehnte er sich ein Stückchen nach hinten und verschränkte die Arme vor der Brust.

Aufgeregt presste ich die Lippen zusammen und wollte ihn einfach nur umarmen und ihn wieder um mich haben. Es war so schwer. »Dass ich dich angelogen habe, tut mir unendlich leid. Ich weiß jetzt, dass das absolut falsch von mir war und will das auch nicht noch mal alles aufwühlen. Ich weiß, du bist mein bester Freund und ich habe dein Vertrauen missbraucht. Da sind einige Dinge, die ich schlecht erklären kann. Aber trotzdem gibt mir das nicht das Recht, dich so zu hintergehen.« Meine eigene Stimme war mir plötzlich total fremd und ich räusperte mich leise.

Er bewahrte zwar nach außen die Fassung, aber ich wusste, innerlich war er nicht so ruhig, wie er sich gab. Das kaum merkliche Zucken seines rechten Augenlids war der einzige Hinweis darauf, dass er angespannt war. Das kannte ich nur zu gut bei ihm.

Ich versuchte, sein Schweigen zu ignorieren und rutschte unruhig auf meinem Platz hin und her. »Ich möchte mich bei dir entschuldigen und hoffe, dass du das annimmst und wir den Streit und meine Lügen aus der Welt schaffen können.« Fragend beobachtete ich ihn. Versuchte, ihn zu lesen, doch seine gleichgültige Haltung frustrierte mich so sehr, dass ich kurz davor war, einfach wieder zu gehen. Denn seinen kühlen Gesichtsausdruck ertrug ich einfach nicht länger.

Doch endlich regte er sich und atmete tief ein. »Gut, wenn du mir dann vielleicht verrätst, aus welchem Grund du mich angelogen hast. Ich meine, mit wem hast du dich denn getroffen? Das würde mich echt interessieren.«

Irgendwie hatte ich gehofft, er würde das nicht fragen, aber hatte mich gleichzeitig auch darauf eingestellt. Kurz schloss ich die Augen und legte mir meine Worte zurecht.

»Ich habe mich mit Daniel getroffen«, gestand ich knapp und sah auf meine Finger.

»Mit Daniel.« Er nickte, als wüsste er Bescheid. »Sagtest du nicht, dass du mich nur angelogen hättest, in Bezug auf den Abend, als Eve hier aufgetaucht ist?«

Vorsichtig nickte ich.

»Was mich allerdings wundert, denn im Auto nach dem Abend bei Larry hast du mir noch erzählt, ihr würdet euch kaum kennen. Nur ein oder zwei Sätze, die ihr gewechselt hättet ...« Sein Ton war schroff, aber noch immer sachlich. Herausfordernd. Ganz der Polizist.

»Jake, ich ...«

»Dann frage ich mich, wie lange du mich eigentlich schon angelogen hast. Erst ging es nur um die eine Lüge, über die ich eigentlich vorhatte, hinwegzusehen. Aber jetzt sitzt du hier, redest davon, dass keine Lügen mehr zwischen uns stehen sollen, und dann kommt raus, dass du schon seit Wochen gelogen hast!« Mit jedem Wort spannte er sich mehr und mehr an und ich sackte auf meinem Stuhl immer weiter zusammen.

»Jake, das ...«

»Dann stimmt das ja auch sicherlich nicht, dass dieser Typ hier sein Handy vergessen hatte, als er in meinem Garten war. Es gab ja sicherlich einen anderen Grund. Da hat das Ganze doch schon angefangen, oder nicht?«, unterbrach er mich wieder und erhob sich.

»Nein, das ...«

»Und mit deinen Uni-Mädels warst du bestimmt auch nicht lernen, oder?«

»Lass mich doch mal ausreden, Jake!« Ich erhob mich ebenfalls von meinem Hocker. »Ja, ich habe dich angelogen. Aber weißt du auch warum? Genau deswegen, weil du mich kontrollierst und weil du ihn nicht leiden kannst. Das konntest du doch vom ersten Moment an nicht. Deswegen flippst du auch schon wieder so aus. Wäre es Larry gewesen oder was weiß ich wer, dann wäre das alles halb so wild.«

Empört schlug er die Handflächen auf den Tresen und ich zuckte zusammen.

»Weißt du, warum ich diesen *Daniel* nicht leiden kann? Soll ich es dir verraten? Weil er dich bei Larry auf der Party vor allen Leuten bloßgestellt hat. Dich lächerlich gemacht hat. Obwohl du selbst so viele Probleme hattest und nicht nur er. Weil er dir wehgetan hat. Er wollte, dass du bei dem Unfall ums Leben gekommen wärst. Das allein ist schon Grund genug, ihn nicht zu mögen.«

Schweigend musterte ich ihn. Sein Gesicht war ernst, seine Lippen fest aufeinandergepresst.

Nachdenklich tippte er mit seiner Faust auf seinen Mund, ehe er mich schließlich ansah. »Wie soll ich dir das nächste Mal etwas glauben? Wann hast du mich noch angelogen?«, fragte er nun sehr leise.

»Was? Gar nicht«, verteidigte ich mich gekränkt. »Was denkst du denn? Dass ich eine notorische Lügnerin bin? Nur weil ich dir nichts von Daniel erzählt habe? Immerhin bin ich schuld am Tod seiner Freundin. Wirklich stolz bin ich nicht darauf, durch die Weltgeschichte zu laufen und zu prahlen, dass ich mit ihm …«, ich schlug die Hand vor den Mund. Zusammen bin? Wollte ich das sagen?

»Dass du *was* mit ihm?« Er wirkte mindestens genauso schockiert wie ich und erwartete vermutlich genau die Antwort, die mir beinahe rausgerutscht wäre.

Aber es war ja nicht mal so. Ich war ja nicht mit Daniel zusammen, oder? Nein! Wir hatten uns einfach nur einige Male getroffen. Und geküsst. Und fast miteinander geschlafen. Oje. Mein Kopf drohte zu platzen. Nein! Ich und Daniel waren kein Paar! Auch wenn es das war, was ich mir die letzten Wochen so sehr gewünscht hatte. Aber seit ein paar Stunden war ich mir nicht mal mehr dessen sicher.

»Dass ich einfach mit ihm Kontakt hatte und wir uns hin und wieder getroffen haben. Mehr nicht. Wir können einfach gut miteinander reden. Er hat Lia immerhin verloren und brauchte genauso wie ich jemanden zum Reden. Daran ist nichts verkehrt. Aber genau deshalb«, ich deutete mit meinem Zeigefinger auf ihn, »wollte ich nichts sagen, weil ich wusste, wie du reagierst. Und jetzt stellst du mich noch weiterhin als Lügnerin hin.«

»Woher soll ich es denn besser wissen?«

»Na, weil du mich kennst!«

»Vielleicht hast du ja in Bezug auf deine Erinnerungen auch gelogen«, stellte er fest.

»Bitte, was?«, fragte ich, als hätte ich mich verhört.

Er richtete seine Augen auf mich. »Ist doch so. Vielleicht wolltest du dich nicht mehr daran erinnern, was vor deinem Unfall passiert ist.« Verzweifelt sah er aus dem Küchenfenster und schien auf einmal ganz weit weg zu sein.

»Ich habe keine Ahnung, wovon du sprichst. Was soll denn bitte schön vor meinem Unfall passiert sein?« Ich stemmte erwartungsvoll die Fäuste in die Hüften.

Er seufzte und ließ den Kopf etwas hängen. »Weißt du, ich habe nie etwas gesagt, weil ich gehofft habe, dass du vielleicht von selbst darauf kommst. Erzwingen wollte ich es nämlich nicht. Weil dabei genau so ein Szenario rausgekommen wäre.«

Er sog kurz etwas Luft ein und richtete sich auf. Sein Blick auf mich geheftet.

Ich sah jetzt deutlich, wie sehr er litt.

»An dem Abend vor deinem Unfall ... Also schon Wochen davor, war das zwischen uns irgendwie mehr als nur eine Freundschaft. Wir sind uns ... nähergekommen. Und am Abend vor deinem Unfall haben wir miteinander ... geschlafen.« Er sprach es aus und schüttelte den Kopf, als könne er es selbst nicht glauben.

Mir wurde schlecht. Mein Magen zog sich zusammen und ich konnte mich nicht bewegen. Und erst recht nicht antworten. Was hatte er gesagt? Wir hatten miteinander geschlafen? Ich mit Jake? Meinem besten Freund? Meine ganze Jake-und-Mary-Welt begann zu bröckeln und zerbrach schließlich vor meinen Augen in winzig kleine Teile. Kurz öffnete ich den Mund, nur um ihn schnell wieder zu schließen. Mir fehlten die Worte.

»Und du hast mir gesagt, dass du mich ...«, sprach er leise weiter.

»Stopp! Ich will das nicht hören.« Ich schlug meine Hand auf die Stirn. Aber was ...? Aber wie ...? Ich ...? Ich verstand die Welt nicht mehr. Als ich endlich meine Stimme wiedererlangte, funkelte ich ihn schockiert an. »Warum hast du mir nichts gesagt? Ich wohne hier mit dir im Haus zusammen, ohne zu wissen, dass wir miteinander geschlafen haben. Du hättest was sagen sollen! Mich stellst du an den Pranger, weil ich dich angelogen habe wegen Daniel, aber selbst bist du kein bisschen besser?«

Mit seiner Hand rieb er sich verzweifelt die Augen. »Ich habe dir nichts gesagt, weil ich eben wollte, dass du von selbst wieder darauf kommst. Ich wusste, dass genau das passiert und ich dich nur abschrecken würde. Dass du mir womöglich nicht glaubst. Ich wollte das nicht erzwingen. Wenn du dich von allein daran erinnert hättest, dann wäre es von dir aus gekommen und nicht, weil ich dich mal nebenbei daran erinnere, dass du dich ja eigentlich in mich verliebt hast!«

»Halt! Stopp«, flehte ich abermals und hielt mir die Ohren zu. »Ich kann das nicht hören! Ich fasse es einfach nicht«, stammelte ich und fing verwirrt an, in der Küche auf und abzugehen. »Das macht die Situation zwischen uns nicht besser, Jake. Hättest du nicht deinen Mund aufmachen können?«

»Und du nicht auch deinen?«, konterte er und verschränkte die Arme.

»Aber das mit Daniel hat nichts mit dir zu tun. Dass ich angeblich mit dir geschlafen habe, hätte ich allerdings schon wissen sollen, findest du nicht?«

Schweigen machte sich breit. Wir mussten erst einmal all die kuriosen Informationen verarbeiten.

»Weißt du, Jake?«, begann ich und griff schließlich nach meiner Handtasche. »Selbst, wenn ich genauso gelogen habe wie du ... Du stellst dich doch immer als der Klügere und Vernünftigere von uns beiden dar. Warum hast du dann nicht deinen Mund aufgemacht und mich stattdessen im Dunkeln tappen lassen?«

»Das habe ich dir eben schon erklärt. Und selbst wenn, du siehst doch, was es genützt hätte.«

Ich zog an ihm vorbei.

Er sah mich nicht an, sondern schaute wieder aus dem Fenster.

An der Haustür angekommen drehte ich mich noch einmal um. Auf der Kommode lag noch immer Grandpas Uhr, was mir einen Stich versetzte. Jake lehnte mit verschränkten Armen im Türrahmen der Küche und sah verletzt zu Boden.

»Na, dann können wir uns wohl gegenseitig nicht mehr vertrauen«, stellte ich in rauem Ton fest.

»Scheinbar nicht«, stimmte er mir zu.

Das erste Mal an diesem Abend, dass wir uns einig waren. Wütend schüttelte ich den Kopf und schlug hinter mir die Tür fest zu, als ich ging.

Siebzehn

Mein Spiegelbild, dem ich entgegenblickte, hätte ich am liebsten mit meiner bloßen Faust zertrümmert. In tausende Scherben. So, wie mein Leben derzeit aussah. Das beschrieb meine Situation äußerst passend. Mit geschwollenen und geröteten Augen stand ich einfach da und starrte mich an. Meine braunen Augen. Sie waren immer meine gewesen. So echt. So wirklich. Auf einmal wirkten sie so fremd. Als wären es längst nicht mehr meine. Was war bloß hinter ihnen verborgen? Ich wusste es nicht. Durch wessen Augen sah ich die Welt eigentlich? Waren es die von Lia oder noch meine eigenen? Auch darauf hatte ich keine Antwort. Wo waren meine eigenen Erinnerungen hin? Wie konnte es sein, dass ich Lias in mir trug? Das war doch nicht möglich.

Warum hatte ich ausgerechnet die Erinnerungen verlieren müssen, die am wichtigsten waren? Hätte ich nicht wenigstens dieses eine kleine Detail in meinem Kopf behalten können? Ich und Jake? Hätte ich mich nicht ein paar Tage nach dem Unfall zumindest daran erinnern können? Nein. Stattdessen hatte ich mich in einen mir fremden Mann verliebt, weil mich meine Erinnerungen trogen und mir die Gefühle einer anderen vorkamen wie meine eigenen. Mittlerweile war ich mir da fast schon sicher. Als ich beinahe mit Daniel geschlafen hätte, war es mir klargeworden. Dieses kalte Gefühl, das ich gespürt hatte, als wir uns zum Abschied umarmt hatten, war echt gewesen. Und es war mein Gefühl gewesen. Nicht Lias. Als wäre ich das erste Mal wieder ich selbst gewesen. Und auch als Daniel gegangen war, hatte ich nur Jake im Kopf gehabt. Hatte das etwas zu bedeuten? Wie sehr war ich vor meinem Unfall in ihn verliebt gewesen? Anscheinend sehr, wenn es stimmte, was Jake mir erzählt hatte. Hatte ich tatsächlich mit ihm geschlafen? Wie hatte es denn bloß dazu kommen können? Was war zwischen uns passiert? Immerhin hatte ich ja diese merkwürdigen Träume von ihm gehabt. Waren das vielleicht Erinnerungen gewesen und gar keine Träume? Aber wieso spürte ich diese Art von Liebe nicht, wenn ich ihm gegenüberstand? Dass er mir wichtig war, stand außer Frage, aber war er mir immer nur als Freund wichtig gewesen oder hatte ich tief in mir die ganze Zeit schon gewusst, dass da irgendetwas nicht stimmte? Ich fragte mich, wie ich meine eigenen Gefühle hatte vergessen können. Aber genauso verrückt war es, zu fragen, wie ich fremde Gefühle hatte empfinden können, durch jemanden, der nicht mehr am Leben war.

Mein Kopf rauchte und drohte zu platzen. Erschöpft setzte ich mich auf die Couch. Ein schneller Blick auf mein Smartphone verriet mir, dass sich weder Daniel noch Jake gemeldet hatten. Es schmerzte, zu wissen, dass auch Daniel nicht gut auf mich zu sprechen war. In seinem Gesicht hatte ich das vorhin deutlich erkennen können.

»Toll gemacht«, schalt ich mich und ließ mich rückwärts aufs Kissen sinken.

Für heute hatte ich genug. Nichts mehr sehen, nichts mehr hören. Mit gesenktem Kopf schlurfte ich ins Schlafzimmer, schmiss mich aufs Bett und zog die Decke weit über mein Gesicht. Mit Tränen auf meinen Wangen schlief ich nach Stunden endlich ein.

Um mich abzulenken, fuhr ich zu einer sehr frühen Vorlesung und anschließend zum Supermarkt, um meinen Kühlschrank aufzufüllen. Anschließend hatte ich ein kurzes Telefonat mit Tante Linda, die mir bestätigt hatte, dass sie die Rechnung des Krankenhauses inzwischen bezahlt hatte. Im Anschluss putzte ich mir zu Hause buchstäblich meine Sorgen beiseite. In jede Ecke und jeden Winkel gelangte ich mit meinem Putzlappen. Bei lauter Musik im Hintergrund konnte ich wenigstens ein paar Stunden den Streit mit Jake vergessen.

Trotzdem lag der gestrige Tag wie ein Schatten auf mir, der mich immer wieder daran erinnerte, dass nichts mehr zwischen uns so sein würde, wie es mal gewesen war. Und an dem großen Schlamassel war überwiegend ich schuld gewesen. Wäre ich nur von Anfang an ehrlich gewesen, hätte sich alles vielleicht anders entwickelt und Jake hätte mir unsere Beziehung oder was auch immer wir gehabt hatten, nicht verschwiegen. Hätte ich mich nicht so sehr auf dieses Wirrwarr in meinem Kopf konzentriert, wären meine Erinnerungen womöglich schneller wiedergekommen. So sauer ich dennoch auf Jake war, mindestens noch wütender war ich jedoch auf mich selbst. Auf meine Lügen. Mein Schrubben an der Arbeitsfläche meiner Küchentheke verstärkte sich, als mir klarwurde, dass diese Lügen nichts als Ärger gebracht hatten. Nie wieder, schwor ich mir, würde ich meinen Freunden gegenüber so unehrlich sein.

Als ich endlich fertig und mit meinem Werk zufrieden war, erstrahlte meine kleine Wohnung wieder im vollen Glanze und ich fühlte mich sichtlich wohler. Ich war wieder zu Hause angekommen. Helle Wände und Farben ließen alles strahlend und etwas größer wirken. Ich hatte mich von Anfang an in diese Wohnung verliebt. Und so sollte es auch bleiben. Obwohl ich an niemanden denken wollte, warf ich den ganzen Tag über einen Blick auf mein Smartphone, wurde aber jedes Mal enttäuscht. Nachdem ich fertig war, wollte ich es noch einmal versuchen. Erneut griff ich danach und wagte noch einen Blick. Mein Herz hüpfte, als mir mein Bildschirm anzeigte, dass ich eine neue Nachricht hatte. Ich traute mich jedoch kaum, sie zu öffnen. Innerlich wünschte ich, sie wäre von Jake. Doch als ich die Nachricht las, wusste ich sofort, dass dem nicht so war.

Hey, wollen wir vielleicht wegen gestern Abend noch einmal reden? D.

O weh. Ich hatte zwar gehofft, dass sich einer von beiden melden würde, aber hatte mir insgeheim eher gewünscht, dass es Jake wäre. Jetzt würde ich Daniel also die Wahrheit sagen müssen. Das war ich ihm immerhin schuldig. Es war also so weit, die Karten auf den Tisch zu legen. Eilig tippte ich auf meinem Smartphone.

Sehr gern. Bin zu Hause.

Im Hintergrund tickte die Uhr. Daniel und ich saßen uns schweigend auf dem Sofa gegenüber. Es war ein komisches Gefühl, ihn hier zu sehen, nach dem etwas unglücklich verlaufenen Abend. Zwischen uns lag plötzlich so eine seltsame Spannung. Aber das Flattern der Schmetterlinge in meinem Bauch war wie verflogen. Als würden sie halb tot am Boden liegen und hin und wieder noch einen letzten Flügelschlag versuchen. Doch wenn ich daran dachte, was gewesen wäre, wenn er sich vielleicht auch nicht gemeldet und ich somit auch ihn noch verloren hätte, brach es mir das Herz, denn Daniel war mir inzwischen unheimlich wichtig geworden. Nicht nur als Mann, sondern auch als Mensch. Als ein Freund.

»Daniel«, begann ich schließlich. Mittlerweile wusste ich, wie es sich anfühlte, mich zu entschuldigen und zu beichten, und ich dachte daran, wohin meine Ehrlichkeit gestern Abend geführt hatte. Wenn es auch das Ende von Jakes und meiner Freundschaft bedeutete, dann war zumindest die Wahrheit ans Tageslicht gelangt.

»Ich muss dir etwas sagen. Ich weiß, das wird sich jetzt echt schräg anhören und wahrscheinlich wirst du danach schreiend hier rauslaufen, aber ich sage es dir trotzdem einfach.«

Angespannt sog ich tief Luft ein.

Daniel saß abwartend da und ließ mich in Ruhe sprechen.

»Ich weiß nicht, wie ich anfangen soll«, erklärte ich und spielte verlegen an meinen Fingern. *Komm schon!* Ich gab mir innerlich den Tritt, den ich brauchte und raufte mich schließlich zusammen. »Als ich den Unfall hatte und im Krankenhaus aufgewacht bin, da war plötzlich etwas anders. Klar, nach einem Unfall ist immer etwas anders. Aber das meine ich nicht. Nicht nur, dass ich meine Erinnerungen verloren hatte, da war noch mehr. Nachdem ich bei Jake eingezogen war, fing es dann an, richtig merkwürdig zu werden. Ich war manchmal nicht mehr ich selbst.« Hilflos blickte ich an die Decke und schüttelte nachdenklich den Kopf. »Kannst du dich noch daran erinnern, wie ich in dein Büro gekommen bin?«

Er nickte und hatte ein ernstes Gesicht aufgesetzt.

»Na ja, jedenfalls bin ich da nicht einfach so vorbeigegangen. Ich wusste irgendwie, dass ich dahin wollte, obwohl ich dein Büro gar nicht kannte. Und dich auch nicht. Aber es war, als ob mich eine Kraft dorthin gebracht hätte. Und auf einmal wusste ich so viel über dich, zum Beispiel eben auch, wo du arbeitest.« Vorsichtig nahm ich einen Schluck aus meinem Wasserglas, das vor mir auf dem Couchtisch gestanden hatte, und sah schnell zu Daniel hinüber, der die Stirn runzelte.

»Was heißt, du wusstest so viel über mich?«

Ich zuckte mit den Achseln. »Keine Ahnung. Es war, als hätte ich Erinnerungen an dich, die aber nicht mir gehören. O Gott, das hört sich total bescheuert an.« Ich seufzte und schlug meine Hand auf mein Gesicht. Ich musste es ihm jetzt sagen. »Es ist, als hätte ich irgendwie Lias Erinnerungen in mir.«

Daniel sah eine Sekunde lang belustigt aus, verzog aber langsam immer mehr das Gesicht. »Verarschst du mich jetzt?«

»Nein, Daniel! Herrje, ich wusste es. Bitte hör mir einfach nur zu.«

»Was soll das heißen, du hast Lias Erinnerungen in dir? Was ist denn das für ein Schwachsinn?«

Es war klar gewesen, dass er so reagieren würde. Jetzt lag es an mir, ihm irgendwie zu erklären, was hier vor sich ging. Auch wenn ich es selbst kaum glaubte.

»Daniel, ich sehe dich durch ihre Augen. Ich habe

dich gesehen, noch bevor ich dich persönlich kennengelernt habe. Ich ...«

»Das ist echt nicht witzig«, fluchte Daniel und erhob sich schlagartig vom Sofa. »Verdammt, Mary, du sprichst hier von meiner verstorbenen Freundin! Ist dir das eigentlich bewusst?«

»Ja, ich weiß, und es tut mir auch unheimlich leid, aber wie soll ich es dir denn sonst erklären?«

»Das ist mir echt zu schräg.« Kopfschüttelnd wandte sich Daniel zum Gehen.

»Nein! Halt!« Ich hastete ihm nach und packte ihn am Arm. »Du musst mir jetzt zuhören! Nur einmal. Wenn dir was an mir liegt, wirst du mir wohl oder übel vertrauen müssen. Ich meine das ernst, was ich dir hier sage, und glaube mir: Ich wünschte, ich müsste das nicht tun!«

Versteinert blieb er stehen. Allerdings sah ich, wie er sich anstrengen musste, an Ort und Stelle zu bleiben.

»Frag mich was«, forderte ich ihn auf. »Irgendwas aus eurem Urlaub. Du weißt schon, dem im Wald. Als ihr euch verfahren habt. Frag mich was, etwas, das du mir nicht erzählt hast und ich nicht wissen kann.«

Er verzog skeptisch das Gesicht.

Ich sah ihm tief und flehend in die Augen »Bitte!«

Nachdenklich verlagerte er sein Gewicht von einem Bein auf das andere und schien mit sich zu ringen. Er blickte überall hin, nur nicht mir in die Augen. »Ich habe dir erzählt, dass Lia am liebsten nach Hause wollte, nachdem sie ihr Make-up vergessen hatte und wir keine Drogerie fanden.«

Ich nickte wissend.

»Gut. Dann sag mir bitte, was ich in dem Moment getan oder gesagt habe, um sie umzustimmen.« Abwartend verschränkte er die Arme und sah mich jetzt endlich an. Wenn auch herausfordernd. Er erwartete mit Sicherheit keine passende Antwort.

Ich schloss einen Moment die Augen. Versetzte mich noch einmal in eine alte Vision, die ich schon öfter durchlebt hatte. Ich kannte die Situation. Jetzt musste ich mir nur in Erinnerung rufen, was danach geschehen war. Ein kleiner Blitz durchfuhr meinen Körper und ich spürte das leichte Kribbeln. Versetzte mich in den Urlaub mit Daniel hinein und in Lias Situation. Langsam öffnete ich meine Augen und sah ihn an.

»Ihr saßt im Auto. Es war brüllend heiß. Lias Laune war bereits im Keller und die Stimmung zwischen euch war gekippt«, begann ich leise zu reden. »Irgendwann hast du am Straßenrand angehalten. Dann hast du dich zu ihr umgewandt und vorsichtig ihre Hand genommen.«

Daniel schluckte, bewegte sich aber nicht.

Mein Herz pochte und in meinem Hals bildete sich ein Kloß. »Du hast ihr gesagt, dass es dir egal sei, ob sie mit oder ohne Schminke bei dir wäre. Wichtig wäre dir nur, endlich mal wieder Zeit mit ihr zu verbringen, und dass du sie liebst, egal, wie sie aussieht. Auch mit nur einem Arm oder einem Bein würdest du sie lieben, da käme es nicht auf ein bisschen unnötiges Make-up an. Das Einzige, was du von ihr wolltest, war einfach nur sie. So wie sie ist. Und der Urlaub. Nur mit ihr. Danach hast du noch einmal fest ihre Hand gedrückt.« Meine Stimme wurde zittrig. Ich schloss meine Augen und spürte, wie mir eine Träne über die Wange lief. Als ich sie öffnete, sah ich Daniels Augen, in denen sich ebenfalls langsam Tränen sammelten. Ich wusste, dass er sie zu unterdrücken versuchte.

Er stellte weitere Fragen. Bohrte immer wieder nach. Ich beantwortete jede einzelne und spürte, wie er unter jeder Antwort zerbrach. Es tat ihm weh. *Ich* tat ihm weh.

Aber ich wusste, nur so konnte ich ihm erklären, was los war.

»Ich weiß, dass das alles zu viel ist«, stimmte ich ihm zu, ohne dass er nur einen Ton sagen musste. »Es tut mir sehr leid, Daniel.«

Er reagierte nicht. Sah nur ins Leere. Dachte nach. Die Arme fest vor der Brust verschränkt.

»Setz dich bitte hin«, flüsterte ich und führte ihn am Arm zur Couch. Nur widerwillig setzte er sich wortlos hin. Ich nahm auf dem Sessel gegenüber von ihm Platz und sah ihn eindringlich an. »Daniel, ich mache das hier sicher nicht, um dir wehzutun. Das weißt du hoffentlich. Ich möchte nur ehrlich sein. Was ich dir hier erzähle, mag ich selbst kaum glauben. Es gibt auch keine logische Erklärung dafür. Ich schätze, du *musst* mir einfach glauben. Mir vertrauen. Mehr kann ich leider nicht dazu sagen, sondern nur hoffen, dass das bald alles wieder vorbei ist.« Ich wischte mir eine Träne weg.

Daniel sah nachdenklich auf den Couchtisch, der sich wie eine unüberwindbare Kluft zwischen uns anfühlte.

»Weißt du, gestern Abend, weshalb ich dich weggestoßen habe ... Ich habe dich vor Augen gehabt. Aber nicht aus meiner Sicht. Sondern aus ... ihrer. Es war wieder so eine Art ›Vision‹, wie ich das inzwischen nenne, denn einen anderen Begriff dafür weiß ich nicht.«

»Wie wäre es mit einem ›Vogel‹«, fragte er zynisch und sah mich an.

»Daniel, bitte!«

»Es tut mir leid, aber wie soll ich denn darauf reagieren? Was du mir hier erzählst, ist ... ist ...«

»Die Wahrheit«, unterbrach ich ihn.

»Hm. Keine Ahnung.« Er seufzte und rieb sich die Augen.

»Hinzu kommt eben, dass ich inzwischen also auch glaube, dass meine Gefühle nicht meine eigenen sind, Daniel«, erklärte ich vorsichtig. »Ich dachte eigentlich, dass ich mich in dich verliebt hätte.« Ich spürte die Hitze in meinem Gesicht aufsteigen.

»Aber das hast du nicht.« Es war mehr eine Feststellung von ihm als eine Frage.

Langsam schüttelte ich den Kopf und sah an ihm vorbei. Eine weitere Träne bahnte sich ihren Weg über mein Gesicht. »Gestern Abend ist mir das klar geworden. Es wäre falsch, wenn ich so tue, als wäre ich es. Diese Gefühle sind nicht echt. Es sind ihre.«

Ein langer Moment der Stille machte sich im Raum breit. Daniel rutschte unruhig auf seinem Platz hin und her, allerdings wirkte er nicht mehr ganz so aufgebracht wie noch vor wenigen Minuten an der Haustür. Irgendwann begann er leise zu reden. »Kannst du ... kannst du mit ihr kommunizieren?«

Ich räusperte mich überrascht. »Nein, das kann ich nicht. Ich sehe einfach nur Ausschnitte aus ihrem Leben. Aus eurem Leben. Alles nur in Verbindung mit dir«, erklärte ich, so dämlich es sich auch anhörte, aber in meiner Brust löste sich mit jedem Moment etwas von der Last auf. Die Last, die ich schon lange hatte loswerden wollen. »Und in den vergangenen Tagen ist es etwas weniger geworden. Die Visionen kommen nicht mehr so häufig vor wie noch am Anfang.«

»Hm«, machte er wieder, stützte seine Hände auf seinen Oberschenkeln ab und erhob sich. Langsam trat er zum Fenster. Draußen wurde es bereits dunkler.

»Weißt du«, begann er leise, während er mir den Rücken zuwandte. »Wenn du schon so ehrlich bist – und ich gebe zu, das ist alles echt schräg und ich weiß nicht, was ich denken soll – sollte ich vielleicht auch langsam die Karten auf den Tisch legen.«

Er drehte sich wieder zu mir und sah mir in die Augen.

Mein Magen zog sich zusammen.

»In der letzten Zeit bist du mir sehr ans Herz gewachsen. Mehr als das. Ich habe dich echt liebgewonnen. Ich kann mit dir reden. Lachen. Spaß haben und dir von meinen Problemen erzählen. Eigentlich bist du die perfekte Frau für mich.« Er räusperte sich kurz und setzte sich wieder zu mir auf die Couch. »Und ich kaufe dir sogar die verworrensten Sachen ab, einfach, weil ich dir vertraue. Auch wenn das hier ... Ich kann keine Worte dafür finden und ich werde noch eine Weile brauchen, bis ich das irgendwie in meinen Kopf kriege. Aber ich sehe in deine Augen und weiß, dass du dich quälst. Irgendwas ist da, und ich bin sicher, dass du das hier nicht machst, um mich zu ärgern. Ich lasse das erst mal so im Raum stehen, wenn das okay ist für dich, und gehe da vorerst nicht weiter drauf ein. Ich denke, das ist das Beste für uns beide. Gib mir einfach ein bisschen Zeit, um das Ganze zu verstehen.« Er lächelte traurig und nahm anschließend meine Hand. »Es tut mir leid. Auch wenn ich dir vielleicht das Gefühl vermittelt habe ... Ich habe gehofft, dass es klappt. Aber es geht nicht ...«

»Was meinst du, Daniel?«, fragte ich vorsichtig.

»Ich sage es dir ganz direkt. Lia hatte eine Affäre.«

Ich schluckte und sah ihn ungläubig an. »Was?«

»Eine ganz lange Zeit schon. Ich weiß es mittlerweile von einem Kumpel. Er hat es mir ein paar Tage nach ihrem Tod erzählt. Er hat sie mehrere Male mit einem anderen gesehen und das über Wochen. Allerdings hat mein Kumpel – William heißt er – gehofft, dass Lia es mir irgendwann selbst sagen würde. Scheinbar war sie auch am Tag des Unfalls auf dem Weg zu ihm. Ihre Arbeit, zu der sie angeblich hinwollte, liegt nämlich in einer ganz anderen Richtung.« Er machte eine kurze Pause. Die Worte kamen nur schwer über seine Lippen, und ich sah, wie er unter ihnen zerbrach. »Na ja, jedenfalls warst du dann da. Irgendwie hatte ich ... Ich weiß gar nicht, wie ich das sagen soll. Ich hatte gehofft, mich möglichst schnell in dich zu verlieben.« Verzweifelt schüttelte er den Kopf und erhob sich wieder von der Couch.

Ich sagte nichts.

»Ich weiß nicht, ob es vielleicht nur eine Art Rache von mir war. Ich war sauer. Und ich mochte dich so gern, nachdem ich mich bei dir in der Bar auf dem Hinterhof entschuldigt hatte. Du warst so anders. Bei Larry habe ich dich vor allen bloßgestellt und dir den Tod gewünscht und du hast meine fragwürdige Entschuldigung einfach hingenommen, ohne auch nur ein bisschen sauer auf mich zu sein. Ich meine, sieh dich an, du bist toll. Aber es geht einfach nicht. Vielleicht habe ich auch gehofft, dass ich Lias Betrug dann nicht mehr so schlimm finde, dass es nicht mehr so schmerzt. Ich würde sogar so weit gehen und es als Ablenkung beschreiben. Tut mir leid, das muss sich wirklich gemein anhören, und wenn du sauer bist, dann verstehe ich das.«

Nachdenklich presste ich die Lippen aufeinander und sah auf meine Hände. »Also haben wir beide uns gegenseitig nur was vorgemacht«, stellte ich leise fest und blickte weiterhin gebannt auf meine Finger. Ich spürte, wie Daniel sich zurück auf die Couch setzte.

»Schätze schon«, gab er zu und schnaufte. »Ganz ehrlich. Ich wollte dir nicht wehtun. Im Gegenteil, ich habe gehofft, dass aus uns was wird. Nur leider habe ich auch zu sehr daran gedacht, dass es mir so besser gehen würde. Lia hat mich lange betrogen, und ich habe gehofft, ich würde schnell jemand anderes finden, um mich von der Trauer abzulenken. Aber ... das war falsch von mir.« Er sah mich an. »Ich habe aber trotzdem etwas gefunden. Eine tolle Freundin. Du bist mir echt wichtig geworden. Du bist toll. Hübsch. Klug. Und vor allem fühle ich mich pudelwohl in deiner Nähe. Du warst es schließlich, die mich aus meinem Loch wieder rausgezogen hat. Auch wenn du in irgendwelchen merkwürdigen Sphären schwebst«, gestand er.

»So würde ich das zwar nicht nennen, aber trotzdem danke. Ich habe dir auch was vorgemacht, kann dir aber zurückgeben, was du mir gesagt hast. Du bist mir auch zu wichtig, als dass ich das so einfach beenden möchte. Vielleicht soll das zwischen uns nicht mehr sein als«, ich zuckte fragend mit den Achseln, »eine Freundschaft?«

»Ich denke, du hast recht, und ich glaube auch, dass das eine gute Sache ist«, lächelte er sanft, zog mich vorsichtig an sich und gab mir einen Kuss auf die Stirn.

Etwa eine halbe Stunde später saßen wir gemeinsam auf meinem Balkon. Die letzten Sonnenstrahlen taten noch ihr Bestes. Ich fühlte mich mit einem Mal befreiter. Leichter. Es tat so unendlich gut, jemandem von meinem Problem erzählt zu haben, ohne dass er mich links liegen gelassen hatte. Nein, Daniel hatte es anscheinend akzeptiert. Auch wenn ich mir sicher war, dass er mir nicht ganz hatte folgen können. Dass Lia Daniel vor ihrem Tod betrogen hatte, ließ mir allerdings keine Ruhe. Wieso hatte ich das nicht gewusst? Doch dann wurde es mir klar: Weil sie nur gewollt hatte, dass ich Daniel sah. Vielleicht hatte ihr der Betrug im Nachhinein so leidgetan, dass sie jetzt versuchte mich zu lenken, damit er schnell jemand Neues fand. Wenn das wirklich so war, dann waren Lias paranormale Pläne aber gehörig nach hinten losgegangen.

Das Schönste war: Ich hatte ihn nicht verloren, sondern hatte einen tollen Freund dazu gewonnen. Nur der Gedanke, dass ich vermutlich meinen besten Freund verloren hatte, schmerzte dafür umso mehr.

»Ich war gestern Abend noch bei Jake«, erzählte ich irgendwann.

Daniel sah mich von der Seite an. »Und?«

Ich hatte den Blick auf die ruhige Straße vor mir gerichtet und beobachtete ein paar Fußgänger. »Hm, es lief nicht so gut«, gab ich zu.

»Was heißt das? Habt ihr gesprochen?«

»Ja, und wie.« Ich lachte bitter und schüttelte den Kopf, nachdem ich mir die Bilder von gestern Abend noch einmal vor Augen führte. »Er hat mir gesagt, dass wir vor meinem Unfall was miteinander hatten. Dass ich angeblich in ihn verliebt war.« Die Erleichterung, die sich eben noch über mich gelegt hatte, verflog bei der Erinnerung daran so schnell, wie sie gekommen war.

»Ihr habt ... Du hast ... Was?«, fragte Daniel erstaunt und stellte sein Glas etwas zu schnell auf den kleinen Tisch zwischen uns, sodass der Inhalt leicht überschwappte.

Jetzt sah ich ihn an und spürte, wie sich mein Hals zuschnürte. »Daniel, ich weiß nichts mehr davon.« Ich seufzte.

»Oh«, gab er nur von sich und sah ebenfalls auf die Straße vor uns.

»Ich kann mich an nichts erinnern, aber seitdem ich es weiß, macht Jakes Verhalten rückblickend immer mehr Sinn. Ich verstehe nur nicht, warum er mir nicht früher etwas gesagt hat.«

»Hm, vielleicht wollte er, dass du von selbst draufkommst«, mutmaßte er.

»Habt ihr euch abgesprochen?«, murrte ich.

»Na ja, überleg doch mal. Was hättest du denn an seiner Stelle gemacht?«

»Na, es ihm gesagt!«

»Sicher?«

»Nein!« Ich wandte meinen Blick wieder von ihm ab und trank einen großen Schluck Wasser. »Ich weiß es nicht. Keine Ahnung. Nur, woher weiß ich denn überhaupt, dass es stimmt?«

»Na ja, er wird dich, was das angeht, wohl nicht anlügen. Außerdem stimmt das schon, was du meintest, also in Bezug auf sein Verhalten. Denk doch mal an seine Reaktion neulich bei Larry, als er uns in der Küche gesehen hat. Wie ein verdammter Platzhirsch«, erklärte er.

»Du hättest ihn gestern erleben sollen, als ich ihm gesagt habe, dass ich ihn deinetwegen belogen habe.« Auf eine Reaktion von ihm wartend schaute ich ihn an.

»Ups.« Daniel verzog entschuldigend das Gesicht und nahm schließlich noch schnell einen Schluck, ehe er mich ansah. »Und was willst du jetzt machen? Wie seid ihr verblieben?«

»Na ja, indem wir uns gegenseitig beschuldigt haben, haben wir uns die Grundlage für jedes weitere Gespräch genommen. Dann bin ich gegangen. Keine Ahnung, was ich jetzt machen soll.«

»Hm, also als Erstes sollten wir mal herausfinden, wie du gefühlsmäßig zu ihm stehst«, schlug Daniel vor, als wäre es das Normalste der Welt.

Ich ahnte nicht, was genau er darunter verstand.

Seufzend befand ich mich auf einem einsamen Stuhl mitten in meinem Wohnzimmer. Daniel stand vor mir und hängte mithilfe von Reißzwecken ein großes Flipchart-Papier an der Wand neben meiner Küche auf.

»Was soll das Ganze?«, fragte ich verzweifelt. Ich beobachte ihn dabei, wie er gerade *Pro* und *Kontra* als Überschrift platzierte und sich stolz zu mir drehte.

»Na, denk doch mal nach. Wir versuchen herauszufinden, wie du zu Jake stehst. Wir schreiben alles auf, was wichtig ist und dir helfen kann, dich zu erinnern. Vor allem werfen wir einen Blick auf die Gefühle, die du in letzter Zeit für ihn empfunden hast. Somit können wir womöglich ein Muster erkennen, was deutlich macht, dass deine Gefühle für ihn nicht ganz gelöscht, sondern nur vergessen sind. Und außerdem wollen wir den Beginn des Abends ein bisschen in den Hintergrund rücken lassen, wenn es dir recht ist«, setzte er noch hinzu.

Mir war klar, dass er die Gedanken an Lia und an mein Geständnis schnellstmöglich beiseiteschieben wollte.

»Da muss ich kurz fragen: Was interessiert dich das eigentlich so brennend? Immerhin seid du und Jake nicht gerade die besten Freunde«, wandte ich schließlich ein und zog fragend die Augenbrauen hoch.

Er zuckte mit den Schultern. »Vielleicht ... weil wir gerade ohnehin nichts anderes zu tun haben? Und ich bin echt gut in so was. Präsentationen liegen mir einfach aufgrund meines Jobs. Pro- und Kontra-Argumente für unsere Immobilien an meine Kunden weiterzugeben, ist eine meiner leichtesten Übungen«, erklärte er stolz und öffnete demonstrativ die Kappe des Stifts.

»Nur bin ich keine Immobilie, falls du das mitbekommen hast. Außerdem weiß ich nicht, was das bringen soll, ehrlich. Aber gut, du wirst ja doch nicht lockerlassen.

Womit soll ich anfangen? Er ist ein Kontrollfreak. Kontra.«

»Sehr schlechte Einstellung! Sag einfach ein paar Dinge, die dir zu Jake einfallen. Und fang am besten mit positiven Dingen an, wir wollen ja nicht gleich die Flinte ins Korn werfen«, fügte er leise hinzu und schüttelte den Kopf, so als hätte er es mit einer hoffnungslosen Schülerin zu tun.

Ich pustete laut aus. »Hm, er ist engstirnig. Kontra.«

Widerwillig schrieb Daniel es auf.

»Dickköpfig. Kontra.« Ich lehnte mich zurück. »Zickig. Kontra.«

»Okay, fällt Madame auch mal was Positives ein? Zickig könnte ich mir auf einer Liste über dich gut vorstellen«, sagte Daniel mit hochgezogener Braue und schrieb keinen meiner Punkte auf. »Denk doch mal daran, was dir gerade jetzt fehlt. Du bist ja schließlich nicht umsonst so traurig.«

»Aber auch sauer«, korrigierte ich ihn.

»Traurig!« Er rollte mit den Augen. »Was gefällt dir besonders an ihm? Warum ist er dir so wichtig?«

Nachdenklich verzog ich das Gesicht. Dann ging ich in mich. Rief mir Erinnerungen vor Augen und schöne Momente mit ihm. Jake und ich. Beste Freunde. Was wir alles erlebt hatten ... Je länger ich darüber nachdachte, desto mehr sehnte ich mich nach ihm. Nach meinem Jake. Ich spürte diese Enge in meiner Brust, die sich in den vergangenen Tagen immer in mir breit gemacht hatte, wenn ich an ihn gedacht hatte. Ein paarmal atmete ich ein und wieder aus.

»Er ist immer da, wenn ich ihn brauche. Herzlich. Freundlich.« Ich sah an Daniel vorbei und hielt mir Jake vor Augen. »Er tröstet mich, wenn es mir schlecht geht. Auch wenn er nicht bei mir ist, weiß ich, ist er doch irgendwie immer da. Er muntert mich auf, wenn ich mies drauf bin. Er bringt mich zum Lachen. Zieht mich hoch, wenn ich unten bin. Er hört mir zu. Und ich weiß, dass wir uns gegenseitig ergänzen. Wenn er nicht bei mir ist, ist es, als würde ein Teil von mir fehlen. Als wäre ich nicht vollständig. Wenn Jake mich ansieht, dann weiß ich, dass alles gut werden wird. Dass ich alles schaffen kann. Mit ihm an meiner Seite.« Ich dachte an den Moment an der Kreuzung. Als mich die Panik zu übermannen drohte und er es geschafft hatte, mich zu beruhigen, ohne große Worte. Mit seiner Hand auf meinem Knie und mit seinem sanften Lächeln.

Irgendwann fixierte ich Daniel wieder und bemerkte, dass er schmunzelte. Dann blickte ich auf seine Liste. Zehn Pro-Argumente. Lediglich drei Kontra-Argumente.

»Na also, geht doch!« Daniel klatschte in die Hände. »Damit können wir schon mal arbeiten.«

»Egal, was du vorhast, Daniel. Ich bin trotzdem auch sauer auf ihn und er auf mich. Du hast keine Ahnung, wie Jake und ich uns in der Luft zerreißen können.« Und vor allem wollte ich einen solchen Streit wie neulich auf keinen Fall noch einmal erleben.

Er lächelte nur wissend, als es plötzlich an meiner Tür klingelte.

Fragend stand ich auf und öffnete sie.

»Mary«, rief Eve und fiel über mich her.

»Um Himmels willen«, prustete ich laut aus und schlug noch schnell mit einer Hand die Tür hinter uns zu. Als Eve jedoch Daniel im Raum stehen sah, hielt sie inne. »Oh, ich störe wohl.«

»Ach was, nein! Alles gut. Daniel wollte mich nur besuchen«, erklärte ich und sah auf die Liste neben Daniel. Aber sie jetzt noch zu entfernen, würde wohl sehr auffällig sein und vor allem Eves Alarmglocken läuten lassen.

»Aha, *nur besuchen*. Na, das kann ich nicht ganz glauben.« Sie grinste verschwörerisch.

»Was meinst du damit, Eve?« Ich sah sie warnend an und gab ihr zu verstehen, dass sie Daniel in Ruhe lassen sollte.

Sie ließ sich jedoch seufzend auf die Couch fallen. »Ach, verdammt, ich war gerade bei Jake und habe irgendwie gehofft, dass er in die Geschichte mit euch zu viel hineininterpretiert. Aber scheinbar hat er doch recht, was euch betrifft.«

»Du warst bei ihm und ihr habt über mich und Daniel gesprochen?«

Schulterzuckend blickte sie auf ihre Finger. »Na ja, Jake ist auch mein Freund, verstehst du? Und als ich bei ihm vorbeigefahren bin, wollte ich mal hören, wie es ihm so geht. Scheinbar nicht so gut.«

Sie schaute zwischen mir und Daniel hin und her und blickte schließlich auf die Liste neben ihm. »Hey, was ist das denn?«

Ich folgte ihrem Blick und schluckte. Kurz überlegte ich, ob ich es nicht als ein Uniprojekt deklarieren konnte, doch ich hatte mir fest vorgenommen: Keine Lügen mehr. Also sog ich einen Moment mit einem tiefen Zug Luft in meine Lungen und erhielt auch von Daniel ein bestätigendes Nicken.

»Eve. Ich glaube, ich muss dir was erklären.«

Mit penibel gewählten Worten erläuterte ich Eve, was zwischen mir und Daniel eigentlich los war. Dass wir uns getroffen hatten, heimlich. Dass ich niemandem davon hatte erzählen wollen und er ebenso wenig. Dass ich dachte, mich in ihn verliebt zu haben, und er es drauf angelegt hatte, sich in mich zu verlieben, nur um irgendwie mit dem Verlust und dem gleichzeitigen Verrat von Lia besser umgehen zu können. Beides war nach hinten losgegangen. Mehr oder weniger. Immerhin hatte ich in ihm einen tollen Freund gefunden. Das mit meinen Visionen ließ ich allerdings aus. Es hätte das Ganze noch komplizierter gemacht und ich kannte Eve zu gut. Sie war zwar meine beste Freundin, aber wenn ich ihr davon erzählt hätte, dann hätte ich ein zu großes Fass geöffnet. Ich konnte das später noch nachholen und nicht noch einmal vor Daniel ausbreiten, der das Ganze Thema ohnehin noch nicht verdaut haben konnte.

Eve hörte die ganze Zeit über gespannt zu, als wäre sie in einem Film und suchte noch nach der richtigen Rolle, in die sie schlüpfen konnte. Klatsch und Tratsch, Dramen und sämtliche andere Storys waren ihre Welt. Also eigentlich war mein Dilemma genau das richtige Thema für sie. Daniel hatte sich zu uns gesetzt und ab und zu einen Satz hinzugefügt, war aber für die meiste Zeit eher zurückhaltend gewesen.

»Tja, so in etwa war das zwischen mir und Daniel«, beendete ich schließlich meine Schilderung der Probleme.

»Na ja, und Jake ist jetzt total eifersüchtig auf ihn«, ergänzte Eve noch eilig und deutete mit einem Kopfnicken auf Daniel.

»Ich weiß«, seufzte ich. »Und die Liste da vorn«, wir wandten uns dem Flipchart-Papier zu, »sollte eine Aufstellung sein, wie ich zu Jake stehe. In der Hoffnung, ich käme irgendwie an meine Erinnerungen ran. Aber da ist nichts. Ich kann mich nicht erinnern.«

»Also eure Probleme möchte ich echt nicht haben«, begehrte Eve schließlich auf.

»Danke«, gab ich ihr zurück. Ich nahm einen Schluck Wasser und spülte ihn in meinem Mund hin und her, bis ich ihn herunterschluckte. »Was soll ich denn eurer Meinung nach machen? Eines steht fest: So wie es mal war, wird es zwischen Jake und mir nicht mehr werden. Meinen besten Freund habe ich definitiv für immer verloren. All die Sachen – der Sex und der Streit, die Lügen und die verlorenen Momente vor meinem Unfall – werden immer zwischen uns stehen. Zudem weiß ich ja nicht mal, ob wir uns jemals vertragen werden. Außerdem bin ich verdammt sauer auf ihn. Aber auf der anderen Seite fehlt er mich auch so.« Ich bedauerte mich selbst und stützte meinen Kopf auf meine Hände.

»Da gibt es zwei Möglichkeiten«, sagte Eve schließlich und rieb sich nachdenklich das Kinn.

Fragend und ein wenig hoffnungsvoll schaute ich auf. »Und die wären?«

Sie erhob sich vom Sofa und griff nach einem roten Stift, um auf das Papier an der Wand zu schreiben.

»Komm schon, Eve. Was machst du da? Es reicht auch, wenn du mit uns sprichst. Immerhin sitzen wir neben dir«, erklärte ich und sah kurz zu Daniel, der heimlich grinste. Als Eve sich vom Plakat entfernte und mich anlächelte, wollte ich am liebsten kaum lesen, was sie geschrieben hatte.

1. *Du bekommst deine alten Gefühle von allein zurück*
2. *Aus alt mach neu*

Ich hatte ein Riesenfragezeichen über dem Kopf und verzog das Gesicht. »Erklärst du mir auch, was das da heißen soll?«

»Ist doch ganz einfach. Zwei Möglichkeiten. Erstens: Du bekommst von allein deine Erinnerungen zurück und dazu auch deine Gefühle für ihn. Aber sollte das nicht funktionieren, wovon ich übrigens ausgehe ...« Sie nahm den Stift und umkreiste die Zwei. »Aus alt mach neu. Dann verliebst du dich einfach aufs Neue in ihn.«

Meine Mundwinkel fingen an zu zucken und plötzlich konnte ich mir ein Lachen nicht mehr verkneifen. Daniel und Eve sahen mich fragend an.

»Was ist so lustig?«, fragte Daniel schließlich.

Ich wischte mir kurz über die Augen. »Ach, nichts. Ich zwei seid so lustig. Wie soll ich mich bitte einfach so in ihn verlieben? Daniel, du müsstest das am besten wissen. Bei dir hat das schließlich auch nicht geklappt. Du hast selbst gesagt: Erzwingen bringt nichts.« Ich schüttelte noch immer lachend den Kopf und erhob mich vom Stuhl.

»Der Unterschied ist, dass du immerhin schon einmal in ihn verliebt warst«, erklärte er. »Bedeutet, dass du eigentlich schon weißt, wie es ist, ihn zu lieben. Du wirst es also wieder lernen können.«

»Ach, ihr seid doch ... Verlieben ist doch keine Übung, die ich mal eben so machen kann, um es zu lernen.« Ich lachte weiter und holte eine neue Flasche Wasser aus dem Kühlschrank. Als ich zurückkam, blickte ich jedoch in zwei ernste Gesichter. Fragend blieb ich in der Tür stehen und sah von Eve zu Daniel und wieder zurück. »Ihr meint das echt ernst?«

»Selbstverständlich! Operation Mary und Jake kann beginnen«, rief Eve und rieb sich verschwörerisch die Hände.

Achtzehn

Zwei Tage später saß ich eingekuschelt auf Eves Couch und beobachtete Daniel und sie dabei, wie sie heiß diskutierten. Die beiden hatten sich tatsächlich in den Kopf gesetzt, mich mit Jake zu verkuppeln, oder, wie sie es ausdrückten: *mich zur Vernunft zu bringen*. Während Eve auf Daniel einredete, dass eine direkte Konfrontation mit Jake besser für mich wäre, war Daniel der Meinung, dass wir uns langsam aneinander herantasten sollten. Mit einer Tüte Chips in der Hand fühlte ich mich hier beinahe wie im Kino.

»Aber es ist besser, sich zu stellen, als ewig hin und her zu eiern.« Eve gestikulierte wild mit ihren Händen.

»Ja, aber damit lässt du sie ins offene Messer laufen. Guck dir doch an, wie dickköpfig die beiden sind«, erklärte Daniel und zeigte mit dem Finger auf mich.

»Engstirnig«, korrigierte Eve ihn.

»Ja, das ist noch besser«, stimmte er ihr zu.

»Hallo! Ich kann euch hören«, schaltete ich mich ein und schob mir einen Chip in den Mund.

»Außerdem sollten wir unsere Wanderung dieses Jahr nicht vergessen«, fiel es Eve plötzlich ein und sah mich geschockt an.

Ich ließ die Chipstüte auf meinen Schoß fallen und raffte mich mit großen Augen auf. »Oh nein! Die Wanderung«, murmelte ich.

»Was für eine Wanderung? Klärt mich mal einer auf?«, warf Daniel in die Runde.

»Die, die wir jedes Jahr machen. Wir treffen uns immer, sobald der Sommer richtig beginnt, mit ein paar Freunden und gehen wandern. Wir verbringen ein Wochenende zusammen. Dieses Jahr geht es in den *Allegheny National Forest*«, erklärte Eve.

Theatralisch ließ ich mich wieder rücklings in die Couch fallen. An diesen Ausflug hatte ich gar nicht mehr gedacht.

»Wir fahren am Freitag los, nehmen uns Zelte und Ausrüstung mit, wandern an einen See oder dahin, wo es schön ist, und dann bleiben wir eine Nacht dort. Es ist immer ein bisschen spontan. Wir sind auch schon mal zwei Nächte zelten gewesen, das kommt immer auch auf Lust und Laune der anderen an«, ereiferte sich Eve weiter.

»Hört sich nicht schlecht an«, gab Daniel schließlich zu.

»Ja, dann kannst du an meiner Stelle mitfahren«, protestierte ich, »denn ich komme, wenn Jake auch dabei ist, definitiv nicht mit!«

»Och, komm schon, Mary. Du musst«, quengelte Eve.

»Außer gelegentlich was essen, atmen und trinken, muss ich gar nichts«, gab ich zurück, »und ich will davon nichts mehr hören. Dieses Jahr fällt der Ausflug für mich aus. Ich habe keine Lust auf noch mehr Streit. Dann kriegen die anderen mit, was los ist. Nein! Nichts da. Niente.«

»Auf Italienisch heißt *nein* eigentlich *no*«, korrigierte

mich Daniel kurz und kassierte einen finsteren Blick von mir.

»Aber es wird niemals so lustig wie sonst, wenn du nicht mitkommst«, wandte Eve ein und warf mir einen traurigen Blick zu.

Ich wirbelte mit meinen Armen in der Luft herum. »Dann muss Jake eben zu Hause bleiben. So oder so. Ihr könnt nicht von uns beiden verlangen, dass wir so tun, als wäre nichts. Der Urlaub würde die reinste Katastrophe werden und diese Spannungen hat niemand der anderen verdient.«

»Aber du hast recht. Daniel könnte tatsächlich mitkommen. Ich meine, Larry ist schließlich auch dabei. Derek kommt auch mit.« Sie grinste einen Moment lang verträumt, ehe sie sich wieder fing. »Das wird bestimmt super lustig. Mal so ein bisschen frischer Wind in der Gruppe. Außerdem haben schon zwei Leute abgesagt dieses Jahr. Und wenn Mary oder Jake auch noch absagen ... Wenn wir so wenige sind, ist es doch langweilig.«

»Ich überlege es mir«, gab Daniel von sich und sah mich an. »Aber nur, wenn Mary mitkommt.«

Ich schüttelte den Kopf und verschränkte die Arme vor der Brust. »O nein! Da könnt ihr noch so lange betteln. Fahrt ihr mit bei dem Ausflug, mir soll das recht sein. Ein Urlaub dient als Erholung und nicht als Stressfaktor.«

»Ich rede noch mal mit Jake. Vielleicht will er ja nicht mit. Dann bewegst du aber deinen Hintern gefälligst mit auf die Tour«, drohte mir Eve und stemmte die Fäuste in die Hüften.

Ich zuckte seufzend mit den Schultern und machte mich wieder über die Chips her. »Von mir aus.«

Wie hatte ich den Ausflug nur vergessen können? Eigentlich gehörte er zu den Highlights des Jahres. Wir hatten dabei immer so unendlich viel Spaß gehabt. Die Stimmung war meist ausgelassen gewesen und alle hatten sich super verstanden. Innerlich war ich doch tieftraurig, dass ich nicht mitkommen würde, aber wenn, würde ich nur allen den Ausflug vermiesen. Wenn Jake also vorhatte zu fahren, wäre ich definitiv raus. So traurig es mich auch machte.

»Wann ist der Ausflug überhaupt?«, fragte ich.

Eve sah kurz auf ihr Smartphone. »Bist du nicht auch in der Gruppe?«, fragte sie mich dann.

»Doch, bestimmt. Aber bei dem Stress in der letzten Zeit habe ich nichts wirklich mitbekommen«, erklärte ich.

»Oh«, gab Eve nur von sich und scrollte suchend auf dem Smartphone herum. Dann sah sie überrascht auf. »Schon am nächsten Wochenende!«

Neunzehn

Die Tage wurden immer wärmer und so war ich heute dankbar für den kühlen Hörsaal der Uni. Die Sonnenstrahlen, die so fröhlich durch die offenen Fenster schienen, motivierten mich und ich schrieb so fleißig mit wie schon lange nicht mehr.

Es waren zwei weitere Tage vergangen und von Jake hatte ich nicht das kleinste bisschen gehört. Nur von Eve hatte ich hin und wieder einen kleinen Stand der Dinge mitgeteilt bekommen. Und so wie meine Freundin es beschrieb, ging es Jake wirklich schlecht. Seine Laune war im Keller und er versank geradezu in seiner Arbeit, indem er Extraschichten annahm, nur um nicht allein zu Hause zu sein. Einen Abend soll er laut Eve mit Larry und seinen Freunden durch die Bars gezogen sein und sich ziemlich stark betrunken haben. Es brach mir beinahe das Herz, wenn ich daran dachte, wie er mit unserem Streit umging, aber immerhin fühlte ich mich auch nicht sonderlich gut. Die Visionen waren in den vergangenen Tagen immer seltener aufgetreten. Fast schon, als würden sie, je mehr ich mich von den angeblichen Gefühlen für Daniel distanzierte, ebenfalls mehr und mehr verstummen. Als gäbe es nichts mehr, was Lia mir zeigen wollte.

Vielleicht war die Offenbarung, dass ich keine Gefühle für Daniel hatte, der Punkt gewesen, um wieder zu mir selbst zu finden.

Während ich mich kurz in meinen Gedanken verlor, bemerkte ich das Vibrieren meines Smartphones in der Tasche und zog es unauffällig heraus. Die Nachricht war von Eve.

Super Nachrichten! Komme nach der Arbeit zu dir! Sei da!

Etwa drei Stunden später betrat ich gerade das Treppenhaus und wollte zu meiner Wohnung hinauf, da hörte ich schon ein Räuspern. Eve stand wartend vor meinem Apartment.

»Es wird Zeit, dass ich endlich meinen eigenen Schlüssel bekomme.«

»Ich glaube, es ist ganz gut so, wie es ist, sonst würden immer mehr Dinge von dir hier rumstehen.« Ich kicherte, überbrückte die letzten Stufen und schloss anschließend die Tür auf.

Eve zischte eilig an mir vorbei, kaum dass ich die Haustür geöffnet hatte, und wartete mitten im Wohnzimmer darauf, mir endlich mitzuteilen, was sie unbedingt loswerden wollte.

»Nun mal langsam«, beruhigte ich sie und stellte meine Tasche neben der Garderobe ab, ehe ich mich ihr zuwandte. »Also, was gibt es so Dringendes?«, fragte ich und verschränkte abwartend die Arme vor der Brust.

»Du wirst es nicht glauben, aber Jake kommt nicht mit auf den Ausflug«, trällerte sie vor lauter Freude, kriegte sich aber zügig wieder ein. »Also nicht, dass ich das nicht schade finde, aber jetzt kannst du wenigstens mitkommen. Und ich brauche dich doch dabei so dringend!«

Skeptisch musterte ich sie und pirschte mich etwas näher an sie heran. »Eve!« Ich blickte ihr von einem Auge in das andere. »Sagst du mir die Wahrheit?«

»Natürlich!«

»Und warum kann Jake nicht mit?«

»Weil er arbeiten muss. Ich habe doch gesagt, dass er viel arbeitet in der letzten Zeit. Außerdem hat er genauso wenig Lust auf das Wochenende wie du und deswegen hat er eine Extraschicht angenommen. Also keine Sorge. Du kannst beruhigt mitkommen, Mary«, versicherte sie mir und lächelte.

»Wehe, Eve«, drohte ich und pikste mit meinem Zeigefinger auf ihre Brust. »Wehe, du veräppelst mich!«

»Das würde ich niemals tun, und das weißt du auch«, beruhigte sie mich und ihr Lächeln wirkte aufrichtig und ehrlich. Auch wenn ich anfangs etwas skeptisch gewesen war, so machte sich jetzt in mir doch eine gewisse Vorfreude breit.

Endlich raus hier und endlich Abstand. »Und Daniel kommt auch mit«?, hakte ich nach.

»Und ob«, stimmte Eve mir zu und ihr Lächeln wurde immer breiter.

Zu leiser Musik im Hintergrund tänzelte ich durch meine Wohnung und packte meinen Wanderrucksack. Die anderen waren bald da, um mich abzuholen. Geplant war, dass wir mit drei Autos anreisen würden. Ich würde bei Eve, Lucy und Daniel mitfahren. Selbst die Hinfahrt dürfte schon ein einziger Spaß werden, auch wenn sie mit Pausen gute drei Stunden dauern würde. Deswegen starteten wir auch schon mitten in der Nacht, um am Morgen dort zu sein. Ich hatte so viel Kaffee getrunken, dass ich nicht daran dachte, auch nur eine Sekunde zu schlafen. Auch die ausbleibenden Visionen riefen in mir ein Hochgefühl hervor.

Voller Vorfreude rannte ich von einer Ecke der Wohnung zur anderen und wählte mein Gepäck mit Bedacht. So eine Wandertour konnte anstrengend werden. Dabei viel Ballast auf dem Rücken zu tragen, schien mir nicht die beste Idee zu sein. Deshalb passte ich in diesem Jahr etwas auf. Letztes Jahr hatte ich den großen Fehler gemacht, alles, was mir zwischen die Finger gekommen war, mitzunehmen. Die Rechnung hatte ich bekommen, als ich immer als Letzte hinter meinen Freunden hinterhergekrochen war. Ich erinnerte mich, dass Jake irgendwann bemerkt hatte, dass ich kaum noch zu sehen gewesen war. Er war sofort zu mir gekommen, hatte mir wortlos meinen Rucksack vom Rücken genommen und ihn sich übergestreift.

Ich lächelte bei dieser Erinnerung, als es an der Tür klopfte und ich aus meinen Gedanken gerissen wurde. Die anderen waren da. Es konnte losgehen!

Daniel half mir dabei, mein Gepäck in den Kofferraum zu wuchten, bevor ich mich auf den Beifahrersitz setzte. Lucy war guter Laune und band sich summend ihre roten Haare zu einem Zopf, während Eve angestrengt auf ihrem Smartphone tippte.

»Derek?«, fragte Lucy schließlich in einem neugierigen Ton und versuchte, einen Blick auf das Display zu erhaschen.

Eve lachte nur und wandte sich von ihr ab. »Hast du schon mal was von Privatsphäre gehört?«

»Ich bitte dich, seit wann interessiert dich denn so was? Nun sag schon, was will er? Ich habe doch seinen Namen da oben gerade gelesen.« Sie versuchte, nach dem Smartphone zu greifen, aber Eve stieß sie mit einem Lachen beiseite.

Daniel stieg auf den Fahrersitz und deutete nach hinten. »Sind die beiden immer so?«

Ich nickte kichernd. »Immer.«

Von hinten drang ein schrilles Quieken nach vorn, sodass Daniel das Radio aufdrehte, um den Zickenkrieg auf der Rückbank zu übertönen.

Etwa nach einer Stunde Fahrt wurde es allmählich still im Auto. Ich drehte mich nach hinten und sah, wie die beiden Kopf an Kopf dasaßen und schliefen.

»Gott, wie lieb sie sind, wenn sie schlafen.« Daniel lachte.

»Allerdings«, stimmte ich ihm zu und betrachtete die Landschaft. Die Morgendämmerung hatte bereits eingesetzt und mit jedem Meter, den wir fuhren, schlug mein Herz höher. Wie ich mich auf den Ausflug freute. Wie sehr ich mich geärgert hätte, wäre ich nicht mitgekommen. Und jetzt war Daniel auch dabei, der Urlaub konnte nur gut werden. Da war ich mir ganz sicher. Er konnte Jake zwar nicht als besten Freund ersetzen, sollte er auch nicht, aber er tat sein Bestes. Er war jemand, dem ich vertraute. Blind. Vor allem war er jemand, dem ich die verworrensten Dinge erzählen konnte. Und allmählich sah ich ihn endlich als Daniel aus meiner Sicht. Nicht aus Lias und zugegebenermaßen gefiel er mir so sogar noch besser. Seither hatten wir nicht mehr über meine Visionen gesprochen und ich vermutete, dass es auch besser so war. Wenn Daniel mehr darüber wissen wollte, dann konnte er jederzeit danach fragen. Doch vorher würde ich das Thema zunächst unter den Tisch fallen lassen.

»Und wer ist jetzt noch mal alles dabei? Larry hat es mir zwar schon erzählt, aber ich kann mir die ganzen Namen einfach nicht merken. Vor allem, wenn man die Gesichter dazu nicht kennt. Kannst du mich bitte noch mal aufklären?«, fragte er mit konzentriertem Blick auf die Straße.

»Kein Problem. Wie soll man sich das auch merken können, wenn die Personen dazu fremd sind. Also da sind zum einen Larry und Derek, der Typ, mit dem Eve heimlich eine Affäre hat. Ich weiß, dass dieses Mal noch ein anderer Kumpel von Larry mitkommt, den ich aber nicht kenne. Ich glaube, Tobi heißt er. Du musst wissen, dass Larry an jeder Hand Freunde und Bekannte hat, die einfach aus dem Nichts auftauchen.« Ich kicherte und sah Daniel von der Seite an.

Er erwiderte meinen Blick und lachte ebenfalls. »Kommt mir irgendwie bekannt vor.«

»Ja, wie sich herausstellt, ist es immer wieder sehr spannend, wen Larry so anschleppt. Okay, wo waren wir?«, überlegte ich kurz und schaute aus dem Fenster, während wir gerade an einer Pferdekoppel vorbeifuhren. »Ach ja, das sind dann also drei Leute und wir vier. Dann kommt noch ein Auto aus der anderen Richtung zum Treffpunkt. Freunde von uns, die weiter weg wohnen. Britney, die mit jedem rummacht, und Ashley, die für jeden Mist zu haben ist. Also mit ihr hat man immer was zu lachen, und ihr Freund Joey, der ist auch sehr nett. Die beiden sind super. Wenn mich nicht alles täuscht, dann ist, glaube ich, auch Benjamin noch dabei.« Ich schüttelte mich und verzog das Gesicht. »Er ist der größte Klugscheißer, den ich kenne. Es tut mir leid, normalerweise rede ich nicht so über andere Leute, aber Benjamin ist ...

na ja, wie drücke ich es am besten aus? Wir mögen uns irgendwie nicht. Doch wie ich schon sagte: Larry hat seine Freunde in aller Welt, die auch irgendwie unsere sind.«

»Da bin ich ja mal gespannt. Dann sind wir also elf Leute«, rechnete Daniel nach.

»Ja, genau. Aber glaub mir, es wird sicherlich total gut werden. Das eine Jahr sind wir ...« Ich nutzte die Fahrt, um Daniel mit unendlich vielen Geschichten aus den vergangenen Jahren zu unterhalten, woraufhin er immer wieder auflachte. »Und dann hat Larry Britney eine riesengroße Spinne in den Rucksack geschmuggelt. Also, es war natürlich eine Plastikspinne. Du kannst dir sicherlich ausmalen, wie sehr sie geschrien hat, als sie in ihrem Rucksack nach etwas kramte. Jake meinte, sie würde es verkraften, aber sie hatte einen Tobsuchtsanfall.« Ich lachte und warf bei der Erinnerung den Kopf in den Nacken.

Daniel lachte ebenfalls. »Scheint also nicht langweilig zu werden bei euch. Aber ist dir mal aufgefallen, wie oft du von Jake in der letzten Stunde gesprochen hast?« Er sah mich an und zog verschwörerisch die Augenbrauen hoch.

Meine Euphorie floss dahin und ich zeigte warnend mit dem Finger auf ihn. »Ich bitte dich. Komm mir nicht so.«

Resignierend hob Daniel die Hände »Gut, okay. Hast ja gewonnen. Kein Jake.«

Kopfschüttelnd sah ich wieder nach draußen und genoss die aufgehende Sonne mit einem schweren Gefühl in der Brust.

Ich musste schließlich doch eingenickt sein, denn ich schreckte hoch, als Eve und Lucy aus dem Auto hüpften.

»Oh, wir sind schon da?«, murmelte ich und blickte in einen wunderschönen, von der Sonne beschienenen Wald. Als ich aus dem Beifahrerfenster schaute, erkannte ich einen weitläufigen Schotterparkplatz, an dessen Rand sich einige Picknicktische aneinanderreihten, die von dicht stehenden Laubbäumen umsäumt wurden. Müde rieb ich mir die Augen und lächelte bei dem Gedanken daran, wie wir uns schon in Kürze über die holprigen Waldwege schlagen würden.

»*Schon* ist gut«, meinte Daniel und stieg aus dem Auto. Er reckte sich laut stöhnend und drückte seinen Rücken durch. »Verdammt, ich bin zu alt für so lange Autofahrten!«

»Dann bist du in deinem Büro ja bestens aufgehoben.« Kichernd stieg ich ebenfalls aus dem Auto. »Die anderen scheinen noch nicht da zu sein«, stellte ich außerdem fest und sah mich um. Eine frische Brise wehte mir um die Nase und ich genoss die noch etwas kühle Waldluft, die nach Harz und Moos duftete.

»Die kommen bestimmt gleich. Treffpunkt ist jedenfalls dieser Parkplatz«, erklärte Lucy und machte sich derweil am Kofferraum zu schaffen.

»Möchte jemand einen Keks oder einen anderen Snack?«, fragte Eve in die Runde und wühlte in einer ihrer Taschen.

Dankend lehnte ich ab.

»Ein Kaffee wäre nicht schlecht«, stellte Daniel fest, wobei ich ihm nur recht geben konnte. Einen Moment lang blickte ich mich weiter um. Der Platz befand sich mitten auf einer Lichtung, die dazu einlud, sich zwischen ein paar abgehenden Wanderwegen zu entscheiden. Zur Hochsaison parkten mit Sicherheit viele Autos hier. Es juckte mir in den Fingern, endlich loszugehen und mehr von der Umgebung und der Natur zu sehen. Die waldige Luft tief in mich einzusaugen und dem Gesang der Vögel zu lauschen.

Solange wir warteten, setzte ich mich auf eine der Picknickbänke und ließ die ersten Sonnenstrahlen des Tages auf mich wirken. Dann hörte ich, wie Reifen über Schotter und Sand rollten.

»Ich glaube, die anderen kommen«, rief Eve schließlich und so sprang ich hastig von der Bank auf.

Schon von Weitem erkannte ich Larrys Auto und als ich auf dieses zugehen wollte, bemerkte ich, dass mein Schuh sich locker anfühlte. Als ich an mir herabsah, fiel mir mein offener Schnürsenkel auf und so bückte ich mich kurz und band ihn wieder zu. Nachdem ich fertig war und hochblickte, lächelte ich Larry breit entgegen, der gerade wie auch Derek aus dem Auto stieg.

»Hey«, rief ich und machte einen Schritt auf das Auto zu. Doch mein Lächeln erstarb und mir blieb beinahe mein Herz stehen, als ich sah, wer aus der Beifahrertür ausstieg. Mein Bauch zog sich zusammen und mein Körper versteifte sich. Um mich herum begann sich alles zu drehen und ich vernahm das Getuschel der anderen neben mir nur noch mit halbem Ohr. Als ich in Jakes Gesicht sah, bemerkte ich, wie ihm ebenfalls das Lachen verging und er abrupt stehen blieb. Ich ballte die Hände zu Fäusten und drehte mich mechanisch zu Eve um, die bereits Deckung hinter Daniel suchte.

»Eve«, presste ich angespannt zwischen den Zähnen hervor.

»Eve!«

Sie reagierte nicht.

»Eve«, rief ich erneut und zog fragend die Brauen in die Höhe.

Sie sah mir angsterfüllt in die Augen.

Ich richtete meinen Finger auf Jake und sah Eve fragend an. »Was soll das?«

»*Das* ist zufällig ein Mensch und heißt Jake«, schaltete dieser sich ein und trat etwas näher heran. Unter seiner tiefen und mir so vertrauten Stimme zuckte ich kaum merklich zusammen und ich warf ihm einen flüchtigen Blick zu. Wie lange ich seine Stimme nicht mehr gehört hatte ...

»Ach, was du nicht sagst«, murmelte ich leise und wandte mich wieder zu Eve, die langsam aus ihrer Deckung kroch. »Also, Eve? Ich höre? Was ist hier los? Hatte ich dich nicht gebeten, ehrlich zu sein?«

»Das würde mich auch mal interessieren«, grätschte Jake wieder dazwischen und verschränkte die Arme vor seiner Brust. »Hattest du nicht gesagt, dass sie das ganze Wochenende am Lernen sein würde und keine Zeit findet, um mitzukommen?«

»Tja, Überraschung! Hier bin ich«, erklärte ich und machte eine ausladende Geste mit meinen Händen. »Komisch, ich dachte, Jake macht Sonderschichten über das Wochenende«, rief ich meiner besten Freundin in Erinnerung.

»Ja, also ich ...«, nuschelte Eve kleinlaut und blickte verschämt zu Boden.

»Ich hätte es wissen müssen«, fluchte Jake und deutete mit seinem Kopf auf mich. »Als würde Mary freiwillig ein Wochenende lang lernen.«

»Hey! Was soll das denn heißen?«

»Na, du hast das schon verstanden«, keifte Jake zurück und kam noch einen Schritt auf mich zu.

»Oh, oh. Jetzt geht's los«, hörte ich Lucy hinter mir tuscheln.

Larry rauschte zu uns und stellte sich zwischen Jake und mich. »Hey! Leute, kriegt euch mal wieder ein. Ihr seid beide hier und daran kann man nichts ändern. Was auch immer hier los ist, wir kriegen das schon hin«, versuchte er zu schlichten und schaute Jake eindringlich in die Augen.

Ich sah zu Eve, die zu lächeln versuchte, um die Sache abzumildern. »Also, es ist wohl ein kleines Missverständnis.« Sie nestelte am Saum ihres Shirts.

»Ein Missverständnis! Dass ich nicht lache«, tönte ich und wandte mich Hilfe suchend von meinen Freunden ab. Dass die anderen bereits auch eingetroffen waren, hatte ich vor lauter Zorn gar nicht mitbekommen. Die angespannte Stimmung zog sich über den gesamten Parkplatz, sodass die anderen neugierig und schweigend ausstiegen und zu uns herübersahen. Derek lief auf die Neuankömmlinge zu und schien ihnen die Lage zu erklären. Jedenfalls hörte ich, wie er das Wort Zickenkrieg benutzte und auf mich und Jake deutete.

»Und was macht der eigentlich hier?«, fragte Jake noch eine Spur gereizter, als er auf Daniel zeigte, der angelehnt und lässig am Auto hinter mir lehnte. Und … lächelte er etwa?

»Daniel begleitet uns dieses Jahr«, schaltete sich Lucy schließlich ein.

»Na, großartig«, fluchte Jake. Er brachte Daniel beinahe mit seinem Blick um und wollte wohl genauso wenig hier sein wie ich.

»Also, Leute, ich schlage vor, wir nehmen alle ganz entspannt unsere Sachen, genießen diesen Ausflug, und wer sich nicht leiden kann, der geht sich aus dem Weg, in Ordnung? Jake, du gehst immer ganz vorn und Mary du ganz hinten, oder umgekehrt. Hauptsache, ihr bringt euch nicht gegenseitig um«, schlug Larry schließlich bemüht heiter vor und zog Jake, der mich nicht aus den Augen ließ, am Arm mit sich zum Auto.

So viel Wut wie gerade hatte ich noch nie in seinen Augen gesehen. Innerlich zuckte ich zusammen, wollte aber nicht diejenige sein, die klein beigab.

»Danke, dass du mir diesen Ausflug auch noch versaust«, raunte er mir zu, ohne mir in die Augen zu sehen, und wandte sich ab.

Mit offenem Mund blickte ich ihm hinterher, marschierte anschließend an Eve und den anderen vorbei und zerrte seufzend meinen Rucksack aus dem Auto. Sollte Jake doch versuchen, mir das Wochenende zu vermiesen. Das würde er nicht schaffen!

Nachdem sich schließlich alle begrüßt hatten und Jake und mir die meisten mit Vorsicht begegnet waren, hievte jeder seine Sachen aus den Autos. Mit verschränkten Armen, zusammengekniffenen Augen und abmarschbereit, stand ich da und beobachtete, wie Jake sich ebenfalls fertig machte und währenddessen mit Britney scherzte, die ihn wie immer anhimmelte. Es wäre ja nicht das erste Mal und hatte mich auch nie wirklich gestört. Jetzt allerdings hätte ich sie dafür in der Luft zerreißen können. Britney war eine Frau, die einfach nichts anbrennen ließ. Bei Jake schien sie heute also ihre Chance zu wittern. Zugegeben, sie sah immer toll aus. Kurze, kinnlange braune Haare, nussbraune Augen und ziemlich weibliche Kurven. Ein charmantes Lächeln und eine kleine Stupsnase, die sie beim Lachen immer leicht kräuselte. Tja, eigentlich sah sie aus wie der Traum eines jeden Mannes. Schnell schaute ich zur Seite, als sie mit ihren kurzen Hotpants vor den Männern herum tänzelte.

Aus den Augenwinkeln sah ich, wie sich Eve kleinlaut rechts neben mich stellte und ebenfalls die anderen beobachtete. »Es tut mir leid, Mary«, murmelte sie.

»Das werde ich dir ein Leben lang nachtragen. Mich so zu hintergehen …«

»Sonst wärst du niemals mitgekommen. Und außerdem ist Jake auch mein Freund. Ich wollte ihn genauso dabeihaben. Was hätte ich tun sollen? Daniel fand die Idee übrigens auch …« Sie schlug sich erschrocken die Hand vor den Mund.

Fassungslos sah ich sie an. »Was fand Daniel übrigens auch? Daniel?«, rief ich und merkte, dass er bereits grinsend zu meiner Linken stand. »Ist das dein Ernst? Du auch noch?«, fragte ich und verschränkte herausfordernd die Arme vor der Brust.

Er nickte verlegen. »Na ja, wie Eve schon sagte, was hätten wir sonst tun sollen?«

»Zunächst einmal kannst du dir wenigstens mal dein freches Grinsen verkneifen. Auch wenn ihr das zum Totlachen findet, kann ich euch sagen, ich finde es alles andere als lustig. Zwischen Jake und mir ist so viel passiert. Und jetzt erwartet ihr, dass wir hier ganz normal miteinander umgehen können?«

»Och, komm schon. Ich muss zugeben, dein Blick eben war ziemlich lustig«, scherzte Daniel.

»Mann! Das kann doch alles nicht wahr sein. Wieso war ich nur so naiv?« Mit rollenden Augen wandte ich mich von den beiden ab. Das war ja das perfekte Chaos.

Gemeinsam schlugen wir einen Wanderweg ein, der von Ahorn und Eichen, die so riesig waren, dass ich den Kopf in den Nacken legen musste, um die Baumwipfel zu erahnen, sowie Büschen umgeben war. Trotzdem drang die Sonne nach und nach immer mehr zu uns durch, je weiter wir liefen. Der Waldweg wurde schmaler und führte uns über Steine und breite Wurzeln. Die Vögel zwitscherten, Eichhörnchen sausten erschrocken neben uns die Bäume empor und hier und da knackten vereinzelt kleine Äste unter unseren Füßen. Es hätte so schön sein können. Wäre da nicht diese eine Person gewesen, die mit einem Fingerschnipp alles ruiniert hatte.

Die Gruppe marschierte raschen Schrittes voran und bereits jetzt war die Stimmung ausgelassen und fröhlich. Nur nicht meine. Seufzend lief ich hinter den anderen her und hatte *ihn* ständig vor Augen. Wieso konnte ich ihn nicht einfach ignorieren? Ihm schien das jedenfalls leichter zu fallen als mir, denn er lachte ausgelassen und quatschte mit diesem Tobi, den ich noch nicht wirklich kannte. Neben mir lief Lucy, die mir wie ein Wasserfall von ihrer Arbeit erzählte. Doch so dankbar ich ihr für die Ablenkung war, kam ich nicht umhin, Jake immer wieder verstohlene Blicke zuzuwerfen. Immer darauf achtend, ob er in mir irgendwelche Gefühle hervorrief, die ich angeblich vor meinem Unfall gefühlt haben sollte.

Auch auf Eve war ich schlecht zu sprechen. Obwohl sich das vermutlich bald legen würde. Trotzdem, jetzt musste sie auch in den sauren Apfel beißen und damit zurechtkommen, was sie angerichtet hatte. Zumindest eine Weile lang. Außerdem lenkte sie sich bereits super mit Derek ab, den sie die ganze Zeit über anschmachtete.

Und als wäre der Beginn unseres Ausflugs nicht schon chaotisch genug gewesen, schaffte es Britney das Ganze noch zu toppen. Immerhin hing sie beinahe an Jakes Lippen und schien kaum noch von ihm loszukommen. Auch wenn Jake sich mehr auf Tobi konzentrierte, spürte ich einen leichten Stich im Herzen, wann immer er Britney anschaute und dabei lächelte.

Schnaubend versuchte ich meine Aufmerksamkeit

umzuschwenken und konzentrierte mich auf die anderen. Larry lief vorweg und mimte den Reiseführer. Benjamin, Ashley und Joey folgten ihm auf dem Fuße. Wenigstens einer, über den ich noch schmunzeln konnte. Ab und zu entlockte er mir mit seinen Sprüchen das eine oder andere Lachen. Und das gab mir eine gewisse Hoffnung, dass der Ausflug doch noch gut werden könnte. Ich musste nur versuchen, Jake erfolgreich zu ignorieren.

Ich wusste nicht, wie lange wir eigentlich schon unterwegs waren, aber der Vormittag ging langsam in die Mittagszeit über. Inzwischen hatte ich mich etwas beruhigt und war schon um einiges gelassener. Wir beschlossen auf einer kleinen Lichtung zu rasten und ließen uns erschöpft ins Gras sinken, um zu verschnaufen. Ich trank einige Schlucke aus meiner Wasserflasche und setzte mich auf einen großen Stein, der sich durch die Sonnenstrahlen angenehm warm anfühlte. Die anderen plauderten fröhlich, machten Witze und waren guter Dinge. Immer wieder versuchte Daniel sich mir anzunähern, wahrscheinlich um zu sehen, wie sauer ich tatsächlich auf ihn war. Zwei Mal ließ ich ihn jedoch eiskalt abblitzen, beim dritten Mal schenkte ich ihm schon ein sanftes Lächeln. Und als ich auf meinem Stein ein wenig beiseite rutschte und ihm einen Platz freimachte, setzte er sich mit einem erleichterten Grinsen zu mir. »Ist alles okay?«

Ich zuckte fahrig mit den Schultern. »Hm, es geht langsam wieder. Ich kann schließlich nichts an der Situation ändern, oder? Dennoch finde ich das Ganze echt mies von euch, das will ich dir noch einmal gesagt haben. Aber ich versuche einfach das Beste draus zu machen«, erklärte ich leise und fuhr mit dem Finger an der Kappe meiner Wasserflasche entlang.

»Kannst du mir noch mal verzeihen?«, fragte er dramatisch und stieß mich von der Seite an.

Ich lächelte. »Muss ich ja wohl.«

»Komm schon, es ist super Wetter und die anderen sind gut drauf. Sind übrigens echt nette Leute, die du da hast. Also lass es uns genießen. Steh dir nicht selbst im Weg. Ich versuche, dich ein bisschen aufzumuntern.«

»Und ich sehe ja, was dabei rauskommt.« Grinsend deutete ich zu Jake, der sich gerade wegdrehte und mit Larry sprach. Seine Blicke taten mit jedem Mal mehr weh. Daniel und ich blieben noch eine Weile auf dem Stein sitzen und ich merkte, wie mir seine Nähe eine gewisse Motivation verlieh, dass das alles nicht so schlimm war wie noch vor einer Weile am Parkplatz.

»Wollen wir langsam weitergehen?«, fragte Tobi irgendwann in die Runde und schulterte bereits seinen Rucksack. Allmählich erhoben sich auch die anderen.

»Wir brauchen ja noch eine Weile, bis wir da sind. Also geben wir mal ein bisschen Gas«, feuerte Derek die Truppe an und klatschte motivierend in die Hände.

Langsam raffte auch ich mich auf. Am liebsten wäre ich noch eine Weile geblieben und hätte die Sonne auf mich scheinen lassen, aber es nutzte nichts. Ich verstaute noch die Wasserflasche in meinem Rucksack, als sich die meisten schon in Bewegung setzten. Auch Jake nestelte noch an seinem Rucksack herum, bevor er aufbrach. Ich beeilte mich, um nicht mit ihm auf gleicher Höhe zu sein, aber meine verdammte Flasche verhedderte sich in einer Schlaufe und ich bekam sie nicht schnell genug hinein. Als ich es endlich, wenn auch schweißgebadet, geschafft hatte und eilig loshasten wollte, bemerkte ich, dass auch Jake gerade fertig war und losmarschierte. Ich wurde mit jedem Schritt schneller, wir bereiteten uns beinahe ein Wettrennen, aber er war inzwischen auf gleicher Höhe. Keiner von uns sagte etwas. Ich schnaubte lediglich, weil mir mein Rucksack doch etwas zu schwer wurde mit der Zeit und ich hoffte, dass Jake davon nichts mitbekam. Aber er wäre ja nicht er, wenn es ihm nicht aufgefallen wäre.

»Kommt mir bekannt vor«, sagte er nur knapp und sah eisern nach vorn.

Natürlich entging mir die gewisse Ironie in seiner Stimme nicht, doch ich beschloss, mich nicht auf ein Gespräch einzulassen, wenn es uns nicht weiterbrachte.

»Und schon wieder bildest du das Schlusslicht«, fügte er schließlich hinzu, als hätte ich den Kern seiner Aussage nicht verstanden. Doch mir war sehr wohl klar, worauf er angespielt hatte, nämlich auf den Ausflug im letzten Jahr. Und auch, wenn ich mir vor ein paar Sekunden noch vorgenommen hatte, mich nicht einem Gespräch mit ihm hinzugeben, bröckelte meine Entscheidung im selben Moment.

»Wie wäre es, wenn du mich einfach nicht ansprichst, wenn du nichts Sinnvolles zu mir zu sagen hast?« Übertrieben höflich lächelte ich ihn von der Seite an, wandte mich aber hastig wieder ab, da mir sein vertrauter Anblick im Herzen wehtat. Stattdessen konzentrierte ich mich auf den Weg. Puh! Die anderen legten ein ganz schönes Tempo vor.

»Denkst du nicht auch, dass uns für sinnvolle Gespräche ein bisschen die Grundbasis fehlt? Ich kann mich nämlich dran erinnern, dass deine Einwände auf dem Parkplatz vorhin auch nicht von einem normalen Gespräch gezeugt haben.«

»Du hast es ja schließlich nicht anders verdient«, erklärte ich und zog meinen Rucksack etwas straffer. Dabei versuchte ich angestrengt ein Ächzen zu unterdrücken, um Jake nicht noch mehr Zündstoff zu bieten.

»Okay, dann verrate mir doch mal dein Problem. Was genau stört dich jetzt daran, dass ich dabei bin? Wie es mir damit geht, dass ich dich hier ständig vor der Nase habe, interessiert ja scheinbar auch niemanden«, entgegnete er scharf und hielt mich am Arm fest.

Unter seiner Berührung zog sich mein Magen zusammen. »Ich meine, ich kann immerhin nichts dafür, dass Eve uns verarscht hat.«

Wir standen mitten im Wald und funkelten uns wütend an. Das fröhliche Zwitschern der Vögel wirkte dabei fast schon wie ein gehässiges Lachen.

»Da hast du ausnahmsweise mal recht, allerdings bist du ja derjenige, der so unnötige Kommentare abgibt. Ich hatte mir nämlich vorgenommen, dich einfach zu ignorieren. Die Welt dreht sich schließlich nicht nur um dich, Jake. Außerdem glaub mal nicht, dass es mir anders geht als dir. Schließlich wäre ich ebenfalls froh, wenn ich dich hier nicht sehen müsste, du … du … verdammte Nervensäge«, fluchte ich und verschränkte die Arme.

»Ich eine Nervensäge? Nein, wie süß! Dein Wortschatz hat unter diesem Daniel ganz schön gelitten, kann das sein?«

»Kann es sein, dass du eifersüchtig bist?« Herausfordernd lächelte ich und wartete auf seine Antwort. Einen kurzen Moment lang schwieg er, mahlte mit dem Kiefer und durchbohrte mich beinahe mit seinem Blick. »Auf den? Tut mir leid, aber ich hätte dir einen besseren Geschmack zugetraut. Zumindest hattest du ihn mal.«

Ich öffnete meinen Mund und schloss ihn wieder. Mein Herz schlug mir bis zum Hals. Wann, bitte schön, hatten wir begonnen so schrecklich mit dem jeweils anderen umzugehen? Kopfschüttelnd versuchte ich die Tränen, die sich verräterisch in meinen Augen drohten breitzumachen, zu unterdrücken und wandte den Blick ab.

»Ich meine, was findest du an dem? Er hat dich vor allen Leuten bloßgestellt und ist mit dir umgegangen wie der letzte Mist.« Sein Blick verriet mir, wie angefressen er hinter seiner harten Fassade wirklich war.

»Und wir haben das geklärt. Daniel ist einfach nur ein Freund. Der für mich da ist. Das machen Freunde so, Jake«, erklärte ich spitz.

»Ja, und Freunde lügen sich nicht an.«

»Du wirst niemals damit aufhören, oder?«, fragte ich verzweifelt. »Ich habe mich entschuldigt. Wenn du damit nicht leben kannst, ist es nicht mehr mein Problem. Außerdem glaube ich, geht es hier mittlerweile nicht mehr nur um diese Lügen.«

»Du hast recht, Mary. Es ist viel mehr als das.«

Ich entzog mich seinem herausfordernden Blick und setzte meinen Weg fort, um möglichst schnell von ihm wegzukommen. Von den anderen war schon nichts mehr zu sehen. Einen Moment blieb ich doch noch stehen und sah mich um. Außer wildem Gezwitscher aus den Bäumen um mich herum waren kaum Geräusche zu hören. Wo waren denn auf einmal alle? Hätten sie nicht mal warten können? Ich ging weiter, vernahm Jake allerdings dicht hinter mir. Ein Grund, noch schneller zu laufen. Hastig setzte ich einen Fuß vor den anderen. Auf eine weitere Konfrontation konnte ich nämlich gut verzichten. Zudem sollte Jake nicht sehen, wie sehr mir inzwischen die Tränen in den Augen standen. Während meine Sinne mehr nach hinten als nach vorne gerichtet waren, versuchte ich mein Tempo noch ein wenig zu beschleunigen. Doch plötzlich fühlte ich einen Ruck an meinem Fuß und bemerkte noch, dass er sich an einer Wurzel verfangen hatte, die ausladend aus dem Boden ragte und die ich augenscheinlich übersehen hatte. Schon spürte ich, wie mein Körper von der Erdanziehungskraft nach vorn gezogen wurde. Dann packten mich zwei starke Hände und hielten mich im letzten Moment zurück. Erschrocken wandte ich mich um und stellte fest, dass Jake mich an den Armen umklammerte und mich mit großen Augen ansah. Unsere Gesichter waren sich gefährlich nahe, sodass ich seine Atmung hören konnte. Seine dunklen Augen fixierten mich und alles um uns herum schien mit einem Mal stillzustehen. Eine Sekunde lang, nur eine einzige, kleine Sekunde, schien es so, als würde sich ein warmes Gefühl in meinem Bauch breitmachen. Schon drückte ich mich reflexhaft von ihm weg und glitt vorsichtig einen Schritt zurück. Das Gefühl in meinem Bauch verflog.

Jakes Blick verfinsterte sich mit einem Mal. »Verdammt, kannst du nicht mal ein bisschen auf dich aufpassen? Ich will nicht, dass du dir noch was brichst.«

Und so sauer er noch immer war, so erkannte ich auch eine gewisse Besorgnis in seiner Stimme. Da konnte er mir nichts vormachen, denn dafür kannte ich ihn zu gut. Noch immer etwas benommen von der Nähe zu ihm, öffnete ich den Mund, um etwas zu entgegnen. Doch die Spannung zwischen uns ließ mich innehalten. Mir fehlten die Worte. Kopfschüttelnd wandte ich mich schließlich ab. »Lass uns einfach die anderen finden.«

Nach einer schweigsamen Ewigkeit hatten wir die Gruppe endlich eingeholt. Der merkwürdige Moment mit Jake wollte mir jedoch nicht aus dem Kopf gehen. Diese Nähe. Dieses vertraute Gefühl im Bauch. Und vor allem diese Wärme an den Stellen, an denen er mich festgehalten hatte, damit ich nicht stürzte. Ich schüttelte mich. Vermutlich war es nur der Schreck gewesen, der sich durch den Beinahe-Sturz in mir breitgemacht hatte.

Als wir ankamen, rasteten alle mitten auf dem Weg, sodass wir sie nicht verfehlen konnten. Eve rannte mir theatralisch entgegen und presste mich fest an sich. »O mein Gott, wo warst du bloß? Ich habe mir solche Sorgen um dich gemacht.«

Ich schob sie ein kleines Stück von mir. »Alles gut, ich bin nur nicht so schnell hinterhergekommen«, erklärte ich knapp.

Jake trat hinter mir hervor und marschierte auf die anderen zu, die auf irgendeine Art und Weise merkwürdig grinsten. Allmählich kam mir hier eine ganze Menge komisch vor.

Eve sah Jake fragend hinterher und dann wieder zu mir. »Oh! Ist alles gut gegangen?«

»Eve, nun tu bitte nicht so scheinheilig. Was denkst du denn, wie es zwischen mir und Jake läuft?« Ich zeigte mit einem Kopfnicken auf ihn. Eve wollte gerade antworten, als ich ihr das Wort abschnitt. »Können wir bitte einfach weitergehen? Ich will langsam mal anfangen diesen Ausflug zu genießen.«

Nach einigen weiteren Kilometern hatten wir es irgendwann schließlich ans Ziel geschafft. Eve und ich hatten während des Wegs zur Abwechslung mal über andere Themen sprechen können als über Jake. Andere Gedanken waren das, was ich zurzeit am besten gebrauchen konnte. Und damit meinte ich *andere* Gedanken, und nicht fremde! Seitdem das mit Daniel passiert war und ich ihn in meinem Schlafzimmer weggestoßen hatte, waren die Visionen ja Gott sei Dank kaum mehr da gewesen. Außer in dem Moment, als ich sie absichtlich heraufbeschworen hatte, um Daniel alles zu erklären.

Nach ein paar weiteren Minuten hatten wir es schließlich geschafft. Derek rief von weiter vorn, dass wir gleich da sein würden und wedelte mit seinem GPS-Gerät in der Hand herum. Ein vorfreudiges Kribbeln machte sich in meinem Bauch breit und schon von Weitem erkannte ich zwischen einigen dichten Bäumen ein traumhaftes Glitzern. Als das Schlusslicht verließen ich und Eve schließlich den Wanderpfad und traten staunend und mit weit aufgerissenen Augen auf eine wunderschöne Lichtung an einem See, der durch die Strahlen der Sonne märchenhaft funkelte. Umgeben war er von dem ebenso wundervollen Wald. Der harzige Duft der Bäume wehte mir um die Nase und paarte sich schließlich mit dem des Sees.

Ich trat dicht an das Wasser heran und ließ meinen Rucksack neben mir in den Sand fallen, der wie eine Verbindung vom Wald zum Wasser schien. All die anderen hinter mir blendete ich einen Moment aus und schloss für eine kurze Zeit die Augen. Sog die unverwechselbaren Düfte, die der See und der Wald boten, in mich ein. Vögel zwitscherten und gaben der einnehmenden Atmosphäre den letzten Schliff. Eine leichte Brise wehte mir meine Haare ins Gesicht und ich lauschte dem sanften Rauschen der Baumwipfel. Ich reckte mein Gesicht der Sonne entgegen und war dankbar, dass ich diesen Ausflug nicht abgesagt hatte. Egal, was bislang passiert war oder noch auf mich zukommen würde, dieser Anblick des dunkelblauen Sees, der sich anmutig vor mir erstreckte und von dunklen Laubbäumen umschlossen wurde, war es auf jeden Fall wert gewesen. Endlich fühlte ich mich leichter und ausgelassener. Das erste Mal freute ich mich auf den Rest unseres Trips.

Zwanzig

Mit dem Rücken an einen umgefallenen Baumstamm angelehnt, hatten Lucy, Eve und ich es uns nahe dem Wasser gemütlich gemacht. Tiefenentspannt ließen wir unsere Blicke über die traumhafte Lichtung und den glitzernden See schweifen. Ich war so froh über diese wunderschöne Campingstelle und versuchte jedes Detail in mich aufzunehmen. Dieser gemütliche Lagerfeuerplatz, um den wir uns an den Baumstämmen herum verteilt hatten. Die kleine Lichtung für die Zelte und selbst das kleine Toilettenhäuschen, etwas abseits. Von uns aus erkannte man es nur schemenhaft, da es sich ein Stück in den Wald hinein befand, wohin man einem kleinen Trampelpfad folgen musste.

Während wir Frauen uns sonnten und verschnauften, kümmerten sich die Männer um den Aufbau der Zelte. Eve und ich warfen ihnen gelegentlich Blicke zu, und hin und wieder hörten wir heraus, wie die Männer darum wetteiferten, wer es schaffte, als Erstes sein Zelt aufzubauen.

Kurz darauf kam auch Ashley lächelnd auf uns zu und ließ sich ebenfalls in den von der Sonne erhitzten

Sand sinken. Mit einem Lächeln auf den Lippen beobachtete ich die arbeitenden Jungs durch meine Sonnenbrille und genoss endlich meinen Frieden.

Plötzlich bemerkte ich einen zu straffen und wackelnden Hintern, der sich geradewegs zu den Zelten aufmachte. Ich richtete mich leicht auf und beobachtete, wie Britney sich langsam an Jake heranpirschte. Wie eine Schlange, die sich vorsichtig, aber sicher an ihre Beute heranschlich. Konzentriert drückte Jake gerade einen Hering in den Boden und blickte irgendwann auf, als sich Britney neben ihn hockte und ihr perfektes Zahnpastagrinsen aufsetzte.

Angespannt presste ich die Lippen zusammen und ein merkwürdiges Gefühl, das ich nicht definieren konnte, machte sich in mir breit. Was wollte sie eigentlich die ganze Zeit von ihm? Natürlich konnte es mir egal sein, mit wem Jake sich unterhielt, aber bei Britney hatte ich schon immer ein ganz mieses Gefühl gehabt. Dieses aufgesetzte Lachen, die Tätscheleien hier und da. Ich wusste ganz sicher, dass Jake überhaupt nicht auf so was stand.

Irgendwann warf sie ihren Kopf in den Nacken und lachte laut. Jake stieg mit ein – wenn auch etwas zurückhaltend. Die beiden schienen sich super zu amüsieren. Ich hielt einen Moment den Atem an, als Britney ihre Hand auf Jakes Bein legte und er höflich lächelte.

»Mary, bist du noch bei uns?«, durchbrach Eve plötzlich meine Beobachtungen.

Ich zuckte zusammen und sah sie erschrocken an. »Ja, was ist?«

»Ist alles gut bei dir? Wo schaust du da eigentlich die ganze Zeit hin?«, fragte sie und folgte meinem Blick in Richtung Jake. »Das gibt's ja nicht«, flötete Eve schließlich. »Du gierst zu Jake und Britney!«

»Kannst du vielleicht noch lauter sprechen? Natürlich sehe ich da nicht hin. Ich beobachte die Jungs nur beim Aufbauen. Dass Britney da so ausladend sitzt, habe ich mir nicht ausgesucht«, verteidigte ich mich und tat so, als würde ich mich entspannt zurücklehnen.

»Was ist eigentlich los zwischen dir und Jake?«, fragte Ashley und band sich ihre langen, blonden Haare zu einem Dutt. »Die letzten Male wart ihr kaum auseinander zu bekommen. Und heute zerfetzt ihr euch gegenseitig in der Luft. Ist irgendwas zwischen euch vorgefallen?«

»Ich erzähle es dir wann anders, in Ordnung?«

Sie nickte und warf mir ein mitfühlendes Lächeln entgegen.

»Mit wem schlaft ihr denn eigentlich in einem Zelt?«, wollte ich wissen, um herauszufinden, mit welcher meiner besten Freundinnen ich mir eines teilen würde. Fragend sah ich von Eve zu Lucy und wieder zurück.

»Also ich gehe mit Derek in ein Zelt«, druckste Eve herum, die sich verlegen die Haare hinter ihr Ohr streifte.

»Ich dachte, Daniel und Derek würden sich eines teilen.«

»Der geht glaube ich mit Larry in ein Zelt. Derek habe ich jedenfalls für mich reserviert«, erklärte sie.

Ich lachte und gab ihr einen Stoß gegen den Arm.

Als ich fragend Lucy ansah, riss sie nur die Augen auf und rappelte sich auf. »Mary, kommst du mit zu den Toilettenhäuschen? Ich müsste mal für kleine Mädchen, und möchte nicht allein da reingehen. Du weißt doch, wie ich mich vor Spinnen fürchte.«

»Also ich glaube nicht, dass ich dir da eine gute Hilfe bin«, erklärte ich lachend. »Ich habe doch selbst Angst vor denen.«

»Ach, zu zweit schaffen wir das schon.«

»Ja, aber ich ...«, stammelte ich perplex und wurde bereits von Lucy am Arm hochgezogen.

Dankbar dafür, dass die Waschräume nicht so schäbig waren, wie man es meistens von Campingplätzen kannte, schlenderten Lucy und ich zurück. Ich war überrascht gewesen, dass sie so gut in Schuss waren und entweder wurde der Platz öfter von Campern genutzt, als ich vermutete, oder es kam regelmäßig jemand her, der hier für Ordnung und Sauberkeit sorgte. Jedenfalls bot das Toilettenhaus zwei spartanische Duschen und ausreichend hygienische Toiletten.

»Also, wie machen wir das denn nun mit den Zelten? Gehen wir beide zusammen in eines? Das wird bestimmt lustig. So wie im letzten Jahr, als wir uns mit Eve ein Zelt zu dritt geteilt haben.« Ich war voller Vorfreude, als wir die ersten Zelte bereits aufgebaut vorfanden.

Die Männer hatten sich für eine Verschnaufpause ans Wasser gesetzt und zelebrierten laut ihren Erfolg beim Zeltaufbau. Fragend wartete ich auf eine Antwort von Lucy, die merkwürdig vor sich hin druckste.

»Ich, ähm ... hatte vor, mit Tobi ... Also der ist ja echt ganz süß und so. Vorhin hatte er eben gefragt, ob wir nicht vielleicht ... Also ... verstehst du?«, stammelte Lucy.

Ich verzog das Gesicht, konnte mir aber ein Lachen kaum verkneifen. »Ehrlich jetzt? Du kennst diesen Tobi nun wie lange? Sieben Stunden? Wann hast du dich denn in den verschossen?«

»Na ja, verschossen würde ich das nicht nennen, aber wir haben reges Interesse aneinander«, druckste meine Freundin herum und lief dabei rot an.

»Auweia. Und mit wem gehe ich in ein Zelt? Du und Eve, ihr seid zwei ganz schöne Verräter, wisst ihr das?«

Seufzend sah ich mich um. Vor allen Zelten lagen bereits Rucksäcke, Schuhe und sonstiges Zeug. Auf dem Weg zu den Baumstämmen, wo sich mein Rucksack und meine Isomatte befanden, tippelte Lucy mir hinterher. Wortlos schmiss ich mein Gepäck über die Schulter und ließ meinen Blick schließlich über die Zelte schweifen, bis Lucy irgendwann auf eines zeigte.

»Da hinten, sieh mal. Das sieht noch leer aus.«

Mit hängenden Schultern machte ich mich auf den Weg zu dem abgeschiedenen Zelt. So schnell waren meine Vorstellungen von einem schönen Ausflug wieder zunichte gemacht worden.

»Mary, tut mir leid«, sagte Lucy und legte ihre Hand auf meine Schulter. »Aber man ist ja nur einmal jung.« Sie grinste ihr charmantestes Grinsen und entlockte mir dennoch ein kleines Lächeln.

»Na gut. Aber dann bist du mir jetzt was schuldig. Mich so allein zu lassen ... Na, wenigstens kann ich so in Ruhe schlafen.«

»Na siehst du, ist doch alles bestens. Das wird toll, glaub mir«, grinste sie weiterhin, machte auf dem Absatz kehrt und verschwand schließlich zu den anderen an den See.

Enttäuscht ließ ich mich vor dem Zelteingang auf die Knie fallen, krabbelte widerwillig hinein und zog meine Sachen hinter mir her. Plötzlich spürte ich daran einen festen Widerstand. Ich zerrte an meinem Rucksack, merkte aber, dass ihn von draußen jemand festhielt.

Irritiert krabbelte ich wieder aus dem Zelt, um zu sehen, wer hier so einen Unfrieden stiftete und schluckte schwer, als ich in nussbraune Augen blickte. »Jake, was soll das? Lass meine Sachen los!« Ich richtete mich auf, um ihm würdevoll entgegenblicken zu können. »Was machst du überhaupt hier?«

»Das Gleiche könnte ich dich fragen. Was machst du hier? Das ist mein Zelt!«

»Dass ich nicht lache«, begehrte ich spöttisch auf. »Das Zelt war noch frei und ich habe es als Erste gefunden. Wo soll ich sonst schlafen, etwa unter freiem Himmel?«, fragte ich und deutete in Richtung des funkelnden Sees.

»Das soll nicht mein Problem sein«, erklärte er unbeeindruckt. »Ich schlafe jedenfalls hier in *meinem* Zelt.«

»Schön! Ich nämlich auch. Es ist ja kein anderes mehr frei«, entschied ich stur. Mir gefiel das Ausmaß, das diese Diskussion langsam annahm, nicht, aber ich hatte ja keine andere Wahl. Es gab weder ein anderes Zelt für mich noch eine andere Schlafmöglichkeit und wieder vor Jake klein beigeben, kam für mich nicht infrage.

»Ist bei euch alles in Ordnung?« Lucy tauchte interessiert wie aus dem Nichts auf und als ich in ihre fragenden Augen blickte, dämmerte es mir.

»O bitte, Lucy, spar dir das. Ich merke sehr wohl, was hier los ist. Du hast mich gar nicht als Unterstützung gegen die Spinnen in den Waschräumen gebraucht, sondern wolltest nur Zeit schinden, damit ich kein Zelt mehr finde. Und vermutlich gehst du gar nicht mit diesem Tobi in ein Zelt, habe ich recht?« Ich hatte sie eiskalt ertappt. Jetzt war auch ihr plötzlicher Aufbruch von vorhin für mich logisch.

Sie allerdings legte entsetzt ihre Hand auf die Brust. »Dass du mir das zutraust. Also wirklich, Mary.« Theatralisch machte sie sich wieder aus dem Staub und ließ mich und Jake allein.

Ich verschränkte die Arme vor der Brust und sah Jake wieder spitz an. »Und was machen wir jetzt? Immerhin ist wirklich nirgendwo mehr was frei.«

»Ich kann mich dahingehend nur wiederholen: Ich

schlafe in meinem Zelt. Leb damit, oder lass es.« Ein leicht belustigtes Grinsen lag auf seinen Lippen.

»Dann wiederhole ich mich auch: Ich schlafe auch hier in diesem Zelt, weil ich es als Erste gefunden habe. Leb damit, oder lass es.«

»Hm, ich glaube, ich kann mich damit sehr gut arrangieren.« Wieder zuckten seine Mundwinkel und mein Magen zog sich auf merkwürdige Weise zusammen. Mein Herz pochte etwas schneller und ich versuchte mich zu beruhigen. Der Gedanke daran, dass Jake und ich uns so nahe sein würden, behagte mir gar nicht.

»Tja, dann ... freu dich mal nicht zu früh.« Ich wandte mich um und krabbelte eilig wieder ins Zelt. Wie erwartet, kam Jake nicht hinterher, sondern ich hörte seine sich entfernenden Schritte. Mir wurde heiß und ich atmete fest aus. Wie sollte ich mich von Jake fernhalten, wenn es dafür einfach keine Möglichkeit gab und meine Freunde ihre teuflischen Finger im Spiel hatten?

Der restliche Tag gestaltete sich, obwohl die Tatsache nach wie vor bestand, dass ich mir in der Nacht mit Jake ein Zelt teilen würde, doch noch ganz angenehm. Wenn sich Jake in meiner Nähe aufhielt, ging ich ihm einfach aus dem Weg. Das war für alle Beteiligten das Beste.

Auf dem Lagerfeuer bereiteten die Männer gerade leckere Würstchen zu, während wir Frauen dafür sorgten, Geschirr und Becher aus den Rucksäcken zu kramen. Wir breiteten alles rund um das Feuer und auf den Baumstämmen aus und tanzten zur Musik, die aus den kleinen Boxen spielte, die Derek mitgebracht hatte. Das Wasser neben uns schimmerte noch immer in einem wundervollen Glanz. Die Vögel sangen um die Wette, und die Sonne verabschiedete sich allmählich hinten den Baumwipfeln.

»Ich stelle am besten alles hier neben die Feuerstelle und jeder nimmt sich, was er braucht«, erklärte Ashley und tafelte alles Nötige, was wir zum Essen brauchten, auf.

»Gute Idee«, pflichtete Lucy ihr bei. »Was meint ihr, Mädels? Zeit für den ersten Drink in diesem Urlaub?« Sie hielt eine Flasche Sekt wie einen Pokal in die Luft.

Wir nickten eifrig und hielten unsere Becher bereit. »Wo ist Britney eigentlich? Will sie nicht auch anstoßen?«, wollte Lucy dann wissen und blickte sich um.

»Die scheint ganz gut beschäftigt zu sein«, stellte Eve fest, als sie sah, dass sie sich wieder an Jake klammerte wie ein kleines Äffchen.

»Oh, Jake, wie gut du grillen kannst. Noch nie habe ich so perfekt gegrillte Würstchen gesehen«, imitierte Lucy sie mit glockenheller Stimme und wir brachen in Gelächter aus.

»Ich glaube, die hat noch nie was zu essen gesehen, so dünn, wie die ist«, spottete Eve leise. »Na los, trinken wir. Die werden ohnehin noch eine Weile beschäftigt sein.«

»Eve hat recht. Ich meine, die hängt ihm schon den ganzen Tag am Hintern. Und mal ehrlich, Jake ist ein heißer Typ. Britney bekommt jeden, den sie will. Es ist nur eine Frage der Zeit, bis die beiden in der Kiste landen. Wäre ich ein Kerl, würde ich vermutlich auch nicht Nein sagen«, philosophierte Ashley und schwenkte ihren Becher nachdenklich hin und her, während sie die beiden Turteltauben beobachtete.

Ich schüttelte entschieden den Kopf. »Ach was, das glaube ich nicht ... Jake würde niemals was mit Britney anfangen. Sie ist nicht sein Typ.«

»Glaub mir, Süße, ab einem gewissen Pegel ist das

auch dem lieben Jake egal«, erklärte Ashley weiter und deutete auf das Bier in Jakes Hand.

Während ich die beiden wieder beobachtete, spürte ich ein unangenehmes Ziehen in meinem Bauch. Britneys strahlendes Lachen und Jakes Grinsen ließen Gefühle in mir hochkochen, die ich einfach nicht benennen konnte. Wann hatte er mich das letzte Mal so angelächelt? Ich konnte mich kaum noch daran erinnern und plötzlich kam es mir vor, als wäre unser Streit schon eine Ewigkeit her. Dabei waren es gerade mal zwei Wochen. »Na ja, mir soll es egal sein.« Ich prostete meinen Freundinnen zu und nahm einen tiefen Schluck aus meinem inzwischen gefüllten Becher.

Obwohl mich die ganze Zeit über ein mulmiges Gefühl im Bauch begleitete, ließ ich mich dennoch von den ganzen lustigen Gesprächen, die Larry oder Derek anzettelten, mitreißen. Inzwischen war es schon sehr dämmrig, sodass man die anderen nicht mehr gut erkennen konnte. Nur das Feuer in der Mitte spendete noch ausreichend Licht, ließ aber durch die Flammen die einzelnen Gesichter verzerrt erscheinen. Ab und zu riskierte ich einen Blick zu Jake, der sich von Britneys falschem Lachen anstecken ließ. Natürlich hatte sie sich beim Lagerfeuer neben ihm platziert.

In meiner Nähe dagegen philosophierten die anderen gerade darüber, ob es nicht auch eine App geben sollte, die einem den Campingurlaub erleichtert, als Daniel mich irgendwann von der Seite anstieß. »Du bist ganz schön abwesend.«

»Was ich? Nein, alles gut. Ich bin nur gespannt, zu welchem Schluss sie bei ihrer Diskussion kommen.« Ich lächelte.

»Interessiert dich das wirklich?«

»Ach, es ist doch lustig, euch beim Diskutieren zuzuhören«, stellte ich fest und räusperte mich reflexartig, als ich sah, wie Britney ihre Hand auf Jakes Bein legte. Durch die Flammen beobachtete ich seine Reaktion und stieß erleichtert Luft aus, als dieser sein Bein vorsichtig wegzog. Ein kaum merkliches Grinsen machte sich auf meinen Lippen breit, als ich ihre Unsicherheit und ein schüchternes Lachen erkannte.

»Nur, dass nicht immer etwas Sinnvolles dabei rauskommt«, flüsterte Daniel und folgte meinem Blick. »Aber tu mir bitte einen Gefallen. Mach dich nicht weiter selbst kaputt und geh endlich auf Jake zu. Ich sehe doch, wie du mit dir kämpfst. Inzwischen kenne ich dich ganz gut, und du bist einfach nicht der Typ, der auf Streitereien steht. Tu dir dieses Spielchen von der da nicht an.« Er deutete mit einem Nicken auf Britney. »Und wenn du reden möchtest, findest du mich vermutlich neben der Kühlbox mit dem Bier«, scherzte er und stieß mit seinem Arm an meinen.

»Danke, Daniel. Ich bin echt froh, dass du dabei bist.«

Mittlerweile war Britney noch näher an Jake gerutscht. Und mein Magen verkrampfte sich mehr und mehr.

Nachdem die Ersten sich in ihre Zelte verabschiedet hatten, unter anderem auch Eve und Derek, machte ich mich ebenfalls auf den Weg in Richtung Schlafplatz. Ich konnte die Turtelei zwischen Britney und Jake nicht länger ertragen und je schneller ich einschlief, desto eher war diese Nacht vorbei.

Einundzwanzig

Ich schaute noch einmal auf mein Smartphone, bevor ich meine Augen erneut zukniff. Die Uhr hatte mir gesagt, dass es etwa halb zwölf war. Mühsam zwang ich mich nun, so schnell wie nur möglich einzuschlafen. Ich wollte, dass die Nacht endlich vorüberging und nicht mitbekommen, wann Jake zurück ins Zelt kletterte. Insbesondere dann nicht, wenn es noch Stunden dauerte – dann würde ich wissen, dass er sich noch mit Britney vergnügt hatte. Und allein der Gedanke schmerzte, als er sich in meinem Kopf breitmachte, auf eine merkwürdige Art und Weise. Aber wie das Leben so spielte, konnte ich nicht abschalten, und so wälzte ich mich unruhig von einer Seite zur anderen. Das Stimmengemurmel draußen verebbte allmählich. Die meisten schienen sich auf den Weg in ihre Zelte gemacht zu haben, der Tag war immerhin anstrengend genug gewesen. Und genau darauf hatte ich ja auch gesetzt, als ich mich hinlegte, um schnell in den Schlaf finden zu können. Doch ich war noch immer zu sehr von den Ereignissen zerrissen.

Plötzlich hörte ich näherkommende Schritte. Eilig drehte ich mich zur Seite, sodass Jake mein Gesicht nicht sehen konnte, und regte mich nicht. Der Reißverschluss öffnete sich langsam und es begann im Zelt zu rascheln. Ich tat so, als würde ich längst schlafen, und versuchte, mich auf keinen Fall zu bewegen. Auf eine weitere Diskussion wollte ich mich nämlich nicht einlassen. Wie ein Stein lag ich da und presste meine Augen angestrengt zusammen. In meinem Schlafsack wurde mir jetzt zu allem Überfluss auch noch tierisch warm. Und, dass ich mich dermaßen anspannte, machte es nicht gerade leichter für mich. Irgendwann ließen die Geräusche nach, und Jake schien sich fertig umgezogen zu haben. Ich wollte mich trotzdem noch nicht bewegen und musste mir erst sicher sein, dass er schlief. Als ich schließlich seinen gleichmäßigen Atem hören konnte, versuchte ich, so leise wie möglich nach meinem Smartphone zu greifen. Konzentriert zog ich es unter meinen Schlafsack, um wieder einen Blick auf die Uhr werfen zu können, ohne, dass er von dem Licht etwas mitbekam. Es war kurz nach zwölf. Ich lächelte. In der kurzen Zeit seit meinem Aufbruch vom Feuer hätte er nicht mit Britney verschwinden können. Mein Herz pochte schlagartig ruhiger und endlich schaffte es auch ich, einzuschlafen.

In meinem Traum begegneten mir die verschiedensten Bilder. Mit Jake. Wir saßen in seinem Wohnzimmer auf der Couch. Der Fernseher, der im Hintergrund lief. Das dämmrige Licht. Der Wein auf dem Tisch. Die knisternde Spannung zwischen uns. Seine Lippen auf meinen. Sein vertrauter Duft. Alles war wie in dem Traum, den ich mittlerweile sehr gut kannte. Er wiederholte sich. Szene für Szene, als würde ich diesen Film in meinem Kopf längst auswendig kennen. Mein Herz raste. Meine Haut kribbelte unter seiner Berührung. Mir war heiß. Und kalt. Irgendwann nahm er meine Hand. Erhob sich vom Sofa und zog mich mit sich.

Wir stiegen die Treppe hinauf in sein Schlafzimmer und lachten dabei über irgendetwas. Mein Gesicht glühte vor Aufregung. Kurze Zeit später drückte er mich auf sein Bett. Ich zog ihm sein Shirt aus, bevor er sich langsam über mich legte. Dann spürte ich heiße Küsse an meinem Hals. Auf meinem Mund. Ich reckte mich ihm entgegen und stöhnte erregt. Atmete schnell und zog ihn an mich. Ich wollte nur noch ihn.

Erschrocken riss ich die Augen auf. Draußen war es mittlerweile hell. Vögel zwitscherten und es dauerte einen Moment, bis ich bei klarem Verstand war. Im Zelt hatte sich eine extreme Hitze angestaut. Ich lag mit meinem Kopf auf etwas Hartem und merkte, dass es sich dabei nicht um mein Kissen handelte. Nach mehrmaligem Blinzeln erkannte ich, dass ich nicht mehr auf meiner Seite des Zeltes lag. Ich fühlte etwas Warmes an meiner Hand, wagte aber nicht, mich zu bewegen, ehe ich nicht wusste, was los war. Durch das stetige Heben unter mir schloss ich, dass ich auf jemandem lag. Auf Jake!

Panisch hielt ich den Atem an. Mein Arm war fest um ihn geschlungen. Meine Hand unter seinem Shirt vergraben. Was tat ich hier? Ich musste im Schlaf zu ihm hinübergekrochen sein! Ohne mich auch nur das kleinste bisschen zu rühren, lauschte ich seiner Atmung. Er schien noch fest zu schlafen. Jedenfalls bewegte er sich nicht. Hatte er mitbekommen, dass ich mich an ihn gekuschelt hatte? Warum machte ich solche merkwürdigen Sachen im Schlaf? Mit zusammengepressten Zähnen nahm ich meine Hand von seinem festen Bauch. Wie eine Katze bewegte ich mich langsam von ihm weg und versuchte dabei, so wenig Geräusche zu machen wie möglich. Ich hielt kurz inne, als er sich regte und kniff betend die Augen zusammen. Ich musste von ihm weg. Wenn er das mitbekommen würde, hätte er etwas, womit er mich ewig aufziehen konnte. Und dass es mir peinlich war, musste ich ja wohl kaum erwähnen.

Schließlich schaffte ich es, mich komplett von ihm zu lösen, ohne ihn zu wecken, und atmete erst aus, nachdem ich meine Sachen geschnappt hatte und lautlos aus dem Zelt verschwunden war.

Nachdem ich kalt geduscht hatte und nur langsam einen klaren Kopf bekam, marschierte ich zum Zeltplatz zurück. Je länger ich für den Weg brauchte, desto besser. Ich wollte Jake nur ungern begegnen. Wenn ich mir schon seinen Blick vorstellte ... Gott, wie sehr ich wünschte, dass er von meiner nächtlichen Knuddelattacke nichts mitbekommen hatte. Aber als ich wach geworden war, hatte er tief und fest geschlafen, und wer hätte wissen können, wann ich mich zu ihm hinüberbewegt hatte? Vielleicht war das ja auch nur kurz, bevor ich aufgewacht war, passiert? Vielleicht bestand also gar kein Grund zur Sorge. Ich hämmerte mir diesen Gedanken in mein Hirn ein und nahm mir vor, mich so unauffällig wie nur möglich zu verhalten. Dummerweise kannte ich mich selbst zu gut, sodass ich wusste, dass es nur in die Hose gehen konnte.

Von Weitem erkannte ich schon ein paar der anderen, die sich um die Feuerstelle platziert hatten und den Morgen auf sich wirken ließen. Manche von ihnen, unter anderem Tobi, sahen ein wenig mitgenommen aus. Vermutlich war es eine lange Nacht mit Lucy gewesen. Zumindest war sie damit ehrlich zu mir gewesen und hatte wirklich mit ihm die Nacht verbracht. Ich lächelte in mich hinein, schmiss meine alten Sachen in das Zelt und krabbelte ins Innere. Es war leer. Gott sei Dank. Jake war nicht da. Ich hielt mich nicht erst lange im Zelt auf, sondern sortierte nur eilig meine Kleidung in meinen Rucksack und begab mich dann zu den anderen.

Eve drückte mir gleich zur Begrüßung eine kleine Flasche Wasser in die Hand und grinste breit. »Und? Wie war deine Nacht?«

»Du kannst aufhören mit deinen Augenbrauen zu wackeln«, stoppte ich ihre Euphorie, griff nach der Flasche und schlängelte mich an ihr vorbei.

»Komm schon«, nörgelte sie, während ich mich neben Lucy setzte, die ebenfalls müde und kaputt wirkte.

Fragen dazu stellte ich ihr besser nicht. Entspannt ließ ich meinen Kopf nach hinten fallen und lehnte mich gegen den großen Baumstamm, der am Abend zuvor noch als Sitzbank gedient hatte. Eve stürzte sich neben mich und sah mich erwartungsvoll an.

Mit Nachdruck rollte ich mit den Augen. »Eve! Dich kann man einfach nicht ignorieren. Es ist nichts in irgendeiner Art und Weise passiert. Wir haben nicht mal miteinander gesprochen. Als er ins Zelt kam, habe ich schon tief und fest geschlafen. Tut mir leid, dass ich nicht mehr zu bieten habe.« Obwohl ich mir vorgenommen hatte, nun immer ehrlich zu sein, war das hier kein guter Moment, um ihr von meinem Kuschelkurs zu erzählen. Schlagartig sackten Eves Schultern eine Etage tiefer.

Plötzlich hörten wir laute männliche Rufe. Wild und durcheinander. Erschrocken sahen wir uns um. Schließlich vernahmen wir Schritte neben uns und sahen aufwirbelnden Sand, der in die Luft geschleudert wurde. Derek, Larry, Daniel und Joey rasten oberkörperfrei wie verrückt aufs glänzende Wasser zu und jubelten dabei lauthals. Lachend beobachteten wir die Horde, die sich ins kalte Wasser stürzte. Tobi, der sich noch immer den Kopf stützte, schaute kurz auf und sackte wieder in sich zusammen. Er konnte sich für eine Abkühlung anscheinend nicht begeistern. Benjamin kam gerade aus seinem Zelt und schüttelte nur den Kopf, als wäre er zu alt für so eine spontane, lustige Aktion. Kurz darauf kam Jake auch noch angeschossen und rauschte zu den anderen ins Wasser. Mein Herz blieb schlagartig stehen und mir klappte der Mund auf. Ich zwang mich, nicht hinzusehen, konnte aber auch nicht wirklich meinen Blick von ihm abwenden.

Er sah unbeschreiblich gut aus, so in Badeshorts. Ich hatte ihn zwar schon öfter beim Schwimmen gesehen, aber das war eine ganze Weile her. Seitdem schien er noch mehr trainiert zu haben. Wow! Mit schief geneigtem Kopf beobachtete ich, wie er ausgelassen lachte und Derek beiseite stieß. Meinem Herzen versetzte das einen kleinen Stich. Konnte ich irgendwann auch mal wieder so ausgelassen mit ihm zusammen sein? Wenn ich ihn so sah, wusste ich, dass ich ihn wiederhaben wollte. Unbedingt. Allerdings schien er mir im Moment so nahe und doch so fern.

»Mary! Hab ich dich erwischt!«

Schlagartig wurde ich aus meinen Gedanken gerissen und sah überrascht zu Eve, die ihr höhnisches Lächeln kaum verbergen konnte. »Was ist?«, fragte ich, räusperte mich kurz und lehnte mich wieder gelassen an den Baumstamm, den Blick endlich von Jake losgerissen.

»Ich habe gesehen, wie du geschaut hast«, stellte sie spitzbübisch fest und zog eine Augenbraue hoch.

»Ja, genau wie du auch. Da schwimmen gerade fünf Männer vor unseren Augen in Badeshorts. Natürlich habe ich hingesehen. Du doch auch.«

»Aber nicht nur auf eine Person, Mary. Du hast Jake angestarrt. Als er nämlich ins Wasser lief, warst du schlagartig wie in Trance«, erklärte sie neckisch. Anscheinend hatte sie es sich zur Aufgabe gemacht, meine Reaktionen bezüglich Jake bestens zu studieren und zu analysieren.

»Eve, bitte«, seufzte ich und setzte mir meine Sonnenbrille auf. Innerlich schwor ich mir, diese in der nächsten Zeit öfter zu tragen, dann konnte keiner mehr erkennen, wo ich hinsah.

Die Sonne wurde immer stärker und die Jungs tobten ausgelassen im Wasser. Allein bei dem Gedanken, in den See zu steigen, fror ich. Aber die fröhliche Stimmung tat mir gut, und so genoss ich die Sonne und die Gegenwart meiner Freunde und deren Unterhaltungen. Außer natürlich die von Britney. Da diese aber noch ihren Schönheitsschlaf in ihrem Zelt hielt, interessierte sie mich vorerst auch nicht.

Das Lachen der Männer kam allmählich näher und ich blickte über meine Sonnenbrille hinweg auf. Sie kamen auf uns zu und ließen sich in unserer Runde nieder. Tropfnass fragte Derek, ob wir nicht auch Lust auf eine Abkühlung hätten, und griff nach einem Handtuch, das auf einem der Baumstämme hing.

Eilig schüttelte ich den Kopf. »Ich denke, das ist mir leider noch ein bisschen zu kalt. Ich friere ja schon, wenn ich euch nur ansehe.« Lachend lehnte ich mich wieder zurück und spürte plötzlich jemand Nasses neben mir sitzen. Erschrocken wirbelte ich herum, als ich Jake aus den Augenwinkeln erkennen konnte.

Der Sonnenbrille sei Dank konnte er meinen verwunderten Blick nicht erkennen. Ich spürte eine leichte Kälte, die von dem Wasser an seinem Körper ausging, zugleich stieg in mir eine unglaubliche Hitze auf. Wieso sah er so muskulös aus? Wie viel Sport hatte er denn bloß in der letzten Zeit getrieben?

»Bist du sicher, dass du keine Abkühlung brauchst? Du bist ja ganz rot im Gesicht«, stellte er mit einem hämischen Grinsen auf den Lippen fest.

»Nein, ich brauche sicher keine Abkühlung. Alles bestens. Aber nett, dass du dich so um mich sorgst.«

»Ich mache mir eher Sorgen um mich«, gab er zurück und verzog den Mund zu einem schiefen Lächeln.

»Wie meinst du das?«

Schulterzuckend fuhr er sich mit seiner Hand durch seine nassen Haare, die ihm ins Gesicht fielen.

Immer wieder musterte ich ihn durch meine Brille, beobachtete einzelne Tropfen auf seinen Unterarmen und zwang mich endlich, wegzusehen. Warum zog er meine Blicke so an?

»Na ja, ich habe gesehen, wie du mich mit deinen Augen vorhin beinahe aufgefressen hast. Nicht, dass du plötzlich über mich herfällst.«

Sprachlos verzog ich das Gesicht. »Ist das dein Ernst? Das ist so ziemlich das Idiotischste, was ich jemals gehört habe. Keine Sorge, mein Gesicht ist nur rot durch die Sonne. Wenn ich dich ansehe, bekommst du das schon mit, dann ist mein Gesicht nämlich eher grün.« Ich blickte stur geradeaus. Neben mir hörte ich wieder sein Lachen. Eine Gänsehaut bereitete sich verräterisch auf meinem Körper aus.

»Na, dann bin ich ja beruhigt.« Er stand schließlich auf, hielt jedoch, kurz bevor er zum Gehen ansetzte, einen Moment inne. »Ach, und bevor ich es vergesse«, er drehte sich noch einmal zu mir und beugte sich leicht in meine Richtung. »Ich hoffe, du hattest eine angenehme und vor allem gemütliche Nacht in meinem kleinen Zelt. Die nächste Nacht kannst du es dir gern wieder dort *ge-*

mütlich machen.« Er zwinkerte mir zu und wandte sich zum Gehen.

Mit offenem Mund saß ich wie erstarrt da und blickte anschließend peinlich berührt auf meine Finger. Hoffentlich hatte das keiner gehört. Verdammt, war er etwa doch wach gewesen vorhin? Nicht nur, dass Jake anscheinend doch mitbekommen hatte, wie ich mich an ihn gekuschelt hatte, jetzt scharwenzelte er hier auch noch mit seinem perfekten Körper vor meiner Nase herum. Ich brauchte ein wenig Ruhe. Luft zum Atmen. Ich musste hier weg.

Gedankenverloren schlenderte ich ans Wasser und ließ die anderen hinter mir erst mal links liegen. Irgendwas kam mir an dem ganzen Ausflug zunehmend komisch vor. Es wirkte alles geradezu inszeniert. Und Jake machte mich völlig verrückt. Sauer, wütend, traurig und verlegen zugleich. Eigentlich sollte ich froh sein, so lange keine meiner Visionen mehr gehabt zu haben und endlich wieder mehr zu mir selbst finden zu können, aber die Geschichte mit Jake war auch nicht angenehmer.

Eine frische Brise wehte mir ins Gesicht und ich reckte mich ihr entgegen. Sog die Luft tief ein und pustete sie langsam aus. Der wunderschöne Blick auf den See, umgeben vom dunkelgrünen Wald, hob meine Laune etwas.

Plötzlich spürte ich einen festen Griff hinter mir. Zwei starke Hände, die mich an der Hüfte packten und mich in die Luft wirbelten. Erschrocken schrie ich auf und erkannte zwischen all den durch die Bewegung so wackligen Bildern, die ich wahrnahm, dass Jake mich über seine Schulter geworfen hatte und mit mir ins Wasser schritt, als wäre ich bloß ein Sack voller Federn. Ich vernahm sein verschwörerisches Lachen und schrie auf. Unter mir glitzerte bereits das kalte Wasser.

»Jake, das wagst du nicht«, drohte ich und schlug ihm

mit der Faust auf seinen steinharten Rücken. Zugegeben, die Aussicht, die sich mir bot, war nicht gerade die schlimmste.

»Und wenn doch?«, fragte er, als seine Hüften bereits vom Wasser umgeben waren.

»Dann werde ich …« Doch es passierte alles viel zu schnell. Lachend wirbelte er mich nach vorn und schmiss mich ins furchtbar kalte Wasser. Mein Schrei wurde erstickt, als ich unter die Wasserfläche geriet, und eilig schnellte ich schnaubend wieder hoch.

»Verdammt, was sollte das?«, rief ich und umklammerte zitternd meine Arme.

Jake lachte noch immer schadenfroh. »Ich glaube, das war mehr als nötig. Du musst dich mal wieder locker machen.«

»Verdammt, Jake, ich bin locker! Würdest du nicht immer wieder dazwischen grätschen.«

»Hey, das war nur ein kleiner Spaß, Mary. Ich wollte dich mal wieder ein bisschen zum Lachen bringen. Das Ganze zwischen uns etwas auflockern. Mensch, du bist ja kaum wiederzuerkennen. Was ist denn dein Problem?«, fragte er und festigte seine Stimme.

Ich spürte einen Kloß in meinem Hals, der sich immer weiter ausbreitete. Tränen sammelten sich in meinen Augen und mein Herz schlug in schnellerem Takt. Schniefend sah ich ihn an. »Jake, *du* bist mein Problem. Du bringst mich total durcheinander. Ich erkenne mich selbst nicht mehr!«

In seinen Augen sah ich, wie ihn meine Aussage überforderte. Er erwiderte nichts, schenkte mir lediglich einen Blick, der entweder Reue oder Mitleid bedeutete. Vielleicht aber auch Hilflosigkeit.

Seufzend wandte ich mich ab und stapfte zitternd aus dem Wasser. Ich ging einige Meter durch den Wald am

Ufer entlang und erst als ich mir wirklich sicher war, dass mir niemand folgte, setzte ich mich an eine kleine, sandige Stelle direkt am Wasser. Gesäumt von großen Eschen. Ich legte den Kopf auf die Knie und umklammerte meine nassen Beine mit meinen ebenso nassen Armen. Kleine Tropfen rannen mir am Nacken entlang und bahnten sich ihren Weg meinen Rücken hinunter. Schluchzend starrte ich auf den schimmernden See und versuchte, den Kloß in meinem Hals zu bändigen.

Ich wollte nicht weinen. Und ich hatte schon gar nicht Jake anschreien wollen. Aber es war einfach alles zu viel gewesen. Erst der Unfall, dann diese Visionen und die falschen Gefühle für Daniel. Die Erkenntnis, dass ich doch nichts außer Freundschaft für ihn empfand, und dann der wohl größte Streit meines Lebens mit Jake, der mir erzählt hatte, dass ich ihn angeblich liebte und mit ihm geschlafen hatte. Dummerweise entzog sich das noch immer meiner Kenntnis. Und dann hatte ich hier dieses Gefühl, dass sich alle einen Spaß aus dem Streit zwischen Jake und mir machten. Das Schlimmste aber war, dass ich Jake wieder und wieder verletzte, obwohl ich das gar nicht wollte. Hinter mir hörte ich ein leises Knacken und immer näherkommende Schritte. Eilig wischte ich mir meine Tränen, die noch immer auf meiner Haut brannten, fort und sah stur geradeaus. Aus den Augenwinkeln erkannte ich, wie sich Jake neben mich setzte und mir stumm ein Handtuch reichte. Inzwischen hatte er sich ein Shirt übergezogen, aber auf seinem Arm glänzten noch immer ein paar einzelne Tropfen des Seewassers. Still nahm ich das Handtuch entgegen und tupfte mir mein Gesicht ab.

»Findest du nicht auch, dass es langsam reicht?«, fragte Jake nach einer ganzen Weile.

»Was meinst du?«

»Na, das mit uns. Also ich finde, wir können allmählich aufhören, uns gegenseitig zu bekriegen.« Er spielte mit den Fingern gedankenverloren im Sand. »Ich liebe es, dich zu ärgern, aber wenn du nicht mitmachst, dann ist es nicht das Gleiche«, gestand er. »Ich bin nach wie vor echt sauer auf dich. Aber ich vermisse dich auch. Und das mit uns. Egal in welcher Form. Du fehlst mir.«

Meine Lippen begangen zu beben und ich musste mich beherrschen, unter seinen Worten nicht zu weinen. Stattdessen holte ich tief Luft. »Wie konnte das alles mit uns passieren? Ich meine, ich habe das Gefühl, dass ich nicht mal mehr wirklich weiß, warum wir uns eigentlich gestritten haben. Ja, ich habe dich angelogen und ja, du hättest mir gegenüber ein Wort erwähnen können, aber irgendwie denke ich, ist es längst nicht mehr das, um was es hier geht, oder?«

»Wenn du mich fragst, dann weiß ich es selbst nicht. Irgendwie haben wir uns völlig in diesem Streit verloren.«

»Vielleicht habe ich einfach nur Angst, Jake. Nach dem, was du mir gesagt hast, also das, was mit uns vor meinem Unfall war ... Wie soll ich damit umgehen?«, fragte ich und sah ihm das erste Mal seit unserem Streit richtig in die Augen. »Wie soll es wieder so werden wie früher, jetzt, wo ich weiß, dass wir miteinander geschlafen haben und nur du dich daran erinnerst?« Ich schüttelte verzweifelt den Kopf. »Es ist so extrem kompliziert.«

»Nein«, wandte Jake ein. »Du machst es nur kompliziert. Deine Erinnerungen werden früher oder später wieder zurückkommen.«

»Und wenn nicht?«

»Dann schaffen wir neue Erinnerungen.«

Wir schwiegen einen Moment und ich blickte auf das Wasser.

»Jake? Wie hat das mit uns angefangen? Also vor meinem Unfall. Wie ist das alles passiert?«

Er dachte einen Augenblick nach. »Hm, irgendwie passierte es einfach. Wir haben viel miteinander unternommen, du warst ständig bei mir, hast bei mir übernachtet. Erst ist nichts passiert, aber irgendwann haben wir uns nach und nach mehr angenähert.«

»Und wie standest du zu mir? Also, wie hast du für mich empfunden?«, fragte ich dann, auch wenn ich die Antwort vielleicht nicht wissen wollte. Abwartend nestelte ich an dem Handtuch.

»Ich habe mit der Zeit gemerkt, wie sehr ich deine Nähe genossen habe. Ich wollte dich am liebsten immer um mich herum haben. Dich lachen sehen. Opfer deiner schlechten Witze sein. Immer wenn du da warst, und sei es auch, wenn wir mit mehreren Leuten unterwegs waren, hast du mir ein gutes Gefühl gegeben. Das Gefühl, dass du immer für mich da sein würdest. Das hatte ich schon immer bei dir. Auch damals, als das mit meinen Eltern passiert ist.« Er räusperte sich kurz.

Ich kämpfte mit meinen Tränen und presste meine Lippen fest zusammen. Der See vor meinen Augen verschwamm.

»Wenn du bei mir im Haus warst, und dann irgendwann nach Hause gegangen bist, war auf einmal alles so leer. Da habe ich die ersten Male gemerkt, dass da mehr ist. Irgendwie fehlte was, du fehltest. Du hast mich wieder mit Leben gefüllt und mich einfach zum Lachen gebracht. Auch wenn du herumgezickt hast, egal. Hauptsache, du warst bei mir. Ich glaube, du bist sogar die erste Frau, in die ich mich so richtig verliebt habe«, fügte er leise hinzu und blickte ebenfalls auf das Wasser. »Außer der Kleinen mit der Zahnspange, als ich in der dritten Klasse war. Die war auch heiß.« Er lachte leise und entrang mir so ein kleines Lächeln. »Wie stehst du jetzt zu mir?«

»Es hat sich auch bis heute nichts an meinen Gefühlen geändert.«

Ich schluchzte wieder und atmete tief durch. »Und habe ich dich genauso geliebt wie du mich?«, fragte ich mit zittriger Stimme und spürte eine Träne auf meiner Lippe.

Jake nickte. »Ja, ich denke schon.«

Wir hatten eine ganze Weile schweigend dagesessen und auf den See gestarrt. Allein die Tatsache, dass Jake bei mir war, machte es um Längen besser, und ich konnte das erste Mal wieder etwas entspannter in seiner Gesellschaft durchatmen. Allerdings war das, was er mir gerade noch erzählt hatte, so in meinem Kopf verwoben, dass es eine Weile dauern würde, bis ich die einzelnen Gedanken sortieren würde können. So etwas Schönes wie Jake hatte mir noch nie jemand gesagt. Und allein der Gedanke an seine Worte bereitete mir eine Gänsehaut. Auf einmal ergab vieles Sinn. Dass Jake mich nach meinem Unfall unbedingt bei sich haben wollte. Dass er mir die Bilder auf seinem Smartphone gezeigt hatte. Die immer wiederkehrenden Fragen, ob ich mich wieder erinnern würde. Seine Energie. Seine Fürsorge. Alles ergab Sinn. Ich erinnerte mich an seinen Blick, als er an meinem Bett gesessen hatte, kurz nach dem Unfall. Er hatte unbedingt gewollt, dass ich mich an unsere gemeinsame Zeit zurückerinnern konnte.

»Okay, du sagst also, dass ich dich genauso geliebt habe wie du mich. Aber was ist, wenn ich mich nie mehr daran erinnern kann? Wenn meine Erinnerungen überhaupt nicht mehr wiederkommen? Was machen wir dann?«, durchbrach ich die Stille, die sich auf angenehme Art und Weise um uns herum ausgebreitet gehabt hatte.

»Hm, das ist schwer zu sagen. Ich persönlich hoffe ja, dass du dich wieder erinnern wirst.«

»Jake, wir müssen realistisch bleiben. Bislang sind keine Erinnerungen da, und ich weiß auch nicht, wie ich sie krampfhaft herbeizaubern kann. Also müssen wir auch darüber sprechen. Aber ich bin mir sicher, dass ich dich auf keinen Fall verlieren möchte.«

»Wenn du dich nicht wieder erinnern solltest, dann werde ich erst mal eine Weile Abstand brauchen. Wenn wir wollen, dass es wieder so wird wie früher, musst du mir Zeit geben, sodass ich versuchen kann, über dich hinwegzukommen. Das wird nicht einfach. Ich kann auch nichts versprechen. Wir können es nur versuchen. Aber ich kenne uns und denke, dass wir es schaffen können.« Seine Stimme war mit einem Mal viel leiser und brüchiger geworden.

Es brach mir das Herz.

»Hast du denn nicht manchmal irgendwelche Bilder von uns vor Augen, die du nicht zuordnen kannst? So kleine Fetzen? Irgendwas?«, fragte er fast schon verzweifelt.

Ich presste meine Lippen aufeinander und schüttelte vorsichtig den Kopf. Ich wollte meine Träume, die ich mit ihm hatte, vorerst noch nicht erwähnen. Immerhin waren es keine Erinnerungen, sondern nur Träume. Ihm zu gestehen, dass ich immer wieder Sexträume von ihm hatte, war mir mehr als unangenehm und es passte nicht in unser derzeitiges Gespräch.

»Und Gefühle? Ist nichts irgendwie hängen geblieben? Ich meine, was fühlst du, wenn du mich siehst? Wenn du neben mir sitzt. Wie jetzt zum Beispiel.«

Nachdenklich kaute ich auf meiner Lippe und verkniff mir eine weitere Träne. »Ich habe so ein Kribbeln im Bauch, Jake. Und ich habe den Anblick von dir und Britney zusammen gehasst. Wie sie sich an dich rangemacht hat. Ich war todtraurig nach dem Streit mit dir und ich bekomme eine Gänsehaut, wenn du neben mir sitzt. Und ja, ich habe dich vorhin im Wasser angestarrt. Und ja, es hat mir sogar sehr gefallen«, gab ich schüchtern zu und hielt mir den Anblick, den er mir kürzlich im Wasser geboten hatte, noch einmal vor Augen.

»Das ist doch schon mal ein Anfang.«

Seine Stimme hellte sich auf und doch wusste ich, dass ich ihm die Euphorie nicht lange würde schenken können.

Wieder schüttelte ich den Kopf. »Jake, ich weiß nicht, ob das reicht. Ich sehe dich inzwischen mit anderen Augen, aber ich habe Angst, dass ich das nur tue, weil du mir das von uns erzählt hast. Verstehst du, was ich meine? Ich habe Angst, dass ich mir das alles einbilde. Was ist, wenn ich so tue, als ob, und dir am Ende nur noch mehr das Herz breche, weil meine verdammten Erinnerungen nicht zurückkommen? Das kann und will ich dir nicht antun! Ja, es ist, glaube ich, mehr als nur Freundschaft, was ich für dich empfinde. Aber ich kann dir noch nicht sagen, ob das reichen wird.«

Niedergeschlagen raffte sich Jake schließlich auf. »Okay, dann sollten wir uns erst mal jeder die Zeit nehmen, die er braucht. Du hast recht. Es zu erzwingen, würde keinem von uns was bringen. Weißt du, wie schwer der Gedanke ist, dass du mich eigentlich liebst, aber es nicht mehr weißt? Eigentlich bist du so nah und doch so fern. Und die Tatsache, dass alles so auf der Kippe steht, ist echt scheiße. Vielleicht gehen wir weiterhin erst mal auf Abstand und warten einfach, was passiert. Ich will dich nicht drängen und auch nicht verlieren, aber wie es weitergeht, weiß ich ehrlich gesagt nicht. Ich muss erst mal für mich sein, ich hoffe, du verstehst das.«

Ich nickte traurig und blickte ihm unter Tränen hinterher, als er aufstand und zwischen den Bäumen verschwand.

Bis ich mich aufraffen konnte und den Weg zurück einschlagen, dauerte es eine ganze Weile, denn meine roten Augen sollte nicht gleich jeder sehen. Und Jake sollte mich besser auch nicht ständig um sich haben. Es brach mir das Herz, dass ich ihm nichts Freudigeres hatte erzählen können. Mein schlechtes Gewissen drohte mich beinahe aufzufressen. Aber was brachte es, die Pferde wild zu machen, um dann zu merken, dass es nicht reichte? In meinem Kopf waren Jake und ich beste Freunde, und von jetzt auf gleich sollten wir nun ein Paar sein? Die Entwicklung dahin hatte ich durch den Unfall leider übersprungen. Und falls ich diese nicht noch einmal durchmachte, würde es für Jake und mich umso schwieriger werden.

Erst, als meine Tränen getrocknet waren, stapfte ich zurück zu den anderen, die anscheinend alle verteilt die Gegend erkundeten. Jake erblickte ich vorerst nicht. Eve saß einsam am Wasser und ließ die Sonne auf sich scheinen. Fast schon wie ein Model lag sie anmutig da, ihre langen Beine von sich gestreckt und bräunte ihre ohnehin schon sonnengeküsste Haut. Stumm setzte ich mich neben sie.

»Geht's dir gut? Ich habe dich nicht kommen hören«, fragte sie, richtete sich eilig auf und sah mich von der Seite an.

Ich schüttelte bedrückt den Kopf. »Eve, ich muss dich

was fragen. Du sagtest, dass ich dich am Tag des Unfalls angerufen habe und ich dir unbedingt was erzählen wollte, aber eben nur persönlich und nicht am Telefon.«

Sie nickte wissend.

»Nun, hast du eine Idee, was das gewesen sein könnte? So aus dem Bauch heraus? Du kennst mich am besten. Aus welchen Gründen würde ich dich anrufen, also, was vermutest du?«

Sie dachte einen Moment nach und lächelte. »Also deiner Aufregung nach zu urteilen, hattest du einen Mann kennengelernt. Ich würde sogar fast so weit gehen und sagen, dass du mit ihm was gehabt hattest. Ich meine, so aufgeregt wie du warst, und na ja, wir beide wissen, dass du ziemlich lange brauchst, bis du dich mal auf einen Mann einlässt, da du ja ohnehin immer ein bisschen prüde ...«

Ich bedachte sie mit einem warnenden Blick.

»... bist ... Also was ich eigentlich sagen will: Ich kenne dich inzwischen lange genug und merke, wenn da ein Mann im Spiel ist.«

»Ist dir an mir und Jake in den Wochen vor meinem Unfall was aufgefallen? Haben wir uns anders verhalten? Oder ich mich?«, fragte ich und zupfte nachdenklich an dem Handtuch, das ich noch immer bei mir trug.

»Hm, ehrlich gesagt nicht wirklich. Ihr wart so wie immer: unzertrennlich. Da konnte es mir gar nicht auffallen, wenn da mehr zwischen euch war. Und du ...« Sie dachte kurz nach und lachte auf. »Du warst ziemlich happy. Ich habe mir erst nichts dabei gedacht, aber als du angerufen hast, da dachte ich mir, dass was passiert war. Was Gutes.«

Ich sah aufs Wasser. »Also muss es wegen Jake gewesen sein«, stellte ich fest. »Wenn das alles so stimmt, hatten wir was vor meinem Unfall miteinander und ich war in ihn verliebt. Und ich erinnere mich einfach nicht«, seufzte ich leise. Ich drehte mich um und suchte nach ihm. »Wir hatten gerade ein ernsthaftes, aber auch endlich mal wieder ein ruhiges, versöhnliches Gespräch. Weißt du, wo er jetzt ist?«

Eve schluckte kurz und nahm nun ihre Sonnenbrille ab. Ihr Blick sah nicht gut aus.

»Was ist los?«, wollte ich wissen und spürte, wie mein Herz heftig zu schlagen begann. Wenn Eve bedrückt dreinschaute, wusste ich, dass etwas nicht in Ordnung war.

»Mary, Jake ist …«

»Was, wo ist er?« Wieder ließ ich meinen Blick über die Leute schweifen und erst jetzt fiel mir auf, dass ich weder Larry noch Derek sehen konnte.

»Mary, Jake ist mit den anderen vor einer halben Stunde abgereist.«

»Was?«, fragte ich erneut und spürte, wie sich ein ungutes Gefühl in mir ausbreitete.

»Als er wiederkam, sah er echt mies aus. Er hat sich nur kurz verabschiedet und meinte, er würde uns alles wann anders erklären. Larry und Derek haben dann angeboten, vorzeitig zu fahren. Es ist besser, wenn er ein bisschen Abstand bekommt.« Eves Stimme war ruhig und sachlich, wenn auch nur wenig tröstend.

Innerlich zerriss mich der Gedanke, dass er wegen mir heimgefahren war. Um mich herum begann sich alles zu drehen. Eilig sprang ich auf. »Ich muss ihm hinterher!«

Doch Eve hielt mich am Arm fest und zog mich wieder zu sich hinunter. »Mary, es ist besser, wenn du ihn in Ruhe lässt. Larry und Derek sind bei ihm. Das ist, denke ich mal, das Beste so.«

»Bitte nicht«, flüsterte ich und presste meine Lippen fest zusammen.

»Wenn du möchtest, können wir auch gern abreisen. Das ist kein Problem. Daniel hat es schon angeboten und Lucy ist auch einverstanden. Wir können nachvollziehen, dass das hier nicht euer schönstes Wochenende war. Und außerdem sind wir ja nicht unschuldig daran. Immerhin haben wir alles so eingefädelt, dass ihr euch wieder annähert. Es tut mir schrecklich leid, dass es so nach hinten losgegangen ist. Wir wollten euch nur helfen.«

Ich war zu erstarrt, um zu antworten, und nickte nur knapp. Jetzt wollte ich nur noch weg. Nur noch nach Hause!

Zweiundzwanzig

Nachdenklich verbrachte ich erneut einen einsamen Abend auf meinem kleinen Balkon. Inzwischen waren drei Tage vergangen, seitdem wir wieder von unserem Ausflug zurück waren. Von Jake hatte ich nach wie vor nichts gehört. Ich wusste, dass es das Beste war, wenn ich ihm seinen Freiraum ließ, den er dringend brauchte. Aber mit jeder weiteren Sekunde schien etwas in mir zu zerbrechen. Ich vermisste ihn mehr denn je, weil mir mehr als bewusst war, wie sehr ich ihn verletzt hatte. Dass ich ihm sein Herz gebrochen hatte. Ich schämte mich und konnte gar nicht in Worte fassen wie sehr. Drei Tage, in denen ich kaum einen Bissen hinunterbekommen hatte. In denen ich mich hier zu Hause wie ein Feigling eingeigelt hatte. Traurig saß ich da und blickte auf den kleinen, gepflasterten Weg, der sich von hier bis zur Straße erstreckte. Der früher zu meinem kleinen Auto geführt hatte. Auch der dicke Kater Fred lag wie immer an Ort und Stelle unter der großen Eiche und sog wohl noch schnell die letzten Strahlen, die die Sonne hergab, in sich ein. Träge streckte er sich kurz und rollte sich wieder zusammen. Ohne meinen Blick von ihm zu nehmen, legte ich den Kopf schief und stieß mich mit den nackten Füßen von den Metallstreben der Umrandung meines Balkons ab. Gedankenverloren kippelte ich mit meinem Stuhl leicht nach hinten und beobachtete weiter den trägen Kater. Nachdenklich griff ich nach meinem Wasserglas, das ich auf dem Tisch neben mir abgestellt hatte, und trank einen Schluck. Als ich es jedoch wieder abstellen wollte, bemerkte ich ein verdächtiges Ruckeln an meinem Stuhl und versuchte gerade noch mein Glas abzustellen und das Gleichgewicht wiederzuerlangen. Doch mein Stuhl neigte sich gefährlich nach hinten und ich ruderte hilflos mit den Armen, als ich mich nicht mehr halten konnte und mit einem Rums hintenüber fiel. Einen Schrei ausstoßend, landete ich rücklings auf dem Boden meines Balkons. Ein fieses Stechen zog sich durch meinen Kopf und ich stöhnte vor Schmerzen auf. Einen Augenblick lang hatte ich das Gefühl, Sterne vor meinen Augen tanzen zu sehen und blinzelte einige Male. Ächzend rollte ich mich vom Stuhl und fasste mir leicht benommen an den Hinterkopf. Kein Blut. Gott sei Dank. Doch eine Beule konnte ich jetzt schon spüren. Es fühlte sich an, als befände sich in meinem Kopf ein Flipperautomat, der meine Gedanken wie einen Ball hin- und her schubste.

Träge rieb ich mir die Augen und hielt sie eine Weile geschlossen, bis ich merkte, dass der Schmerz und der Schrecken langsam nachließen. Die Welt um mich herum wurde wieder klarer, als ich es schließlich schaffte, mich vollständig aufzuraffen. Dabei fiel mein Blick auf das inzwischen zersplitterte Wasserglas, dessen Inhalt sich in einer feinen Spur zum Geländer entlang zog. Gemächlich tröpfelte es am Rand meines Balkons hinab und meine Aufmerksamkeit fiel wieder auf das vertraute Bild des schlafenden Katers. Dieser Kater, der jeden Morgen einer der Ersten war, den ich sah. Erneut fasste ich an die

Stelle mit der Beule und atmete langsam ein und wieder aus.

Und dann geschah alles ganz schnell. Auf einmal baute sich vor meinen inneren Augen ein Bild auf. Es kam so plötzlich, dass ich es erst kaum verstand. *Der hauseigene Kater Fred saß wie immer unter der schattigen Eiche und beobachtete träge die Menschen, die an ihm vorbeihasteten.* Ich schüttelte leicht den Kopf, spürte dabei einen stechenden Schmerz, aber starrte unerlässlich auf den Weg zur Straße. *»Tut mir leid, Kleiner«, lächelte ich ihm entschuldigend entgegen und eilte weiter in Richtung Auto.* Es war, als würde ich mich aus einer anderen Perspektive sehen. Ich schlug die Hand auf meinen Mund und trat näher an die Brüstung des Balkons heran. Konzentriert blickte ich weiter auf die Stelle. Dahin, wo sonst immer mein Auto gestanden hatte. *Als ich schließlich mein kleines, klappriges Auto erreichte, warf ich meine Unitasche auf den Beifahrersitz und sauste um den blauen Wagen herum.*

Die Welt um mich begann sich zu drehen. Ich pustete angespannt aus und sah mich dann selbst im Auto. Ich erkannte die Straße im hellen Sonnenlicht. *Etwas gehetzt fuhr ich die ruhige Straße, in der ich wohnte, entlang, als mein Handy klingelte.* In meinem Kopf hörte ich ein dumpfes Lachen. Eves Stimme und meine Stimme.

»Hey, meine Liebe, was verleiht mir die Ehre?«

»Ich wollte wissen, wo du gestern Abend gewesen bist. Ich habe dich beim Training vermisst, Mary.»

Ich taumelte benommen einen Schritt zurück und trat dabei fast in die Scherben des Glases. Kurz geriet ich ins Straucheln, fing mich aber hastig wieder. Den Blick weiter in den Vorgarten des Wohnblocks gerichtet. In meinem Herzen schien sich etwas zu lösen. Erleichterung. Hoffnung.

»*Entschuldige. War das gestern? Ich habe das total vergessen.*«

Das Training! Eve! Ich quiekte kurz und hielt mich am Türrahmen zu meiner Wohnung fest. Mein Herz sprang mir beinahe aus der Brust und ich rang um Atem. Dabei presste ich meine Hand auf die Stelle, an der ich mich eben am Kopf gestoßen hatte und wandte mich um. Mit einem erleichterten Lachen schnappte ich meine Handtasche und mein Smartphone und schlüpfte in meine Sandalen. Hastig lief ich zur Haustür, die Treppe hinunter, überschlug mich dabei fast und wählte nebenbei eine Nummer aus meinen Kontakten aus. *Zwei fast leere Gläser Rotwein und eine dazugehörige leere Flasche standen auf dem Couchtisch. Draußen war es bereits dunkel.*

»Ja?«, machte sich eine Stimme am anderen Ende der Leitung bemerkbar.

»Eve?«, rief ich und rannte den gepflasterten Weg zur Straße entlang. Kater Fred schaute empört auf, beruhigte sich aber schnell wieder und ließ sich bei seinem Sonnenbad nicht weiter stören.

»Eve«, rief ich erneut.

»O mein Gott. Was ist passiert, Mary?«

»Ich weiß es wieder! Eve, ich weiß es wieder«, quiekte ich ins Telefon.

»Was weißt du wieder? Mary, was ist los?«

»Was ich dir unbedingt erzählen wollte«, trällerte ich und konzentrierte mich aufs Laufen.

Seine vollen Lippen knabberten an meinen. Ich spürte seinen heißen Atem auf meiner Haut und ließ mich fallen.

»Erzähl's mir«, freute sich nun auch Eve.

Allerdings konnte ich nicht anders, als einfach nur laut in den Hörer zu lachen. »Nein, wie gesagt: Nur persönlich und unter vier Augen!«

»Mary, das ist nicht dein Ernst!«

»Tut mir ehrlich leid! Ich kann leider nicht mehr sagen. Ich muss mich aufs Laufen konzentrieren und dringend wohin. Ich erkläre es dir morgen. Beim Training?« Ich lachte erneut aus vollem Herzen und bekam mein Grinsen kaum noch gebändigt.

Warme Hände, die mich packten und wieder auf den Rücken warfen.

»Aber nur, weil du es bist, hörst du?«, lachte Eve.

Und als seine vollen Lippen den Weg zu meinen fanden und wir uns zärtlich küssten, dachte ich innerlich zu explodieren.

Allmählich fiel mir das Atmen schwer, und ich spürte den Mangel an Sport, der sich nun bemerkbar machte, als ich in die nächste Straße einbog, um zur Bushaltestelle zu gelangen.

»Ich schwöre dir, morgen werde ich dir alles erzählen.«

»Du bist doch verrückt.« Sie kicherte.

»Nein! Oder doch! Ja, bin ich!«

Dann saßen wir Stirn an Stirn da und ließen die herzliche Stille und die romantische Atmosphäre auf uns wirken. »Ich liebe dich!«

Völlig außer Atem bog ich um die letzte Ecke. Nachdem ich aus dem Bus gestolpert war, die Leute beiseitegeschoben hatte und auch den Rest des Wegs gerannt war, war ich endlich fast am Ziel. Kurz stoppte ich, stützte mich auf meinen Knien ab und rang nach Luft. Die letzten Meter zwang ich mich, noch einmal zu laufen, und erreichte dann endlich die Auffahrt. Kurz blieb ich stehen und blickte auf das große weiße Haus. Keuchend ging ich weiter und drückte derweil meine Hand in meine Seite. Mein Herz schlug so, als würde es gleich aus meiner Brust schießen und mein Magen zog sich zusammen vor lauter Aufregung. Stolpernd lief ich die drei Stufen hinauf und wollte die Klingel betätigen, hielt jedoch kurz inne. Ich schloss einen Moment die Augen und atmete noch einmal tief durch. In meinem Gedanken suchte ich erneut nach ein paar Erinnerungen. Nicht, dass das alles doch nur eine Einbildung war. Ich wollte sicher sein. Und erst langsam wurde mir klar, dass meine Erinnerungen vermutlich die ganze Zeit über da gewesen waren. Ich hatte sie anscheinend nur in meine Träume verpackt. Unbewusst. Aber sie waren die ganze Zeit da gewesen und hatten sich anscheinend nur mit den viel präsenteren Visionen überlagert. Es waren gar keine Träume gewesen. Es waren meine Erinnerungen gewesen. Die ganze Zeit!

Stirnrunzelnd strengte ich mich noch einmal an, in die Zeit kurz vor meinem Unfall zurückzukehren.

Ich erinnerte mich, wie wir in seiner Küche gesessen hatten. Es fiel mir schwer, mir ins Gedächtnis zu rufen, worüber wir gesprochen hatten, aber ich wusste, dass wir viel gelacht und Witze gemacht hatten. Ich erinnerte mich noch, dass ich nicht mehr fahren hatte können und es mittlerweile schon spät gewesen war.

»Du kannst gern hier übernachten«, bot Jake an.

»Und auf welcher Seite deines Bettes darf ich schlafen?« Ich musste ziemlich viel getrunken haben, denn sonst hätte ich niemals so reagiert.

»Finden wir es doch heraus«, konterte er und sah mir provokant in die Augen. Mit einem verschmitzten Lächeln erhob ich mich vom Hocker. Jake stand ebenfalls auf und griff nach meiner Hand. Er führte mich ins

Schlafzimmer. Das war die erste Nacht, in der wir in einem Bett schliefen.

Noch immer hatte ich meine Augen geschlossen und lachte leise. Ich erinnerte mich auch an unseren ersten Kuss. Zwei Tage, nachdem ich bei ihm übernachtet hatte.

Er kam zum Essen bei mir vorbei. Wir schnippelten gemeinsam die Zutaten und hantierten in meiner kleinen Küche, sodass wir uns oft in die Quere kamen. Gerade wollte ich mich zur Spüle umdrehen, als Jake auf einmal hinter mir stand. Ganz dicht bei mir. Es war ein prickelnder Moment. Ich starrte auf seine vollen Lippen, die schließlich immer näherkamen, und spürte ein Feuerwerk in meinem Bauch. Anders konnte ich diesen Kuss nicht beschreiben.

Ein Schauer durchfuhr mich und wieder lächelte ich, ehe ich es endlich schaffte, auf die Klingel zu drücken. Es dauerte eine Weile, bis ich leise Schritte hörte und schließlich die Tür aufging. Aufgeregt sah ich in Jakes irritiertes und gleichzeitig überraschtes Gesicht. Und mir fiel auf, wie schlecht es ihm wirklich gehen musste. Inzwischen war sein Dreitagebart schon wesentlich länger geworden, zudem trug er eine alte Jogginghose und ein weißes Shirt. Seine Haare waren nur provisorisch gerichtet und seine sonst so funkelnden Augen wirkten müde. Und als er mich so ansah, brach es mir das Herz.

»Hey«, sagte er nur knapp und lehnte sich mit einem Arm an den Türrahmen, was ich unheimlich sexy fand.

Dabei spannte sich sein Oberarm an, sodass ich Schwierigkeiten hatte, meinen Blick davon abzuwenden.

Ich knabberte nervös auf meiner Lippe, bis ich die Tür einfach weiter aufstieß und lächelnd auf ihn zuging. Ich packte ihn an den Schultern, drängte ihn zurück in den Flur und schlug die Haustür hinter uns mit meinem Fuß zu.

»Was wird das hier?«, fragte Jake mir rauer Stimme, ließ sich von mir jedoch gegen die Wand drücken.

»Sag einfach nichts mehr«, flüsterte ich und presste meine Lippen auf seine.

Mein Herz zerbarst in tausend Teile und meine Hände zitterten, als ich sie um seinen Hals schlang. Alles war so durcheinander. Mich fluteten die schönsten Gefühle, die ich jemals gespürt hatte. Jake hingegen war angespannt, ließ sich aber nach und nach mehr fallen, berührte mit seinen Händen meinen Rücken, wenn auch nur zögerlich. Seine Lippen schmeckten nach Cola und Rum. Ich hatte das Getränk nie gemocht, doch von jetzt an würde ich diesen Geschmack lieben. Sein Griff festigte sich und er kniff mir in die Hüften. Ich wollte, nein, ich konnte nicht mehr aufhören, ihn zu küssen. Um uns verschwand alles. Es gab nur noch uns. Alles, was in der Vergangenheit passiert war, war wie weggeblasen. Es gab nur noch Jake und mich. Ich sog seinen Duft tief ein. Spürte seinen Bart an meinem Kinn, seine Berührungen. Mein Gott, wie ich ihn liebte!

Wir saßen auf seiner Couch und schauten uns gegenseitig in die Augen. Etwas verhalten, aber überglücklich lächelte ich ihn an.

Jake allerdings wirkte noch immer etwas zurückhaltend. Es war ihm nach diesem ganzen Hin und Her auch nicht zu verdenken.

»Ich werde deinen Blick niemals vergessen, als ich eben vor deiner Tür stand«, neckte ich ihn und stützte meinen Kopf auf meinem Arm ab.

»Ich bin einfach nur etwas durcheinander. Du musst mir bitte erklären, was hier los ist. Ich meine nicht, dass es mir nicht gefallen hätte. Im Gegenteil. Aber ich würde gern wissen, woher der Sinneswandel auf einmal kommt.«

»Du wirst es nicht glauben, aber meine Erinnerungen sind irgendwie wieder da. Jedenfalls ein Teil davon. Ein scheinbar sehr wichtiger Teil.«

»Ernsthaft?«

Ich nickte. »Sie waren allem Anschein nach nie ganz weg. Da waren immer diese Träume. Die hatte ich schon eine ganze Weile. Jedenfalls dachte ich, es wären Träume, deshalb habe ich sie auch nie weiter erwähnt. Ich konnte sie nicht wirklich deuten. Ich habe mich die ganze Zeit erinnert, ohne es zu wissen. Klingt ziemlich komisch, oder?«

Er zuckte mit den Achseln. »Ich bin einfach nur froh, dass du dich an überhaupt etwas erinnerst. Egal, wie komisch das klingt. Zugegeben, die letzten Tage waren nicht gerade meine besten«, gestand Jake und wirkte sichtlich erleichtert. »Was weißt du denn inzwischen?«

Nachdenklich blickte ich an die Decke. »Hm. Also ich erinnere mich an den Abend, an dem ich hier übernachtet habe und an ... an den Abend bei mir, als wir uns geküsst haben.«

Jake lächelte.

»Ich denke, es kommt jetzt alles nach und nach wieder. Zumindest hoffe ich das.«

»Du hast mich ganz schön erschreckt, als du eben vor

der Tür standest. Hast irgendwie irre ausgesehen«, gestand er.

»Du sahst auch nicht besser aus«, konterte ich und deutete auf sein Outfit.

Er sah an sich hinab. »Tja, ich hätte ja nicht im Traum erahnt, dass du heute über mich herfällst. Sonst hätte ich vielleicht meine Uniform angezogen oder so.« Endlich hatte er wieder das Lächeln auf den Lippen, das ich so an ihm liebte.

»Oh, nun können wir also wieder solche Töne spucken?« Ich wuschelte ihm lachend durch die Haare und rückte näher an ihn heran. Behutsam fuhr ich mit meiner Hand an seinem Kinn entlang und lächelte. »Dein Bart gefällt mir.«

»Das hast du mir schon einmal gesagt.«

Ich nahm seinen Arm und legte ihn um mich, sodass wir in Richtung Fernseher blickten.

»Weißt du, was jetzt fehlt?«, fragte ich.

»Nein, was?«

»Hm, eine Flasche Wein. Und die Frage, auf welcher Seite deines Bettes ich heute Nacht schlafen kann.«

Plötzlich drückte Jake mich etwas von sich weg und erhob sich von der Couch. Er hielt mir seine Hand entgegen. Fragend griff ich nach ihr und ließ mich von ihm hochziehen.

»Können wir das mit dem Wein vielleicht einfach überspringen und gleich klären, wer wo schläft?«, wollte er mit einem Schmunzeln auf den Lippen wissen.

Nachdem ich einen Blick auf seine wundervollen Lippen geworfen hatte, sah ich ihn an und schmunzelte. »Nichts lieber als das!«

Mit nur einer leichten Decke umhüllt, wurde ich irgendwann durch die zwitschernden Vögel draußen vor dem Fenster wach. Ich blinzelte ein paarmal, ehe ich meine Augen öffnete. Es dauerte eine Weile, bis ich meine Umgebung besser wahrnahm und feststellte, dass ich in einem großen Bett lag. Nicht in meinem, sondern in Jakes. Ich lächelte. Seine Seite war jedoch leer. Fragend legte ich meine Hand auf die Stelle, sie war noch lauwarm. Kurz erregte etwas Funkelndes meine Aufmerksamkeit und so schaute ich hinüber zu Jakes Nachttisch. Zu Grandpas Uhr. Ein warmes Gefühl machte sich in mir breit.

Kurz darauf schob ich die Decke beiseite und sah an mir herab. Ein weißes T-Shirt und eine Boxershorts von Jake. Allein der Gedanke an die letzte Nacht brachte nicht nur mein Herz, sondern auch meinen Unterleib zum Beben. Ich schwang die Beine aus dem Bett und schlich zur Tür. Von unten kamen mir klappernde Geräusche und der Duft von frischem Kaffee entgegen. Lächelnd eilte ich die Treppe hinunter, und mein Herz machte noch einmal einen Satz, als ich Jake in der Küche hantieren sah. Wieder hielt ich mir die letzte Nacht vor Augen. Wenn ich zu Hause war, dann würde ich mir das alles in ein Tagebuch schreiben, damit ich es nie wieder vergessen konnte!

Als er mich erblickte, lächelte er. »Na, du Schlafmütze.«

»Was riecht hier so gut?«, wollte ich neugierig wissen.

»Setz dich, dann zeige ich es dir.« Er deutete auf einen der Hocker und ich nahm erwartungsvoll am Tresen Platz.

An diesem Morgen, nach dieser unglaublichen Nacht hier mit Jake zu sitzen, kam mir beinahe wie ein Traum vor. Und dennoch war es wahr. Endlich war es nicht nur ein Traum und es waren auch keine fremden Erinnerungen.

»Danke für das Frühstück, Jake. Du hast da echt ein Händchen für«, schwärmte ich und spießte etwas Rührei auf.

»Freut mich.«

»Darf ich dir eine kleine Frage stellen?«, wollte ich wissen und legte meine Gabel beiseite.

»Klar«, antwortete er, nahm einen Schluck Kaffee und schaute mich fragend an.

»Als du gesagt hast, dass du mit dieser blonden Frau von Larrys Party unterwegs warst, war das eigentlich gelogen?« Die Frage geisterte mir schon eine ganze Weile im Kopf herum.

Plötzlich lachte er laut auf. »Du denkst echt, dass ich mit ihr …? Ach was.«

»Na ja, früher da hättest du nicht Nein gesagt«, erklärte ich leise.

»Früher. Mary, ich bitte dich. Nein, ich habe vermutlich einfach nur gehofft, dass es dich vielleicht stört und du dich dadurch wieder irgendwie erinnern kannst. Keine Ahnung, was ich mir dabei gedacht habe.«

Ich nickte. »Okay, dann bin ich beruhigt. Und in Sachen Lügen wären wir beide dann wohl quitt.« Kichernd und erleichtert griff ich zur Gabel.

Jake räusperte sich kurz und stellte seinen Becher auf den Tresen. »Ich müsste dich auch noch was fragen. Aber die Frage wird dir, glaube ich, nicht so gut gefallen.«

Gespannt sah ich ihm in die Augen. Irgendwie hatte ich eine leise Ahnung, worum es ging, wartete aber geduldig ab.

»Es ist wegen Daniel.«

»Oh, Jake«, unterbrach ich ihn und seufzte.

»Jetzt warte doch mal. Ich möchte nur wissen, was

das mit euch ist. Immerhin will ich nicht, dass das Thema zwischen uns steht. Du glaubst nicht, wie froh ich über das bin, was gestern Abend passiert ist. Ich will nur nicht, dass es wegen ihm wieder endet. Lass uns darüber einfach nur in Ruhe reden.«

Ich stützte meine Arme auf den Tresen und schnaufte resigniert. »Also gut«, fing ich an. »Zwischen mir und Daniel läuft nichts. Wirklich rein gar nichts. Weißt du, nach meinem Unfall, da dachte ich, dass da was zwischen mir und ihm wäre, aber ich habe relativ schnell begriffen, dass es nicht so ist. Ich muss mir das Ganze eingebildet haben. Ich war durcheinander. Eigentlich warst du es, den ich wollte. Die ganze Zeit schon. Allerdings wusste ich das da noch nicht. Ich konnte einfach nur gut mit Daniel sprechen. Er hat mir auf eine Art und Weise gutgetan. Vielleicht, weil er so nah an der Sache dran war. Er hat es irgendwie verstanden, weißt du? Auch für ihn war es nach Lias Tod nicht einfach, und vermutlich brauchte er nur jemanden, an den er sich lehnen konnte. Wir haben uns gegenseitig gutgetan. Geholfen.« Ich rutschte auf meinem Hocker hin und her und umschloss meinen Kaffeebecher mit beiden Händen. Das Thema mit den falschen Erinnerungen würde vermutlich die einzige und letzte Lüge sein, die zwischen uns stand. Aber ich konnte es ihm einfach nicht sagen. Gerade war alles so gut. So greifbar. Wenn ich ihm damit kommen würde, dann wäre alles schneller wieder kaputt, als ich mein Rührei essen konnte. »Daniel war derjenige, der mir dabei helfen wollte, wieder an meine Erinnerungen heranzukommen. Er, Eve und Lucy haben das beim Ausflug alles inszeniert, damit wir uns versöhnen, haben sie mir gestanden. Der ganze Urlaub. Allein schon die Aussage, dass du nicht mitkommen würdest.« Ich lächelte bei dem Gedanken. »Daniel und ich haben viele Abende und

Tage darüber philosophiert, wie das mit dir und mir wieder klappen könnte. Niemand, der mehr von jemandem möchte, tut so etwas freiwillig, Jake. Inzwischen kenne ich Daniel sehr gut, und so schwer es auch für dich sein wird: Er gehört irgendwie dazu. Zu mir. Alles, was ich mir wünsche, ist, dass du das vielleicht auch akzeptieren kannst.« Mit schief geneigtem Kopf sah ich Jake an, der seinen Blick gesenkt hatte und nachzudenken schien.

»Ich mag ihn nicht.«

»Lerne ihn richtig kennen. Irgendwie hast du ihm auch einiges zu verdanken. Er ist ein toller Mensch, auch wenn es anfangs nicht so wirkte. Im Grunde bin ich froh, dass wir uns angefreundet haben.«

»Ich habe mich nicht gerade heldenhaft ihm gegenüber benommen, richtig?«, fragte er und schaute auf seinen Kaffee.

Ich schüttelte lächelnd den Kopf. »Nein, das hast du wirklich nicht.«

»Er ist aber auch nicht gerade der sympathischste Mensch, musst du zugeben. Außerdem hat er in meinen Garten ... Nein, ich fange besser nicht schon wieder davon an.«

»Wäre besser. Außerdem hat er nicht in deinen Garten gepinkelt«, kicherte ich und klärte ihn kurz über den Verlauf des Abends auf. Immer wieder nickte Jake, als würde er verstehen.

»Jake, Daniel ist ein toller Mensch, und du brauchst dir keine Sorgen zu machen, dass er irgendwie noch zwischen uns stehen könnte. Du kannst mir glauben, er wird keine Bedrohung für dich sein. Da bin ich mir sicher.«

»Okay.« Er klopfte entschlossen mit der flachen Hand auf den Tresen. »Dann werde ich es dir zuliebe versuchen, wie wäre das? Was hältst du davon, wenn du Daniel einlädst? Wir trinken was zusammen. Ich kann nichts versprechen, aber für dich will ich es versuchen, in Ordnung?«

»Und dich entschuldigen«, fügte ich ernst hinzu.

»Hm, meinetwegen auch das.« Er erhob sich und kam zu mir hinüber. »Hauptsache, du bist und bleibst jetzt endlich bei mir. Du fährst nie wieder Auto, hörst du?« Er umarmte mich von hinten und gab mir einen Kuss in meine Halsbeuge.

Ich genoss seine Berührung und mein Herz schlug sofort schneller.

»Ich gehe eben duschen. Wenn du mit möchtest ... Ich frage nur einmal ...«, raunte er dann in mein Ohr.

Lachend stieß ich ihn von mir und schüttelte den Kopf. »Tut mir leid, aber die Dusche musst du heute allein benutzen. Ich muss erst mal zu Eve. Das Training sollte ich dieses Mal besser nicht verpassen.«

Mit hängenden Schultern stapfte er aus der Küche und drehte sich im Türrahmen noch einmal zu mir um. »Ach, und wundere dich nicht, wenn ich uns in Zukunft öfter mal filme oder fotografiere. Man weiß ja nie, ob man das Material noch mal gebrauchen kann. Nur für den Fall, dass du morgen nicht mehr weißt, wer ich bin.«

Ich lachte. »Jetzt geh besser duschen, sonst überlege ich es mir noch mal anders.«

»Du meinst, das mit der gemeinsamen Dusche?«, fragte er und zog seine Jogginghose am Saum ein kleines Stückchen tiefer, sodass ein feiner Streifen seiner Haut sichtbar wurde. Schon breitete sich ein erwartungsvolles Prickeln in meinem Schoß aus.

»Gut, überredet. Aber danach muss ich zu Eve.« Ich lächelte, ergriff seine Hand, die er nach mir ausstreckte, und folgte ihm.

Epilog

Wenn alles richtig und gut zu sein scheint, dann ist es wohl perfekt so, wie es ist. Warum sollte man dann noch etwas daran ändern? Ich war zufrieden mit dem, was ich hatte. Nichts hätte ich ändern wollen oder anders gemacht, auch nicht, wenn ich die Möglichkeit dazu gehabt hätte.

Und mit einem Schlag, mit nur einem Aufprall hatte sich einfach alles geändert. Und doch war ich froh, wie alles gekommen war. Dass *ich* mich geändert hatte. Nur so war ich offen für diese Herausforderung in meinem Leben gewesen. Ohne das alles hätte ich nicht die zahlreichen Facetten von Daniel und Jake erlebt und schon gar nicht meine eigenen. Ich hatte mich ganz anders kennenlernen und erleben dürfen. Noch heute bedauerte ich Lias Tod und war tieftraurig, dass es so weit hatte kommen müssen. Niemand hatte so ein Schicksal verdient, und ich war mir sicher, würde sie noch leben, dann wären wir gute Freundinnen geworden. Oft hatte ich in letzter Zeit vor ihrem Grab gestanden. Hatte ihr dankbar entgegengelächelt. Und ich war mir sicher, dass auch sie von oben zurückgelächelt hatte. Manchmal hatte ich meinen Kopf in den Nacken gelegt und leise ein *Danke* geflüstert. Sie hatte mir geholfen, denn sie hatte mich zu Daniel geführt. Sie hatte mich für Neues geöffnet und ihn in mein Leben gelassen. Mich zu der Person gemacht, die ich heute war. Dafür würde ich sie immer in meinem Herzen tragen. Durch die Visionen oder was auch immer sie gewesen waren – bis heute hatte ich sie nicht wirklich verstanden – hatte sie mich in die richtige Richtung gelenkt. Wenn auch mit Umwegen. Schlussendlich hatten ihre Erinnerungen mich zu Jake geführt und auch zu Daniel. Daniel, der ja irgendwie mit Jake die Plätze getauscht hatte. Ich war noch heute der Überzeugung, dass es ihr Wille gewesen war, dass ich Daniel in mein Leben gelassen hatte und er mich in seines. Dass wir uns gegenseitig geholfen hatten. Ohne sie hätte ich vielleicht nicht erfahren, wie sehr ich Jake eigentlich liebte. Auch wenn ich das schon vor dem Unfall getan hatte – ich war mir sicher, erst danach hatte ich ihn noch mehr und wahrhaftig geliebt. Nach allem, was wir durchgestanden hatten. In unserer Freundschaft, durch den Tod seiner und meiner Eltern und auch danach.

Und wenn dieser Unfall die Voraussetzung dafür gewesen war, mich in Jake noch einmal zu verlieben, ja, dann war es das wert gewesen!

Daniel war heute mein bester Freund. Jake meine große und einzige Liebe. Zurückblickend konnte ich nur sagen, dass ich immer wieder für Jake kämpfen würde. Auch wenn ich das zwischendurch vergessen gehabt hatte. Er war der Eine. Von Anfang an. Und ich war dankbar, dass ich es doch irgendwie die ganze Zeit tief vergraben in mir gewusst hatte und immer wissen würde.

Denn letzten Endes ist es schließlich immer die Erinnerung, die bleibt.

Danksagung

Auf diesem Wege möchte ich einmal meinen Dank aussprechen, denn es gibt so viele Personen, denen ich unbedingt Danke sagen möchte.

Zum einen bist das natürlich du, mein Mann, der mich seit meinen ersten Schreibversuchen unterstützt hat. Da dieses Buch eine Neuauflage meines allerersten Romans ist, ist es umso schöner zu wissen, dass du auch dieses Mal an meiner Seite warst. Vielen lieben Dank für alles.

Ein Riesendank gilt natürlich dir, liebe Eva! Du hast es geschafft, das Allerbeste aus diesem Roman herauszuholen, wo ich doch damals dachte, dass es bereits die beste Version gewesen wäre. Falsch gedacht. Dein Input, deine tollen Kommentare und Anregungen haben es erst zu dem gemacht, was ich nun in den Händen halten kann. Tausend Dank dafür!

Was wäre das Buch ohne das wunderbare Team des Verlags? Ich danke euch für das Vertrauen in die Geschichte, liebe Christina, liebe Kristina ;) Ich bin euch so dankbar für die Arbeit, die ihr in das Buch gesteckt habt, liebe Corinna, liebe Rebekka, und für dieses traumhafte Cover. Ich meine seht euch mal das Cover an! Nikolina, es ist einfach der Wahnsinn! Danke dir, liebe Esther, für deine Werbung und süßen Marketingideen :)

Vielen lieben Dank euch allen. Ihr seid toll!

Und nun ihr, ihr lieben Leser und Leserinnen. Ihr seid der Grund, weshalb ich überhaupt darüber nachgedacht habe, das Buch noch einmal neu verlegen zu lassen. Denn ihr habt nur das Beste verdient und deshalb auch eine Geschichte, in der noch so viel mehr Potenzial gesteckt hat. Ich danke euch für eure Unterstützung, für eure wunderbaren Kommentare, einfach für alles.

Triggerwarnung

Das Buch / die Reihe enthält folgende explizite Triggerthemen:

Trauer, Unfall, Tod

Fakt: Jako Coleman ist ein begnadeter Boxer und unglaublich heiß.
Problem: Er ist der Ex-Freund meiner toten besten Freundin – und Ex-Freunde sind nun mal tabu!
Dennoch: Meine Vergangenheit ist gefährlich und er ist der Einzige, der mich beschützen kann.

Mit meinem kranken Herzen hatte ich nicht mehr lange zu leben. Doch nachdem meine beste Freundin Sky bei einem Autounfall ums Leben kam, hat sie damit meines gerettet. Jetzt schlägt ihr Herz in meiner Brust. Als wäre das nicht dramatisch genug, ist da noch Jako – Skys Exfreund. Eigentlich sollte ich ihn nach dem Beste-Freundinnen-Kodex hassen, da er sie auf miese Weise abserviert hat. Tue ich aber nicht. Im Gegenteil:
Ich habe schon immer heimlich für ihn geschwärmt.

Als herauskommt, dass hinter Skys Unfall ein Mord steckt, wird mir klar, dass ich ihn brauche. Denn da ist dieses Gefühl, dass irgendjemand es nicht nur auf Sky abgesehen hatte, sondern auch auf mich ...

Und wenn ich nicht aufpasse, verliere ich mein Herz ein weiteres Mal.